레벨업 축구황제 4

리더A6 현대 판타지 소설

초판 1쇄 찍은 날 § 2021년 9월 24일
초판 1쇄 펴낸 날 § 2021년 10월 1일

지은이 § 리더A6
펴낸이 § 서경석

총괄팀장 § 노종아
편집책임 § 김범석
디자인 § 스튜디오 이너스

펴낸곳 § 도서출판 청어람
등록번호 § 제387-1999-000006호
등록일자 § 1999. 5. 31
어람번호 § 제1-3157호

주소 § 경기도 부천시 부일로 483번길 40 서경B/D 3F (우) 14640
전화 § 032-656-4452 팩스 § 032-656-4453
http://www.chungeoram.com
E-mail § chungeorambook@daum.net

ⓒ 리더A6, 2021

ISBN 979-11-04-92385-2 04810
ISBN 979-11-04-92370-8 (세트)

청람
도서출판

[레벨이 올랐습니다.]

FC BAYERN MUNCHEN

④

리더A6 현대 판타지 소설

레벨업 축구황제

MODERN FANTASTIC STORY

목차

Chapter 1

2014 FIFA 월드컵.

전 세계에서 가장 축구를 잘하는 국가를 뽑는 대회.

자주 펼쳐지지도 않는다.

무려 4년에 한 번 펼쳐진다.

당연하게도 전 세계 축구 팬들은 월드컵을 기다린다.

어떤 나라가 가장 축구를 잘할까? 월드클래스 선수들이 많은 스페인? 아니면 프랑스? 잉글랜드? 독일?

그렇게 궁금해하며 월드컵이 빨리 시작되길 바랐다.

그리고 지금.

「2014 FIFA 월드컵 개최! 개막식 경기는 브라질 vs 크로아티아!」

「개막식 승자는 누구? 크로아티아, 브라질 잡을 수 있을까?」

「2014 월드컵 개최국 브라질, 이번엔 우승할 수 있을까?」

월드컵이 개최됐다.

*   *   *

2014 FIFA 월드컵은.

A조부터 H조까지 구성된 조별리그를 치른다.

16강에 오르기 위한 과정이다.

4개의 팀으로 이뤄진 각 조에서 1위와 2위에 오른 팀만 16강에 오를 수 있다.

한국대표팀은 가장 늦게 경기를 치르는 H조에 속했다.

"시간이 좀 있어서 다행이야."

이민혁은 훈련하는 동료들을 보며 씨익 웃었다.

경기를 늦게 치러서 다행이라고 생각했다. 현재 한국대표팀은 계속해서 전술 훈련에 매진하고 있는 상황.

경기가 늦게 치러질수록 유리해진다고 생각했다.

물론 한국과 붙을 다른 팀들도 시간을 벌게 된 것이긴 하다. 하지만 한국은 월드컵이 개최되기 얼마 전에 전술을 바꾸지 않았는가.

시간이 많을수록 좋을 수밖에 없다.

대표팀 분위기도 괜찮았다.

이민혁이 처음 들어왔을 때보다 훨씬 좋아졌다.

"집중해! 경기 얼마 안 남은 거 알지? 최대한 경기력 끌어올려야 해!"

"다들 파이팅하자!"

기석용과 이창용 같은 고참급 선수들이 동료들을 다독이며 훈련에 임했고.

"모두 잘하고 있어!"

홍명조 감독도 초반보다 훨씬 밝아진 얼굴로 선수들을 지도했다.

이처럼 대한민국 대표팀이 훈련에 매진하고 있을 때.

월드컵 조별리그는 계속해서 펼쳐졌다.

브라질이 크로아티아에게 승리했다는 소식이 들려왔고, 무적함대 스페인이 네덜란드에게 5 대 1로 대패했다는 충격적인 소식도 들려왔다.

또한, 축구 종주국인 잉글랜드가 이탈리아에게 패배했다는 소식까지 들렸다.

예상했던 결과와 예상치 못했던 이변이 발생하는 상황에서.

「한국, 러시아전에서 승리할 수 있을까?」

「이민혁 들어온 대표팀, 뭐가 달라졌을까?」

대한민국의 경기가 펼쳐질 날이 다가왔다.

"오늘 우리는 승리한다. 다들 가진 걸 전부 쏟아 내고 오도록!"

홍명조 감독이 굳은 얼굴로 선수들을 향해 크게 소리쳤다.

긴장감이 묻어 있는 목소리.

선수들의 표정도 굳어 있었다. 열심히 훈련한 만큼, 자신감은 올라왔지만 긴장감은 어쩔 수 없었다.

그들이 뛸 무대는 전 세계가 지켜보는 월드컵이었으니까.

"다들 잘해 보자. 지금까지 열심히 했으니까 결과에서 나올 거야."

"감독님 말대로 전부 쏟아붓고 오자!"

"첫 스타트를 환상적으로 끊어 보자고!"

선수들은 크게 소리치며 경기장으로 입장했다.

바로 옆엔 오늘 상대할 러시아 선수들이 함께 걸었다.

그 순간, 커다란 함성이 쏟아졌다.

양 팀 모두에게 쏟아지는 함성이었다.

*   *   *

같은 시각.

경기를 중계하는 한국 해설들도 흥분 어린 목소리로 크게 소리쳤다.

─2014 브라질 월드컵! 대한민국과 러시아전이 시작되려 하고 있습니다! 양 팀 선수들이 입장합니다!

─대한민국으로선 꼭 잡아야만 하는, 아주 중요한 경기죠! 대한민국이 속한 H조엔 쉬운 상대가 없습니다. 때문에, 러시아만큼은 확실하게 잡고 가야만 합니다!

실시간으로 경기를 지켜보는 한국 축구 팬들은 손에 땀을 쥐고 경기를 지켜봤다. 또한, 이들은 간절한 마음으로 키보드를 두

드렸다.

ㄴ제발! 제발 이기자! 러시아한테도 못 이기면 사실상 16강 물 건너가는 거잖아……!

ㄴㅇㅇ이거 맞음. 다음 상대들이 알제리랑 벨기에니까 꼭 이겨야 돼… 근데 문제는 러시아도 쉬운 상대는 아니라는 거…….

ㄴ이민혁이 왔으니까 어떻게든 될 거야. 최근에 국내 프로 팀 상대로 7 대 0으로 이겼잖아?

ㄴ국내 프로 팀 이긴 건 사실 당연히 해 줬어야 하는 거였고, 오늘 잘하는 게 중요하지. 하… 제발 잘해 줘라!

ㄴ손훈민이 골 넣어 줄 거임!

ㄴ이민혁! 너만 믿는다!!!!!!

이처럼 팬들이 가슴을 졸이고 있을 때.

해설들은 양 팀의 전력을 소개하기 시작했다.

—러시아와 한국 모두 기본적인 전술은 같습니다. 4—2—3—1 전술이죠. 러시아의 선발진을 보시면… 오늘 한국은 러시아의 최전방 스트라이커 알렉산드르 코코린 선수를 조심할 필요가 있습니다.

—맞습니다. 이에 맞서는 한국은 김진욱 선수가 최전방 스트라이커로 나섰고, 그 뒤에 지동운 선수가 공격형 미드필더로 출전했습니다. 양쪽 측면엔 손훈민 선수와 이민혁 선수가, 중앙엔 기석용 선수와 한국형 선수가 출전했네요. 수비진은… 윤석형, 홍정후, 김형권, 이형이 선발로 출전했습니다!

─우리 공격진에 변화가 생긴 것 같죠?

─예, 그렇습니다. 최근까지 아스날에 소속되었던 박주형 선수가 스트라이커로, 마인츠에 소속된 구지철 선수가 공격형 미드필더로 출전할 거라는 전문가들의 예상을 완전히 벗어난 선발진이죠. 확실히 대한민국에 변화가 일어났습니다! 과연 이 변화가 어떤 결과를 가져올지! 기대해 보겠습니다!

대한민국과 러시아.

양 팀 선수들이 서로의 자리를 찾아 흩어졌다.

이민혁도 오른쪽 측면에 선 채, 동료들과 상대 선수들은 번갈아 가며 바라봤다.

'지금 한국의 전력이라면 충분히 승산이 있어. 훈련 때 경기력도 확실히 좋아졌으니까.'

현재 전술은 이민혁이 처음 왔을 때와는 많은 게 달라졌다. 아직 부족한 점이 많이 보였지만, 그래도 전과 비교하면 훨씬 나아졌다.

다만, 안심할 수 있는 정도는 아니다.

축구에선 언제든 이변이 나올 수 있고, 상대인 러시아는 약한 팀이 아니다. 한국의 전력과 비교하면 아주 강한 팀이다.

승리를 확신할 수 없는 강한 상대를 만났을 때.

그럴 때 어떻게 해야 이길 수 있는지, 이민혁은 알고 있었다.

이런 경기에선.

'초반에 기선 제압을 해야 해.'

먼저 기세를 잡는 게 중요하다.

"선배님들, 경기 시작하면 바로 공 넘겨주세요. 초반에 기선 제압 한번 하고 갈게요."

이민혁은 지동운과 김진욱에게 다가가며 큰 목소리로 말했다. 경기장에 울리는 함성을 뚫어 내고 말을 전달하려면 크게 말할 수밖에 없었다.

다행히 지동운과 김진욱은 단번에 이민혁의 말을 이해했다.

"우리도 시작하자마자 전방으로 뛰면 되는 거지?"

"예."

이민혁은 다시 제자리로 돌아갔고.

주심이 휘슬을 입에 물었다.

삐이이이익!

―경기 시작됐습니다!

선공은 한국대표팀의 것이었다.

툭―

최전방 공격수로 출전한 김진욱이 공격형 미드필더로 출전한 지동운에게 공을 툭 넘겼다. 두 선수의 거리는 아주 가까웠고, 공을 넘겨받는 시간도 매우 짧았다.

휘익!

지동운이 몸을 돌리며 이민혁을 향해 패스했다.

툭! 타닷!

이민혁은 공을 잡자마자 스피드를 올렸다.

경기 초반엔 선수들의 몸이 제대로 풀리지 않는 경우가 많다. 이민혁은 그걸 노렸다. 그의 앞에 선 선수는 빅토르 파이줄린.

러시아의 주전 미드필더로 키가 크진 않지만 단단한 체구와 좋은 신체 능력을 지닌 선수였다.

그를 상대로 이민혁은 과감하게 돌파를 시도했다.

휘익!

빠르게 튀어 나가다가 급격히 속도를 죽였다. 빅토르 파이줄린이 움찔했다. 이민혁은 재차 튀어 나갈 것처럼 오른쪽으로 방향을 틀며 상체를 숙였다. 그러자 파이줄린이 이민혁의 움직임에 맞춰 이동했다. 그 순간 이민혁이 숙였던 상체를 들고 왼쪽으로 틀었다. 오른쪽으로 돌파할 것처럼 페인팅을 준 뒤, 왼쪽으로 돌파를 시도한 것이다.

이민혁이 페인팅을 주고 다시 방향을 틀어서 튀어 나가는 속도는 너무 빨랐다. 동작도 물 흐르듯 이어져 속임수라는 것을 알아채기가 힘들었다.

"으헉?!"

빅토르 파이줄린은 이민혁의 움직임에 완전히 속아 버렸다.

―이민혁이 초반부터 템포를 올립니다! 과감한 돌파 시도로 빅토르 파이줄린을 제쳐 냈습니다!

―이민혁! 계속 전진합니다!

이민혁이 빠른 속도로 전진하며 전방을 바라봤다. 아직 상대의 수비는 많다.

센터백들도 자리를 지키고 있고, 풀백도 이민혁의 앞을 가로막고 있다.

　다만, 저들의 움직임은 어수선했다.

　이민혁의 예상대로 아직 몸이 완전히 풀리지 않은 것이다.

　반면, 이민혁의 몸은 이미 뜨겁게 달궈져 있었다. 움직임에 어색함도 없다.

　갑작스레 기회를 얻고 경기에 출전하는 건 이민혁에게 익숙한 일. 이민혁은 독일에서 살아남기 위해 항상 준비되어 있어야만 했다.

　지금도 그랬다.

　이민혁은 준비가 되어 있었고, 상대는 준비가 되어 있지 않았다.

　'준비가 안 되었으면.'

　이민혁이 정면에서 뛰어오는 선수를 바라봤다.

　드미트리 콤바로프.

　매 경기에서 엄청난 활동량을 보여 주고, 수비 능력도 준수해서 러시아 리그에선 최고 수준의 풀백으로 알려진 선수다.

　다만, 이민혁을 막기엔 역부족인 수비 능력을 지닌 선수였다.

　'당해야지.'

　톡! 휘익!

　이민혁은 드미트리 콤바로프의 다리 사이로 공을 집어넣으며 속도를 높였다. 순간적으로 드미트리 콤바로프가 팔을 잡아챘지만, 강하게 뿌리쳤다.

　이민혁이 단숨에 풀백을 뚫고 튀어 나가자 상대 센터백이 다급하게 태클을 해 왔다. 하지만 이민혁은 상대의 움직임을 전부 보고 있었다.

더구나 이민혁의 드리블 능력치는 100.

바이에른 뮌헨에서도 손에 꼽히는 드리블 실력을 지녔고, 머릿속으로 생각한 움직임을 그대로 펼칠 수 있는 수준이었다.

툭!

이민혁이 공을 높게 띄우며 땅을 박찼다.

러시아의 센터백이 밑을 지나갔다.

타앗!

이민혁이 땅에 내려오며 다시 전진했다. 상대 센터백 하나가 사라지며 공간이 비었다. 슈팅을 때려도 되고 더 전진해도 되는 상황.

여기서 이민혁은 슈팅을 선택했다.

자신감이 없다면 모를까, 현재 이민혁은 슈팅에 대한 자신감이 잔뜩 올라온 상태였다.

퍼엉!

아무런 방해도 없는 상황에서 나온 슈팅.

이민혁은 수없이 연습해 온 슈팅을 때려 냈다.

[상대의 페널티박스 바깥에서 슈팅했습니다!]

['중거리 슈터' 스킬 효과가 발동됩니다!]

[슈팅의 정확도가 대폭 상승합니다.]

[20% 확률로 '예리한 슈팅' 스킬 효과가 발동됩니다!]

[슈팅의 정확도가 대폭 상승합니다.]

운까지 따른 지금.

이민혁이 때려 낸 슈팅은 쏜살같이 쏘아지며 러시아의 골문을 위협했다.

쒜에에에엑!

말 그대로 눈 깜짝할 사이.

쏘아진 공은 러시아의 골대 왼쪽 상단 구석에 꽂혔다.

철렁!

실시간으로 경기를 지켜보던 사람들과 경기장에 있던 관중들의 눈이 찢어질 듯 커졌다.

이들 모두 순간적으로 너무 큰 충격을 받아서 아무런 말도 하지 못했다.

가장 먼저 입을 연 건 해설들이었다.

―드, 들어갔습니다! 우와아아아아아아! 고오오오오오올! 골입니다! 이게 무슨 일인가요? 이민혁이 경기 시작과 동시에 세 명의 선수를 제치고 선제골을 기록했습니다!

―보고도 믿을 수 없는 플레이입니다! 이민혁 선수가 충격적인 퍼포먼스를 보여 주네요! 이런 드리블을 펼칠 수 있는 선수가 얼마나 될까요?! 정말 놀랍습니다!

그제야 함성이 터져 나왔다.

간신히 충격에서 빠져나온 사람들이 각각 TV 화면을 향해, 경기장에 있는 선수들을 향해 열광하기 시작했다.

"우오오오오옹! 이거 봐! 이럴 줄 알았다니까?! 역시 이민혁이야! 이민혁이 한국 국대를 구하러 왔다고오오!"

"으하하하핫! 이건 미쳤어! 한국에 이런 선수가 나올 줄은 정말 몰랐는데! 설마 경기 시작하자마자 3명을 제치고 골을 넣을 줄이야!"

"이게 뭐야? 몇 초 만에 넣은 거지? 경기 시작한 지 아직 10초 정도밖에 안 되지 않았나? 아니지, 10초도 안 된 것 같은데?"

"말도 안 돼! 이민혁은 진짜 말이 안 된다고!"

8초.

이민혁이 2014 FIFA 월드컵에서 첫 골을 기록하는 데 걸린 시간이었다.

직접 보기 전까진 믿을 수 없는 미친 기록.

그리고 지금.

이민혁에겐 미친 기록을 세운 것에 대한 보상이 지급됐다.

*   *   *

데뷔시즌 분데스리가 우승.

데뷔시즌 챔피언스리그 우승.

이 엄청난 커리어는 이제 겨우 만 18세인 이민혁의 것이다.

그리고 지금.

이처럼 대단한 커리어를 만든 이민혁이 월드컵 첫 골을 터뜨리는 데에는.

단 8초면 충분했다.

그것도 한국보다 강하다고 평가받는 러시아를 상대로 만들어
낸 골이었다.

당연하게도 경기를 지켜보던 사람들에겐 충격적인 골이었다.

전 세계 축구 팬들은 이민혁의 플레이에 열광했다.

특히, 한국 축구 팬들은 훨씬 더 커다란 반응을 보였다.

ㄴ와… 이거 뭐야? 다들 이민혁 이민혁 거리길래 오랜만에 축구
한번 봤는데, 이 정도였어?

ㄴ클래스가 다르다. 이 말밖에 할 말이 없음.

ㄴ걍 괴물이여ㅋㅋㅋㅋㅋ 골 넣는 데 8초 걸렸대.

ㄴ완벽하다ㄷㄷ 드리블이랑 슈팅 타이밍, 슈팅 파워, 슈팅 정확
도 전부 다 완벽해. 한국에서 미친 수준의 선수가 나온 게 너무 감
격스럽다…….ㅠㅡㅜ

ㄴ이런 플레이가 실제로 가능한 거였구나……? 상대 수비수 슬
라이딩태클을 점프로 피하는 게 가능했던 거였어…….

ㄴ이거 이민혁이 이미 한 번 보여 줬던 거임ㅋㅋㅋ 걍 하고 싶은
대로 다 할 수 있는 실력인 듯.

ㄴ치킨 시키길 잘했다. 경기 시작하자마자 말이 안 나오는 플레
이가 나오네ㅋㅋㅋㅋㅋㅋㅋ

ㄴ슈팅이 왜 이렇게 쎄?ㄷㄷㄷ

ㄴ이민혁이 한국을 구하러 왔다.

러시아대표팀 선수들은 당황했다.

설마 월드컵 첫 경기에서 8초 만에 골을 허용할 거라는 건 상

상도 못 했던 일이었으니까.

게다가 상대는 한국이다.

H조에서 가장 만만한 상대가 누구냐고 물으면, 러시아 선수들은 조금의 고민도 없이 '한국'이라고 말할 것이다.

사실상 안전하게 1승을 가져갈 수 있는 상대라고 생각했었다.

─너무나도 이른 시간에 나온 골입니다! 러시아 선수들이 당황한 표정으로 이민혁 선수를 바라보고 있네요!

─허허! 보는 저희도 놀랐는데, 이민혁 선수를 직접 상대한 러시아 선수들은 얼마나 놀랐을까요?

러시아대표팀 선수들은 쉽게 진정하지 못했다.

아직 몸이 완전히 풀리기도 전에 얻어맞아 버렸다. 당황하기 시작하며, 러시아의 움직임은 뻣뻣해졌다.

훈련 때의 실력을 전혀 발휘하지 못했다.

'좋아, 분위기를 가져왔어.'

이민혁이 씨익 웃었다.

기선 제압을 할 생각으로 초반부터 과감한 공격을 시도했고, 성공했다.

러시아는 이제 더욱 흔들리게 될 것이다.

이민혁을 신경 쓰게 될 수밖에 없고, 그러다 보면 자연스레 다른 한국 선수들에겐 기회가 생기게 된다.

한국엔 손흥민, 지동운, 김진욱과 같은 위협적인 선수들이 있다.

이들은 자신들에게 생긴 기회를 골로 연결할 수 있는 선수들이다.

물론 러시아가 생각보다 냉정을 빠르게 찾고, 흔들리지 않을 수도 있다.

만약 그렇게 된다고 해도 상관없었다.

'그럼, 더 크게 흔들어 주면 되니까.'

이민혁에겐 자신감이 있었다.

언제든지 상대 수비수를 뚫어 낼 수 있다는 자신감이.

그리고.

이민혁은 상대를 부숴 버리는 게 생각보다 더 쉬워질 것이라고 확신했다.

눈앞에 떠오른 메시지들을 보면 그렇게 생각할 수밖에 없었다.

[퀘스트를 완료하셨습니다!]

[퀘스트 내용: 2014 FIFA 월드컵에서 경기 시작 후, 1분 안에 골을 기록하세요.]

[보상으로 경험치가 200% 증가합니다.]

[퀘스트를 완료하셨습니다!]

[퀘스트 내용: 2014 FIFA 월드컵에서 첫 골을 기록하세요.]

[보상으로 경험치가 50% 증가합니다.]

[퀘스트를 완료하셨……]

…….

[레벨이 올랐습니다!]

[레벨 90을 달성하셨습니다!]
[스킬이 지급됩니다.]
['태클 재능'을 습득하셨습니다.]

[레벨이 올랐습니다!]
[레벨이 올랐습니다!]

[태클 재능]
유형: 패시브
효과: 태클 실력이 빠르게 좋아집니다.

새로 얻은 스킬의 정보.

그걸 본 이민혁의 입꼬리가 높이 올라갔다.

'좋은데?'

냉정히 말하면 이민혁의 수비 실력은 좋지 않다.

바이에른 뮌헨 내에서도 가장 좋지 않은 편에 속한다. 실제로 매번 적극적으로 상대를 압박하지만, 직접 공을 빼앗는 경우는 매우 적다.

당연하게도 태클 실력도 좋지 않았다.

태클할 때마다 반칙을 내주는 경우가 많아서 어지간해선 태클을 시도하지도 않는다.

그런 이민혁에게 태클 실력이 빠르게 좋아지는 '태클 재능'은 매우 반가운 스킬이었다.

물론 누군가는 이렇게 말할 수 있다.

윙어에게 태클 실력이 왜 필요하냐고. 윙어는 크로스 잘 올리고 필요할 때마다 크랙 역할을 잘 소화하면 되는 거 아니냐고.

맞는 말일 수도 있다.

과거였다면.

다만, 현대 축구는 점점 최전방에서의 압박을 중요시하고 있다.

윙어가 아니라 최전방 스트라이커마저 상대를 압박하기 위해 많은 거리를 뛴다.

최대한 많은 숫자로 상대를 압박하는 것이 요즘 트렌드다.

그래서 이민혁은 생각했다.

태클 재능은 길게 봤을 때, 분명 큰 도움이 될 스킬이라고.

[이민혁]

레벨: 92

나이: 20세(만 18세)

키: 182㎝

몸무게: 75㎏

주발: 양발

[체력 77], [슈팅 100], [태클 54], [민첩 86], [패스 73]

[탈압박 76], [드리블 100], [몸싸움 71], [헤딩 62], [속도 92]

스킬: [예리한 슈팅], [예리한 패스], [축구 재능], [바디 밸런스], [강인한 신체], [양발잡이], [프리킥 재능], [중거리 슈터], [태클 재능]

스탯 포인트: 6

이민혁은 상태 창을 보며 짧게 고민했다.

원래라면 고민할 필요도 없이 체력이나 민첩, 아니면 패스에 스탯 포인트를 투자했겠지만.

지금은 '태클 재능' 스킬을 얻지 않았는가.

'태클을 올려야 하나?'

잠깐이지만 태클에 스탯 포인트를 투자해야 하는가에 대해 생각하게 됐다.

하지만, 이민혁은 이내 고개를 저었다.

'아니야.'

급하게 태클 능력치를 올리고 싶진 않았다.

현재 보유한 스탯 포인트는 6.

이 스탯 포인트들을 전부 태클에 투자한다고 해도 태클 능력치는 60밖에 되지 않는다.

'그러면 효율이 너무 떨어져.'

더 높은 효율을 위해, 아쉽지만 태클 능력치를 올리는 건 다음으로 미루기로 하고.

이민혁은 높은 효율을 보이는 능력치에 스탯 포인트를 투자했다.

[스탯 포인트 3을 사용하셨습니다.]
[체력 능력치가 3 상승합니다.]
[현재 체력 능력치는 80입니다.]

[스탯 포인트 3을 사용하셨습니다.]
[패스 능력치가 3 상승합니다.]

[현재 패스 능력치는 76입니다.]

한국대표팀에서는 바이에른 뮌헨에서 뛸 때보다 더 많은 역할을 소화해야 한다.

자연스레 뛰는 양도 늘어날 수밖에 없었다. 시즌이 끝나고 제대로 된 휴식을 취하지도 못한 이민혁에게 체력 능력치를 올리는 건 선택이 아닌, 필수였다.

패스도 마찬가지였다.

바이에른 뮌헨에선 맡은 역할만 잘 소화하면 된다. 굳이 많은 패스를 할 필요가 없다. 펩 과르디올라 감독은 이민혁에게 과감한 돌파와 슈팅을 주문하지, 정교한 패스와 이타적인 플레이를 주문하지는 않는다.

그러나 대표팀에선 조금 더 정교한 패스가 필요했다. 더 많은 패스를 뿌려야 한다.

그래서 이민혁은 체력에 이어 패스 능력치를 올리는 선택을 했다.

─경기가 재개됩니다! 러시아가 신중하게 공을 돌립니다. 한국의 역습을 과할 정도로 경계하는 모습인데요?

8초 만에 골을 허용한 러시아는 동점골을 넣고자 하는 의지는 있지만, 과감하게 공격을 전개하지는 못했다.

이민혁.

그리고 손훈민.

빠른 발로 언제든지 상대의 뒷공간을 파고들 수 있는 이 두 선수를 경계하기 때문이었다.

러시아는 한국을 만만하게 생각하긴 했지만, 분석을 대충 하지는 않았다.

승리를 위해 한국 선수들의 장단점을 치열하게 분석해 왔다.

그래서 조심스러웠다.

독일에서 날뛰는 두 명의 윙어에게 역습을 내주지 않기 위해서 최선을 다했다.

―지르코프가 공을 뒤로 돌립니다. 아~! 방금은 과감하게 돌파를 시도해도 될 타이밍이었는데요? 러시아 선수들이 너무 위축되어 있네요!

러시아의 공세는 거세지 않았다. 필요 이상으로 신중해서 한국대표팀에게 크게 위협이 되지도 않았다.

한국은 그런 러시아를 상대로 압박을 강하게 하지 않았다. 무리하게 공을 뺏으려 하지 않으며 체력을 아꼈다.

결국, 급해지는 건 러시아였으니까.

―러시아가 템포를 올리네요! 패스를 주고받는 속도가 빨라졌습니다!

마침내 러시아가 칼을 뽑아 들었다.

전반전 10분이 지난 뒤에야 꺼내 든 칼이었다.

오른쪽 윙어로 출전한 지르코프는 이번엔 백패스를 선택하지 않았다. 한국의 레프트백 윤성영을 상대로 돌파를 시도했다.

유리 지르코프.

한때 첼시 FC에서 뛰었을 정도로 기량이 좋은 그는, 현재는 러시아리그에서 최고 수준의 드리블 돌파 능력을 보유했다는 평가를 받고 있었다.

그는 자신감 있게 공을 몰고 전진했다.

윤성영이 지르코프의 앞을 가로막았다. 양쪽 다리를 낮게 굽힌 채, 유리 지르코프의 방향 전환에 대비했다.

유리 지르코프가 러시아 리그 최고의 크랙이라면, 윤성영 역시 퀸즈 파크 레인저스에서 빠르게 성장하고 있는 수비수였다.

'막을 수 있어!'

뚫리지 않을 거라는 자신감이 있었다.

그러나, 유리 지르코프의 기량은 윤성영의 생각보다 더 뛰어났다.

휘익! 휙!

지르코프는 좌우로 상체 페인팅을 주며 윤성영의 시선을 어지럽혔다. 이어서 측면으로 들어갈 것처럼 공을 컨트롤한 뒤, 기습적으로 중앙으로 몸을 틀었다.

타앗!

유리 지르코프의 순간 스피드는 빨랐다. 잔뜩 집중하던 윤성영이 제대로 반응하지 못할 정도로.

ㅡ아! 유리 지르코프가 윤성영을 뚫어 냈습니다! 한국! 위험합니다!

그 순간, 한국대표팀의 수비수들은 긴장했다.

이들 모두 유리 지르코프가 중앙으로 파고들며 때리는 왼발 슈팅이 얼마나 위협적인지를 알고 있었다.

충분히 분석했고, 막을 방법을 연구했다.

가장 먼저 나선 건 홍정후였다. 현재 분데스리가 아우크스부르크에서 좋은 평가를 받는 수비수인 그는 유리 지르코프를 상대로 자신의 진가를 드러냈다.

─홍정후의 멋진 태클! 이야~! 정확히 공만 건드리는 태클이네요! 유리 지르코프의 돌파를 막아 냅니다!

정확한 타이밍에 나온 슬라이딩태클.

홍정후가 걷어 낸 공이 전방으로 굴러갔다. 데구르르 굴러간 공은 기석용의 발밑에서 움직임을 멈췄다.

휘익!

기석용이 몸을 틀었다. 그 순간, 그의 시야엔 최전방으로 튀어나가는 이민혁과 손훈민이 보였다.

그중 조금 더 빠른 선수는 손훈민이었다.

하지만, 기석용은 오른쪽에 있는 이민혁에게 롱패스를 뿌렸다.

'지금 같은 상황에서는 민혁이가 더 확실하게 기회를 살려 줄 거야.'

기석용이 훈련에서 봐 온 이민혁은 괴물이었다. 지금과 같은 상황에서 롱패스를 뿌려 주면, 절대 놓치는 법이 없다.

늘 완벽에 가까운 트래핑으로 공을 잡았고, 정확하고 강력한 슈팅으로 골문을 열었다.

지금도 그랬다.

―이민혁이 빠르게 달립니다! 오오옷! 공을 받아 냅니다! 엄청난 트래핑이네요! 기본기가 굉장하다는 걸 알 수 있는 터치입니다!
―바로 때리나요? 이민혁 선수는 오른발과 왼발 모두 대포를 달고 있는 선수입니다! 지금은 과연 어떤⋯ 아~! 때립니다!

이민혁은 부드러운 터치로 공을 떨어뜨렸고, 한 번 더 공을 치고 나간 뒤에 슈팅을 때렸다.
슈팅을 때린 위치는 페널티박스 라인 바로 바깥쪽.
더 가까이 접근해서 슈팅하는 게 유리해 보였지만, 이민혁은 지금 위치에서 망설임 없이 슈팅했다.
자신감 때문은 아니었다.

[상대의 페널티박스 바깥에서 슈팅했습니다!]
['중거리 슈터' 스킬 효과가 발동됩니다!]
[슈팅의 정확도가 대폭 상승합니다.]

슈팅 정확도를 대폭 올려 주는 중거리 슈터 스킬.
이걸 발동시키기 위함이었다.
쉬이이익!
슈팅은 강하지 않았다. 애초에 강하게 때린 슈팅이 아니었다. 왼발을 이용해 정확한 임팩트로 반대편 골대를 향해 감아 차는 기술적인 슈팅이었다.

공의 궤적이 아름답게 휘었다.

휘익!

러시아의 골키퍼 아킨페예프가 몸을 날리며 팔을 휘저었다. 그러나 공은 그의 손끝에도 걸리지 않았다. 이민혁이 찬 공은 골대 구석 깊은 곳으로 빨려 들어갔다.

철렁!

러시아의 골 망이 흔들렸다.

전반 12분.

한국의 두 번째 골이자, 이민혁이 두 번째 골을 터뜨린 시간이었다.

두 번째 골을 넣은 이민혁은 기대감이 담긴 눈으로 허공에 떠오르는 메시지들을 바라봤다.

[퀘스트를 완료하셨습니다!]

[퀘스트 내용: 2014 FIFA 월드컵, 러시아와의 경기에서 2개의 골을 기록하세요.]

[보상으로 경험치가 대폭 증가합니다.]

[퀘스트를 완료하셨습니다!]

[퀘스트 내용: 2014 FIFA 월드컵, 러시아와의 경기에서 2개의 공격포인트를 기록하세요.]

[보상으로 경험치가 대폭 증가합니다.]

[퀘스트를 완료하셨······.]

……

"이번엔 별거 없네."

이민혁이 아쉬운 듯 입맛을 다셨다.

레벨이 오르지도 않았고, 경험치를 많이 얻지도 않았다.

하지만 어느 정도 예상했던 결과다.

'조별리그에선 2골 정도로 많은 경험치를 얻긴 힘들겠지. 첫 골은 월드컵 데뷔골이고, 빠르게 넣었다는 것 때문에 많은 경험 치를 받았던 거고.'

레벨이 단숨에 오를 정도로 많은 경험치를 받으려면 적어도 월드 컵 16강엔 올라가야겠지. 그렇게 생각하며 이민혁은 시선을 돌렸다.

더는 메시지에 관심을 두지 않았다.

경기에 모든 관심을 쏟고, 마인드컨트롤을 했다.

'집중하자. 이제 겨우 전반 13분 정도 지났어. 언제든지 역전 당할 수 있는 시간이잖아? 방심하지 말자.'

이민혁은 혼자 생각한 것으로 끝내지 않았다.

근처에 있는 동료들을 향해 집중하자는 말을 반복해서 외쳤 다. 그 말을 들은 한국대표팀 선수들은 얼굴에 떠오른 미소를 지웠다. 본능적으로 떠오른 자만심을 억제한 것이다.

─경기가 재개됩니다! 이제 겨우 전반 13분인데, 스코어는 벌써 2 대 0입니다. 대한민국이 러시아를 상대로 경기 초반부터 강하게 몰아치고 있습니다. 이렇게 되면 러시아로서는 마음이 급해질 수 밖에 없죠! 러시아로선 한국과의 경기에서는 무조건 이겨야 하거

든요~!

―그렇습니다. 러시아에게도 같은 조에 있는 벨기에와 알제리는 힘든 상대거든요?

러시아가 급해졌다.

신중했던 플레이는 두 번째 골을 허용하고 나서부터는 찾을 수 없게 됐다.

패스는 빨라졌고, 많이 뛰며 한국대표팀 선수들을 압박했다.

반면, 한국은 침착했다.

러시아를 정면에서 상대하지 않고, 천천히 공을 돌리며 상대의 체력을 떨어뜨렸다.

특히 이민혁에게 공이 갔을 땐, 러시아 선수들의 체력이 많이 소모됐다.

―이민혁이 공을 잡습니다! 이젠 이민혁이 공을 잡으면 무언가를 보여 줄 것 같은 기대감이 생기네요!

―러시아 선수들이 이민혁 선수를 경계합니다! 이민혁 선수가 공을 잡자마자 우르르 몰려드네요.

주위를 둘러싼 3명의 러시아 선수를 보며, 이민혁은 씨익 웃었다.

'벌써 입이 벌어지면 후반전엔 어쩌려는 거야?'

전반전이 끝나려면 아직도 많은 시간이 남았는데, 몇몇 러시아 선수들은 벌써 입을 벌리고 호흡을 하고 있다. 저러면 후반전엔 훨씬 더 힘들어질 것이 분명했다.

이민혁은 3명의 선수를 보며 근처에 있는 동료에게 공을 넘겼다. 군이 무리하지 않고 패스를 선택한 것이다.

'공은 다시 받으면 되는 거니까.'

타앗!

이민혁이 뛰어나갔다. 기석용이 공을 보내 줬다.

툭!

공을 받은 이민혁이 속도를 높였다.

'기석용 선배는 패스가 너무 좋단 말이야.'

이민혁의 입가에 옅은 미소가 지어졌다.

기석용은 이민혁에게 큰 힘이 되는 선수다. 그의 패스 능력만큼은 바이에른 뮌헨에 있는 어떤 선수와 비교해도 크게 밀리지 않을 정도였다.

더구나 시야도 넓다.

이민혁이 원하는 곳으로 정확한 타이밍에 공을 보내 줄 수 있는 선수다.

'어?'

공을 몰고 전진하던 이민혁의 눈이 빛났다.

러시아의 수비진 주변을 맴돌던 손흥민과 눈이 마주쳤다.

'훈민 형, 달리시죠.'

중앙으로 공을 몰고 가던 이민혁은 그 즉시 손흥민이 달리는 공간으로 공을 찼다. 동시에 메시지가 떠올랐다.

[20% 확률로 '예리한 패스' 스킬 효과가 발동됩니다!]
[패스의 정확도가 대폭 상승합니다.]

러시아의 수비 뒷공간.

그곳을 파고드는 손훈민의 스피드는 굉장했다. 러시아 수비수들이 눈치채고 몸을 돌렸을 땐, 손훈민은 이미 슈팅을 때리고 있었다.

퍼어엉!

페널티박스 안에서 때려 낸 슈팅.

러시아의 골키퍼가 막기엔, 손훈민의 슈팅은 너무나도 위협적이었다.

─손훈미이이이이인! 고오오오올입니다! 이민혁의 패스를 받아 완벽한 마무리를 보여 주네요! 정말 대단합니다~! 한국이 월드컵에서 러시아를 압도하고 있습니다!

한국대표팀의 분위기는 너무 좋았다. 현재 스코어는 3 대 0. 분위기가 좋을 수밖에 없었다. 그럼에도 침착했다. 선수들 모두 지금이 전반전이라는 걸 잊지 않았다.

전반전이 끝나기 전까지 러시아의 공세가 이어졌다. 다만, 러시아는 한국의 역습을 과하게 경계했기에 과감한 공격을 펼치지 못했다.

"더 적극적으로 공격하라고! 위축되지 마!"

러시아의 감독이 답답하다는 듯 소리쳤지만, 큰 효과는 없었다.

러시아 선수들은 이미 심리적으로 크게 위축되어 있었다. 한국의 역습이 얼마나 위협적인지 골을 먹히며 느꼈기에, 공격해야 한다는 걸 알면서도 쉽게 들어가지 못했다.

반면, 한국대표팀 선수들의 경기력은 더욱 좋아졌다.

점수에서 앞서면서 없던 여유가 생겼고, 움직임이 한층 더 부드러워졌다.

플레이도 러시아보다 훨씬 더 과감했다.

─지동운의 좋은 탈압박입니다! 멋진 턴이네요! 지동운이 김진욱에게 패스합니다. 어어? 김진욱이 때립니다!

─아~! 골대를 벗어나네요. 하지만 좋은 시도였습니다! 방금과 같은 과감한 슈팅 시도는 골로 연결되지 않았어도 충분히 좋은 플레이죠!

한국은 전반전이 끝날 때까지 러시아를 밀어붙였지만, 추가골은 나오지 않았다.

지동운과 김진욱이 좋은 찬스를 하나씩 놓치며 벌어진 일이었다. 그래도 한국의 분위기는 좋았다.

추가골 없이도 3 대 0이었고, 지금과 같은 분위기가 이어진다면 후반전에서도 러시아를 압도할 거라는 자신감이 생겼기 때문이었다.

─후반전이 시작됩니다!

러시아는 후반전을 맞이하며 선수 하나를 교체했다. 공격수 하나를 늘리며 어떻게든 골을 넣겠다는 의지를 불태웠다.

마음을 다잡고 나온 러시아의 공격은 전반전보다 날카로웠다.

유리 지르코프의 돌파에 이은 왼발 슈팅에 한국은 조금 허무할 정도로 쉽게 골을 허용하고 말았다.

—아~! 우리 선수들이 조금 더 집중할 필요가 있습니다! 방금과 같은 수비는 나와선 안 되거든요……!

—윤성영 선수! 너무 무기력한 수비였죠! 조금 더 끈질기게 붙어 줘야 합니다. 유리 지르코프는 방금 보여 줬던 것처럼 돌파 능력과 왼발 슈팅 능력을 전부 갖춘 선수거든요! 슈팅 공간을 내주면 안 됩니다!

후반전이 시작된 지 얼마 되지 않아 골을 허용한 지금.

이민혁의 표정엔 변화가 없었다.

'괜찮아. 애초에 러시아의 공격진은 우리 수비수들이 막기 힘든 상대야.'

예상 범위 안에 있던 일이었다.

러시아의 공격은 무시할 수 없다. 잠깐이라도 틈이 보이면 언제든지 골을 넣을 수 있을 정도로 강하다.

더구나 한국의 수비는 강한 편이 아니다.

냉정히 말하면 약한 편이다.

기술적이지도 않고, 조직력도 별로다. 사실상 정신력으로 몸을 던져 가며 하는 수비에 가까웠다.

'중원에서 더 잘 싸워 줘야 해.'

이민혁은 러시아가 쉽게 공격을 전개하게 만들면 안 된다는 걸 다시 한번 느끼며.

활동 반경을 넓히기 시작했다.

―이민혁 선수가 중앙으로 내려가서 공을 받아 주고 있습니다. 아무래도 중원에 안정감을 주려는 움직임이겠죠?

　―맞습니다. 이민혁 선수와 같이 발이 빠른 선수는 중원에서 공을 받아 주면서도 기회가 생기면 빠르게 역습에 참여할 수도 있죠. 다만, 체력적으로는 더 힘들어질 텐데… 이민혁 선수가 팀을 위해 굉장한 활동량을 보여 주고 있습니다.

　이민혁이 지원을 하자, 중원에서의 안정감이 높아졌다.

　패스의 연결도 더 부드러웠다. 이민혁이 측면과 중앙을 뛰어다니며 러시아 선수들을 끌고 다녔기에, 다른 한국 선수들은 비교적 편하게 패스를 주고받았다.

　투욱!

　이민혁은 굴러오는 공을 잡지 않고, 바로 동료에게 넘겼다. 이민혁을 막으려던 러시아 선수 두 명은 짜증을 내며 다시 공을 쫓았다.

　그 순간, 이민혁의 얼굴에 미소가 지어졌다.

　'슬슬 나가도 되겠어.'

　일부러 패스 위주의 플레이를 해서 압박하려는 러시아 선수들을 짜증 나게 했다.

　점점 압박의 강도가 약해지는 게 느껴졌고, 이민혁은 먹잇감을 노리는 사냥꾼처럼 타이밍을 기다렸다.

　이민혁이 한국형에게 넘겨준 공은 기석용을 지나 반대편에 있는 손흥민에게로 향했다. 손흥민은 다시 뒤에 있는 풀백 윤성영에게로 패스했고.

─윤성영이 반대편으로 길게 공을 뿌립니다! 이형이 공을 받습니다. 이형, 이민혁에게 패스합니다.

투욱!
이민혁에게로 공이 넘어왔다.

공을 몰고 천천히 전진하는데, 러시아 선수들이 적극적으로 압박을 해 오지 않았다. 어차피 동료에게 패스할 거라고 생각하는 모양이었다.

'지금이야.'
이민혁의 눈이 빛났다.

기다리던 타이밍이었다.

툭! 툭!
공을 짧게 치며 전진했다.

후반전에 들어선 뒤로는 패스 위주로 플레이했고, 같은 양발잡이인 손흔민과 가끔 스위칭하며 러시아 수비수들의 머릿속을 복잡하게 만들어 놓은 상태였다.

러시아 수비수들은 적극적으로 달려들지 않았다. 경계하는 얼굴로 거리를 두며 뒷걸음질을 쳤다.

'한 명 정도는 덤벼 주는 게 좋은데.'
이민혁이 전진하는 속도를 높였다. 그제야 러시아 선수 하나가 달려들었다. 러시아의 미드필더 빅토르 파이줄린이었다. 이민혁이 더 전진하는 걸 막아 버리겠다는 듯 다짜고짜 슬라이딩태클을 해 왔다.

좌아아악!

하지만.

이민혁은 이미 그의 움직임을 다 보고 있었다.

빅토르 파이줄린이 슬라이딩태클을 할 때, 이민혁은 이미 공을 뒤로 빼며 몸을 휙 돌렸다.

공은 회전하는 이민혁의 발에 딱 붙어서 따라왔다. 빅토르 파이줄린의 다리는 애꿎은 잔디를 쓸었다. 최상위 수준의 드리블 실력을 지닌 선수들만이 보여 줄 수 있는 움직임.

그런 이민혁의 움직임에 경기를 중계하던 해설들이 감탄했다.

─우오오옷?! 이민혁! 엄청난 턴입니다! 발에 본드라도 붙여 놨나요? 어떻게 저런 컨트롤을 할 수가 있죠? 빅토르 파이줄린의 태클 타이밍도 나쁘지 않았는데, 이민혁이 손쉽게 피해 버립니다!

─정말 대단하네요! 이민혁 선수가 공을 다루는 실력은 시야를 전 세계로 넓혀 봐도 쉽게 보기 힘든 높은 수준입니다!

빅토르 파이줄린의 태클을 피하며, 이민혁의 앞엔 전진할 공간이 생겼다. 이민혁은 어김없이 공을 툭 치며 전진했다.

─이민혁이 계속 전진합니다! 이민혁은 이 정도 거리면 충분히 슈팅을 때릴 수도 있거든요?!

이민혁이 강력하고 정확한 양발 슈팅을 지닌 선수라는 것.

그건 러시아 선수들도 전부 인지하고 있는 사실이었다.

그래서일까?

러시아 선수 둘이 다급하게 튀어나왔다.

전반전에 이민혁에게 당했던 러시아의 풀백 드미트리 콤바로프와 러시아의 센터백 바실리 베레주츠키였다.

두 선수는 절대 뚫리지 않겠다는 기세를 뿜어냈다.

더군다나 러시아는 조금 전에 한 골을 넣으며 기세가 올라온 상태. 두 선수에게선 전반전에 볼 수 없던 기세가 느껴졌다.

'오… 장난 아닌데?'

이민혁이 작게 감탄했다.

수비수 두 명이 달려드는 모습이 꽤 위협적으로 느껴졌다. 특히 190㎝의 거구 바실리 베레주츠키의 인상이 강렬했다.

'바실리, 저 사람이 러시아 주장이었지?'

자신을 막기 위해 달려드는 바실리 베레주츠키는 러시아의 주장이다.

확실히 주장다운 카리스마가 느껴졌다. 인상도 강렬했고, 수비를 펼치는 움직임도 좋아 보였다.

이처럼 강해 보이는 수비수들을 상대하게 됐음에도.

이민혁은 오히려 좋아했다.

'주장을 탈탈 털어 버리면 기세가 좀 죽겠지?'

어차피 러시아의 희망을 완전히 짓밟아 줄 생각이었으니까.

그러기에 러시아의 주장 바실리 베레주츠키는 아주 좋은 제물이었으니까.

타앗!

이민혁은 덤벼드는 두 명의 수비수를 보며 정면으로 파고들었다. 상대의 발이 들어오는 게 보였다. 이때, 이민혁은 오른발로 공을 왼쪽으로 툭 쳤다. 이어서 왼발 안쪽으로 다시 공을 툭 치며 전진했다.

팬텀 드리블.

또는 라 크로케타라 불리는 기술.

이 기술로 깊게 들어온 드미트리 콤바로프의 다리를 피해 냈다. 이민혁은 연결 동작으로 왼쪽으로 상체를 흔들었다. 왼쪽으로 파고들 것처럼 속이는 페인팅.

그러자 바실리 베레주츠키가 반응하며 발을 쑤욱 뻗었다. 이민혁은 상체를 오른쪽으로 끌어오며 왼발로 공을 톡 밀어 넣었다. 공은 벌어진 바실리 베레주츠키의 다리 사이를 통과했다. 두 명의 수비수 사이를 파고든 이민혁이 빠져나온 공을 향해 다리를 휘둘렀다.

할 수 있는 한, 가장 강하게 슈팅을 때렸다.

뻐어어엉!

발과 공이 부딪치는 소음이 터진 순간.

경기장 위에 있던 모든 선수의 눈이 러시아의 골대 안으로 향했다.

이들 모두 볼 수 있었다.

러시아의 골 망을 찢을 듯 강렬하게 회전하고 있는 공을.

양팔을 펼친 채로 굳어 있는 러시아의 골키퍼 아킨페예프의 모습을.

두 번째 골을 넣었을 때.

떠오르는 메시지들을 보며 이민혁은 생각했다.

아무리 월드컵이라고 해도, 조별리그에서는 2골을 넣는 정도로 많은 경험치를 얻는 건 무리일 거라고.

최소한 3개의 골 정도는 넣어 줘야 많은 경험치를 얻을 수 있을 거라고.

그리고 지금.

─고오오오오오올! 이민혁이 엄청난 골을 터뜨립니다!

─해트트릭입니다! 이민혁 선수가 러시아를 상대로 해트트릭을 기록합니다! 바이에른 뮌헨의 천재 윙어가 한국대표팀에 완벽하게 적응했습니다!

이민혁은 러시아와의 조별리그 경기에서 3골을 기록했다.

[퀘스트를 완료하셨습니다!]

[퀘스트 내용: 2014 FIFA 월드컵에서 첫 해트트릭을 기록하세요.]

[보상으로 경험치가 50% 증가합니다.]

[퀘스트를 완료하셨……]

…….

[레벨이 올랐습니다!]

'좋아!'

이민혁이 환하게 웃었다.

레벨업이라는, 기대했던 결과가 나왔다.

[스탯 포인트 2를 사용하셨습니다.]

[몸싸움 능력치가 2 상승합니다.]
[현재 몸싸움 능력치는 73입니다.]

조금 전 이민혁은 두 명의 선수 사이를 파고들 때, 하마터면 중심을 잃을 뻔했다.

돌파를 방해한 러시아 선수들의 몸싸움이 생각보다 너무 강했기 때문이었다.

'스킬이 있어서 버티긴 했지만, 역시 유럽 선수들 두 명과 싸우긴 힘들어.'

[바디 밸런스]
유형: 패시브
효과: 쉽게 넘어지지 않고, 넘어져도 금방 일어날 수 있게 됩니다.

이민혁은 40레벨이 되었을 때 얻었던 '바디 밸런스' 스킬의 정보를 바라봤다.

지금도 이민혁에게 아주 큰 힘이 되는 스킬.

다만, 이제는 한계가 드러났다.

'앞으론 몸싸움 능력치에도 많은 투자를 해야겠어.'

더 나은 미래를 생각하며, 이민혁은 다시 경기에 집중했다.

경기는 아직 끝나지 않았다.

─한국의 분위기가 너무 좋습니다. 이대로 러시아에게 승리하게 된다면 한시름 크게 놓을 수 있죠~!

—그렇습니다. 앞으로 만나게 될 팀들이 전부 강한 팀들이라는 걸 생각하면, 러시아전에서의 승리는 16강으로 향하는 길에 분명 큰 힘이 될 겁니다!

현재 스코어는 4 대 1.
한국이 러시아를 점수로 압도하는 상황이었다.
러시아로선 최악의 상황이었다.
역전을 하려면 4골을 넣어야 하는데, 이건 절대 쉬운 일이 아니었다. 너무 어려운 일이다.
특히, 한국의 경기력은 월드컵이 시작되기 전과 아주 많이 달라졌다.
심지어 수비까지도.

—김형권이 필사적으로 러시아의 공격을 막아 냅니다! 이야~! 오늘 한국의 수비가 상당한데요? 선수들의 집중력이 대단합니다!

집중력을 잃지 않고 끝까지 몸을 던지며 러시아의 공격을 막아 냈다.
심지어 평소 많이 뛰지 않는다고 평가받는 기석용까지도 티셔츠가 다 젖을 때까지 뛰며 수비를 도왔다.
한국대표팀은 모든 선수가 희생하며 승리를 향해 달렸다.
그 결과.

삐이이이익!

—경기 종료됩니다! 한국이 조별리그 첫 경기에서 러시아를 잡아 내며 승점을 획득합니다!

한국은 러시아와의 경기에서 승리했다.
최종 스코어는 4 대 1이었다.
이민혁은 후반 80분에 교체되어 휴식을 부여받았고, 관중들의 커다란 박수를 받아 냈다.

「한국, 16강 향한 가능성 높아져! 러시아와의 경기에서 4 대 1 승리!」
「이민혁의 효과인가? 한국이 달라졌다. 수비는 탄탄해지고, 공격은 강해졌다. 믿기 힘든 경기력에 한국 축구 팬들 열광해.」

오랜만에 본 한국대표팀의 시원한 경기력.
당연하게도 한국 팬들은 열광했다.

ㄴ지렸다… 하… 진짜 지려 버렸다… 이게 얼마 만이냐. 이런 경기력 정도만 계속 보여 주면 잘하면 벨기에랑도 비벼 볼 수 있을 듯.
ㄴ이래서 팀에 클래스 있는 선수가 하나쯤은 있어야 함. 이민혁 하나 들어오니까 경기력이 달라져 버렸잖아?
ㄴ이민혁 해트트릭ㅋㅋㅋㅋㅋ 와… 러시아 애들 다 털어 버리는 거 봤냐?
ㄴ난 이민혁 교체될 때 일어서서 박수쳤음. 이민혁한테는 그렇게 해야 함.

ㄴ근데 진짜 대단하지 않냐? 한국 나이로 이제 겨우 20살인데 너무 잘하잖아.

ㄴ천재임. 근데 천재가 노력도 해. 걍 괴물이야. 바이에른 뮌헨에서도 맨날 동료들 귀찮게 해서 축구 기술 배운다더라ㅋㅋㅋㅋ

ㄴ이거 리얼임ㅋㅋㅋㅋㅋㅋㅋ 독일 현지 기사 뜨는 거 보면 이민혁이 팀에서 제일 열심히 훈련한다더라.

ㄴ이민혁 드리블이랑 슈팅이 너무 시원해서 속이 뻥 뚫렸음. 그리고 다른 선수들도 오늘은 잘했음. 기석용도 많이 뛰었고, 손훈민도 잘했고, 지동운, 김진욱, 홍정후, 김형권 다 굿이었음.

ㄴㅋㅋㅋㅋㄱ 와중에 윤성영은 뺐네?

ㄴ아;;; 윤성영은 솔직히 유리 지르코프한테 개털렸잖어;;;

이처럼 한국 축구 팬들이 모인 커뮤니티의 분위기도 좋았다.

러시아전 이후로, 팬들은 한국이 정말 16강에 오를 수도 있겠다는 생각을 할 수 있게 됐다.

다만, 며칠 뒤에 펼쳐진 앞 조의 경기들을 본 뒤론 생각이 조금은 바뀌게 됐다.

「우승 후보 팀들의 16강 탈락! 전 세계 축구 팬들을 충격에 빠뜨려!」

「무적함대 스페인, 우승 후보 팀이었지만 16강에도 오르지 못할 가능성 높아져!」

우승 후보라고 불리던 팀들.

스페인, 잉글랜드, 포르투갈과 같은 팀들이 조별리그에서 2패를 하며, 사실상 16강에서 멀어졌다는 소식.

이 소식들은 한국 축구 팬들을 불안하게 만들었다.

"스페인 같은 팀도 떨어지는데… 한국이 정말 16강에 올라갈 수 있을까……?"

"뭐? 잉글랜드랑, 포르투갈, 스페인이 다 떨어질 상황이라고? 헐……! 한국은 한 번만 더 이기면 되지? 근데 만약에 알제리한테 지면 벨기에를 이겨야 하는 거잖아? 좀 불안한데……?"

"알제리전에서 꼭 이겨야 해. 그래야 안심할 수 있는 상황이야."

"하… 알제리도 쉬운 상대가 아닌데……."

러시아전에서 승리하며 16강이 가까워졌지만, 알제리와의 경기에서 패배하면 벨기에를 이겨야 하는 상황이 만들어진다는 것.

알제리를 무조건 이겨야 한다는 부담. 그리고 알제리가 만만한 팀이 아니라는 것.

이 모든 것들이 한국 축구 팬들을 불안하게 했다.

다만, 막상 한국대표팀의 분위기는 좋았다.

"다들 근육 잘 풀어 둬! 경기 얼마 안 남은 상황에서 근육이 피로해지면 절대 안 돼. 오늘부터 스트레칭 시간도 더 늘릴 거니까 다들 잘 따라와 주도록 해!"

홍명조 감독이 선수들을 향해 웃으며 소리쳤고.

선수들도 미소를 지으며 장난스레 대답했다.

"예, 감독님! 끝까지 따라가겠습니다!"

"안 그래도 푹 자고 왔어요~!"

"하하! 저흰 아직 젊습니다. 감독님은 컨디션 어떠세요?"

크게 밝아지고, 자신감이 드러나는 분위기.

러시아전에서의 승리는 한국대표팀에 큰 영향을 미쳤다.

또, 훈련 때마다 점점 좋아지는 경기력도 선수들의 심리에 커다란 안정감을 줬다.

마지막으로.

이민혁의 존재는 한국대표팀 선수들이 자신감을 가진 가장 큰 이유였다.

이민혁에 대한 대표팀 선수들의 믿음은 날이 갈수록 커졌다.

'민혁이가 있으면 알제리도 무조건 이길 수 있어.'

'난 1인분만 하면 돼. 그럼 민혁이가 알아서 3인분은 해 줄 거야.'

'알제리? 걔네는 이민혁 같은 괴물을 절대 못 막아. 아마 알제리 녀석들도 직접 붙어 보면 깜짝 놀라겠지.'

'알제리? 우린 이민혁이 있는데 뭐.'

지금의 한국대표팀은 팬들과는 달리, 불안해하지 않았다.

알제리는 물론이고, 심지어 세계적인 축구 강국인 벨기에를 상대로도 이길 수 있다는 생각을 하고 있었다.

그리고 며칠 뒤.

―한국대표팀 선수들과 알제리대표팀 선수들이 경기장에 입장합니다! 16강에 오르기 위해 특히나 치열한 경기가 펼쳐질 것이 예상되는데요?

―양 팀 선수들의 눈빛이 강렬하네요. 이들 모두 승리만을 생각하고 있을 겁니다! 특히, 알제리의 경우엔 지난 조별리그 첫 경기에서 벨기에를 만나 패배했기 때문에 한국과의 경기에선 더욱 좋은

경기력을 보여 줄 것 같습니다.

한국과 알제리와의 경기가 시작됐다.

        *   *   *

한국대표팀의 선발진은 러시아전 때와 거의 같았다.
팀 내 최장신 스트라이커인 김진욱이 최전방에 섰고, 구지철
이 공격형 미드필더로 출전했다.
양쪽 윙어는 손훈민과 이민혁, 중원엔 기석용과 한국형, 수비진
엔 윤성영, 홍정후, 김형권, 이형, 골키퍼 자리엔 정석룡이 나왔다.
러시아전과 달라진 건 지동운이 아닌, 구지철이 공격형 미드
필더로 선발 출전했다는 것 정도.

―알제리는 발이 빠른 선수들이 많고, 그 빠른 발을 잘 이용하
는 전술을 씁니다. 당연히 역습에도 굉장히 능하고요. 비록 벨기에
와의 경기에서 패배하긴 했지만, 경기 내용만 봤을 땐 알제리도 상
당히 강력한 모습을 보였습니다. 우리 대표팀 선수들은 알제리의
빠른 발을 이용한 역습을 경계할 필요가 있습니다!

해설들의 말처럼, 한국대표팀은 신중하게 공을 돌렸다.
알제리의 역습을 허용하지 않기 위해, 라인을 내린 채 천천히
패스를 이어 받았다.
이민혁도 러시아전과는 달리 초반부터 과감한 돌파를 시도하

지 않았다.

'알제리는 러시아보다 조직력이 좋은 팀이야. 한번 역습을 내주면 바로 골을 내줄 수도 있어. 침착하게 풀자.'

이민혁은 스스로 만능이 아니라는 걸 아주 잘 알고 있었다.

공격진은 어떻게든 풀어 줄 자신이 있지만, 수비적인 부분은 돕는 것에 한계가 있다.

특히, 역습을 허용했을 땐 이민혁이 해줄 수 있는 게 거의 없다.

그래서.

'우리 수비진은 언젠간 알제리에게 골을 허용하긴 할 거야. 그건 어쩔 수 없어. 알제리를 이기려면 골을 안 내주는 것보단, 더 많은 골을 넣는 것에 초점을 맞춰야 해.'

이민혁은 자신이 할 수 있는 걸, 최선을 다해서 할 생각이었다.

훈련은 열심히 해 왔다. 매일 숨이 턱 끝까지 차오르고, 옷이 전부 땀에 젖을 정도로 모든 걸 쏟아 내며 살아왔다.

이처럼 매일 흘린 땀은 이민혁에겐 자신감으로 돌아왔다.

상대인 알제리.

저들에게 자신의 실력을 보여 줄 수 있을 것이라고 확신했다.

—이민혁이 오른쪽 측면에서 공을 받습니다! 이민혁이 공을 몰고 올라갑니다!

알제리의 조직력은 확실히 괜찮았다. 월드컵을 위해 모인 팀이라는 게 믿어지지 않을 정도로.

알제리 선수들은 이민혁이 공을 잡자 빠르게 주변을 둘러쌌다. 강한 압박이었다. 뚫고 나갈 공간이 보이지 않았다.

그럼에도 이민혁의 표정은 평온했다.

'공간이 안 보이면.'

저들의 플레이는 분명히 좋다. 한꺼번에 3명이 주변을 둘러싸며 달려들기에 느껴지는 압박감도 상당했다.

다만.

'만들면 되지.'

분데스리가에서 만났던 도르트문트, 챔피언스리그에서 만났던 레알 마드리드, 아틀레티코 마드리드 같은 팀과 싸웠을 때와 비하면 어렵지 않다.

도르트문트, 아틀레티코 마드리드, 레알 마드리드의 압박은 강했다.

그중 챔피언스리그 결승에서 만났던 아틀레티코 마드리드의 압박은 숨이 막힐 정도로 강했었다.

그토록 강했던 압박도 결국엔 이겨 냈던 이민혁이다.

알제리 선수들이 공간을 내주지 않고 강하게 압박하는 지금은.

압박을 이겨 내고 강제로 공간을 만들어 주면 된다.

스윽!

이민혁은 발바닥으로 공을 끌며 뒷걸음질을 쳤다.

주변을 둘러싸던 알제리 선수들이 그런 이민혁에게 더욱 접근했다. 이때, 이민혁은 왼쪽으로 몸을 틀었다. 동료 미드필더 한국형이 보였다. 그에게 패스할 것처럼 왼발을 슬쩍 휘둘렀다. 알제리 선수들은 반응하지 않았다.

'안 속네? 그럼 이건 어떨까?'

이민혁은 이번엔 왼쪽 발바닥으로 공을 뒤로 끌었다. 동시에 뒤꿈치로 공을 밟았다. 퉁! 공이 무릎 높이 정도로 튀어 올랐다.

그 순간, 알제리 선수들은 이민혁이 뭘 할지 눈치챘다.

"막아! 저 자식, 뒤꿈치로 공을 넘기려고 하는 거야!"

"가까이 붙어서 못 빠져나가게 해!"

뒤꿈치로 공을 앞으로 넘겨, 3명을 단숨에 돌파해 내려는 것.

알제리 선수들은 그렇게 생각하며 이민혁에게 달려들었으나.

'응, 그거 아니야.'

이민혁은 떠오른 공을 뒤꿈치로 차올리지 않았다. 뒤꿈치로 공을 그대로 가지고 내려오며, 몸을 회전했다.

─이민혀어어어억! 마르세유 턴입니다! 마르세유 턴으로 3명의 압박을 벗어납니다!

몸을 회전한 이민혁에겐 기다렸다는 듯 다른 선수가 달려들었다. 알제리 선수들은 한국과 러시아의 경기를 철저히 분석하며, 이민혁에겐 공간을 절대 내주면 안 된다고 생각했다.

'벌써?'

이민혁도 놀랄 정도로 빠른 압박이었다.

3명을 단숨에 제쳐 냈음에도 바로 선수 하나가 추가로 붙는 건 쉽게 경험하기 힘든 일이었으니까.

그럼에도 이민혁은 침착했다.

상대 선수가 발을 넣는 걸 끝까지 지켜보며 팬텀 드리블로 제쳐 냈다.

—오오오오옷! 이민혁이 화려한 드리블로 4명을 제쳐 냅니다!

'거의 다 됐어.'

이제 이민혁의 앞엔 많은 공간이 보였다.

4명을 제쳐 내며 상대 수비진엔 선수가 몇 남지 않았다.

여기서 이민혁은 더 전진하는 걸 선택했다. 아직 골대와의 거리는 멀었으니까.

'두 걸음 정도만 더 가면 충분히 슈팅할 수 있는 거리가 만들어질 거야.'

이민혁은 다음 플레이를 계산하며 공을 앞으로 툭 밀었다.

그때였다.

퍼억!

강한 타격음이 귓속을 파고들었다.

그와 동시에 발목에서 끔찍한 고통이 느껴졌다.

*　　　　*　　　　*

경기장의 분위기는 뜨겁게 달궈졌다.

한국을 응원하던 관중들은 기립한 채 함성을 질러 댔다.

이민혁이 3명의 압박을 이겨 내고, 추가로 달려든 한 명의 선수마저 화려한 드리블로 제쳐 냈기 때문.

다만, 지금은 경기장의 분위기가 차갑게 식었다.

열광하던 관중들은 분노를 표출하기 시작했다.

"심판! 당장 레드카드를 꺼내! 저 자식, 우리 민혁이한테 더러운 반칙 한 거 다 봤잖아?!"

"저 자식! 방금 공이 아니라 이민혁의 발목을 노렸어! 대놓고 담그려고 했다고!"

"이민혁 다리는 괜찮은 건가? 엄청 세게 걷어차인 것 같던데……?"

"알제리 자식, 저렇게 더러운 플레이를 할 줄이야! 우리 이민혁이 부상이 아니어야 할 텐데……."

관중들은 분노를 표출하면서도 이민혁을 향해 걱정이 가득 담긴 시선을 보냈다.

발목을 노린 위험한 백태클!

알제리 선수의 백태클에 발목을 걷어차인 이민혁은 경기장에 쓰러져서 일어나지 못하고 있었다.

주변의 동료들이 걱정스러운 얼굴로 상태를 물어 왔다.

"민혁아! 괜찮아?!"

"다쳤어? 상태는 좀 어때?"

"움직일 수 있겠어? 당장 의료진 부를까?"

그때, 의료진이 다급하게 튀어나왔다.

현재 한국대표팀의 에이스는 누가 뭐라 해도 이민혁이다. 의료진 역시 한국대표팀 소속. 이들도 다른 사람들만큼이나 이민혁이 다치지 않기를 바랐다.

"이민혁 선수! 괜찮아요? 오른쪽 발목 맞죠? 한번 움직여 볼래요?"

"…잠시만요."

이민혁이 대답을 하며 오른쪽 발목을 슬쩍 움직여 봤다. 그 즉시 날카로운 통증이 느껴졌다.

"윽… 되게 아픈데요?"

"그래도 움직여지긴 하네요?"

"예. 움직여지긴 해요. 아파서 문제지."

"다행이에요. 뼈엔 이상이 없는 것 같아요."

"…휴!"

이민혁이 팔을 들어 이마에 흐르는 식은땀을 닦아 냈다.

발목에서 느껴지는 고통이 상당했다. 다행인 건 그 고통이 조금씩 약해지고 있다는 것이다.

'다행히 단순한 타박상인 모양이야.'

의료진의 말을 듣기 전부터, 이민혁은 뼈엔 이상이 없을 거라는 걸 알고 있었다.

어지간한 선수는 뼈가 다칠 수도 있는 악의적인 태클에 당했지만.

태클에 당하는 것과 동시에 떠오른 메시지 때문에 조금이나마 안심할 수 있었다.

[부상을 입을 수 있는 위험한 태클에 당했습니다!]

['강인한 신체' 스킬 효과가 발동됩니다!]

[쉽게 다치지 않게 됩니다.]

'저 자식……!'

이민혁은 고개를 들어서 태클을 한 선수를 바라봤다.

마지드 부게라.

알제리의 중앙수비수인 그는 미안하다는 말 한마디 없이, 억울한 표정으로 심판에게 무언가를 얘기하고 있었다.

'변명을 하고 있겠지.'

마지드 부게라의 변명이 통했던 걸까?

주심은 레드카드를 꺼내 들지 않고 옐로카드를 꺼내 들었다.

우우우우우!

주심의 판단에 관중들이 야유를 보냈고.

"이게 어떻게 옐로카드예요? 대놓고 발을 높게 든 백태클인데 당연히 레드카드를 주셔야죠!"

"저기 지금 제대로 일어나지도 못하는 거 안 보여요? 이게 왜 옐로카드예요?"

"방금은 분명 고의로 발목을 걸어찼다고요! 한 번 더 생각 좀 해 주세요!"

한국대표팀 선수들도 주심에게 항의했지만, 주심은 강경했다.

이미 내린 판결을 뒤집지 않았다.

'아쉽네.'

이민혁이 자리에서 일어났다.

혹시 모를 레드카드를 기대하며 조금 더 앉아 있었는데, 이젠 그럴 필요가 없어졌다.

발목의 상태는 괜찮았다. 의료진도 부상은 아니라고 말했고, 실제로도 괜찮게 느껴졌다.

자리에서 일어난 이민혁이 제자리에서 가벼운 점프를 하며 다시 한번 상태를 확인했다.

'강인한 신체 스킬이 좋긴 하네.'

스킬의 효과에 감탄하며, 이민혁은 기석용에게 다가갔다.

"형, 제가 차도 될까요?"

그러자 프리킥을 준비하려던 기석용이 눈을 크게 뜨고 되물었다.

"어? 너, 발목 괜찮아?"

"예. 생각보다 괜찮아요. 그리고 저 양발잡이잖아요."

"크으…… 괴물 같은 자식! 그래, 네가 차라."

기석용은 이민혁에게 프리킥을 양보했다.

왼발로 차기 좋은 코스이기도 했고, 이민혁이라면 프리킥을 양보할 수 있었다.

'민혁이 저 녀석, 프리킥도 장난 아니니까.'

기석용은 대표팀 훈련 때, 이민혁과 함께 프리킥 연습을 해 왔다. 그래서 확신했다. 이민혁의 프리킥 실력이 수준급이라는 것을.

'저 괴물 같은 자식. 처음 대표팀에 들어왔을 때만 해도, 나보다 프리킥이 별로였던 것 같은데… 어느새 나보다 더 잘 차게 됐잖아?'

이민혁의 다리 상태가 괜찮다면, 프리킥은 당연히 이민혁이 차는 게 낫다. 그렇게 생각하며 기석용은 프리킥을 준비하는 이민혁의 옆에 섰다.

그가 할 역할은 알제리 선수들을 속이는 것.

자신이 찰 것처럼 행동하며, 실제로는 이민혁이 왼발로 프리킥을 차는 것이다.

―기석용 선수와 이민혁 선수가 나란히 서 있네요? 아마도 기석용 선수가 차겠죠?

―그렇습니다. 왼발로 차는 게 조금 더 유리한 위치이긴 한데…

기석용 선수 정도의 킥 능력이면 충분히 직접 골을 넣을 수 있습니다. 게다가 이민혁 선수는 방금 태클에 당해서 바로 강한 킥을 하기엔 무리가 있지 않을까 생각되네요.

해설들 역시 속아 버렸다.

당연하게도 알제리 선수들도 이민혁이 직접 찰 것이라고는 생각하지 못했다.

많은 분석을 했지만, 이민혁은 분데스리가에서도 챔피언스리그에서도 단 한 차례도 프리킥을 보여 준 적이 없었으니까.

"기석용의 프리킥을 조심해. 각을 좀 더 막아!"

"점프할 때 확실하게 뛰자고!"

알제리 선수들은 기석용의 오른발 프리킥에 대비해서 위치를 조금씩 조정했다.

─부디 이번 프리킥으로 골을 넣었으면 좋겠습니다. 기석용 선수가 찰 준비를 합니다!

기석용이 뒷걸음질을 치며 자세를 잡았다.

삐이이이익!

주심히 프리킥을 차도 좋다는 신호를 보냈다.

기석용이 공을 향해 달려갔다. 딱 달라붙어 벽을 만든 알제리 선수들의 몸이 순간적으로 굳었다. 이들은 긴장한 얼굴로 기석용이 공을 차기를 기다렸다. 그러나 기석용은 공을 차지 않고 스쳐 지나갔다.

공을 향해 다리를 휘두른 건 이민혁이었다.

―어엇? 이민혁이 찹니다!

퍼엉!

이민혁의 왼발에 강하게 맞은 공이 휘어 들어갔다. 왼쪽에서 오른쪽으로. 높게 뜬 공이 알제리 선수들로 이뤄진 벽을 넘었다. 골대 상단 오른쪽 구석으로 날카롭게 파고들었다.

완전히 구석은 아니었지만, 골로 연결하기엔 충분한 슈팅이었다.

알제리의 골키퍼는 기석용의 오른발 슈팅을 예상했기에, 타이밍을 완전히 뺏겨 버렸다.

철렁!

골키퍼가 몸을 날리지도 못했고, 알제리의 골 망은 크게 흔들렸다.

"와아아아아아악!"

"우오오오오! 이민혁, 이 미친놈!"

"고오오오오오올! 저 자식이 또 해냈어!"

잔뜩 흥분한 한국대표팀 선수들이 소리를 지르며 달려들었고,

'드디어 프리킥으로 골을 넣어 보네.'

이민혁은 씨익 웃으며 양팔을 펼쳤다.

달려드는 동료들과 포옹을 한 뒤.

이민혁은 허공에 떠오른 메시지를 바라봤다.

[퀘스트를 완료하셨습니다!]

[퀘스트 내용: 2014 FIFA 월드컵, 알제리전에서 프리킥으로 골을 기록하세요.]

[보상으로 경험치가 대폭 증가합니다.]

[퀘스트를 완료하셨습니다!]

[퀘스트 내용: 2014 FIFA 월드컵에서 첫 프리킥 골을 기록하세요.]

[보상으로 경험치가 50% 증가합니다.]

·······.

'다음번엔 레벨이 오르겠네.'

이민혁이 흐뭇하게 웃으며 허공에 떠 있는 메시지들을 치웠다.

―이민혁 선수의 골로 대한민국이 알제리를 상대로 1 대 0으로 앞서갑니다! 우리가 지난 러시아전에 이어서 오늘도 이른 시간에 골을 기록했네요! 출발이 아주 좋습니다!

―겨우 7분 만에 넣은 골입니다. 이민혁 선수는 지난 경기에서 경기 시작 8초 만에 골을 넣어서 모두를 놀라게 하더니, 오늘은 7분 만에 골을 넣었네요~! 도대체 저희를 얼마나 놀라게 하려는 걸까요?

알제리 선수들은 당연히 몰랐다.

전반전 7분 만에 골을 허용하게 될 거라는 것을.

더구나 이민혁에게 프리킥으로 골을 먹힐 거라는 생각은 더더욱 하지 못했다.

─알제리 선수들이 급해졌습니다. 패스의 정교함이 눈에 띄게 떨어졌습니다!

알제리는 급해질 수밖에 없었다.

전반전이 끝나기 전까지 어떻게든 동점골을 넣어야 한다고 생각했으니까.

다만, 축구는 급할수록 원하는 경기력이 나오지 않는 스포츠다.

억지로 템포를 올린 알제리는 자꾸만 패스 실수를 하기 시작했고, 한국대표팀은 그런 알제리의 실수를 기회로 이용했다.

─한국형이 끊어 냅니다! 한국형, 이형에게 패스합니다. 이형의 오버래핑! 아~! 뒤에 있는 이민혁에게 공을 돌리네요. 무리하게 돌파를 시도하진 않습니다. 이민혁, 천천히 전진합니다!

빠르게 역습을 했다면 골을 만들 수도 있었던 기회였지만, 이형은 안전하게 공을 돌리는 걸 선택했다.

이민혁이 공을 잡자 알제리 선수들이 기다렸다는 듯 둘러쌌다. 마치 '네가 돌파를 시도할 거라는 걸 알고 있다. 하지만 이젠 절대 안 당해'라는 표정으로 이민혁을 강하게 압박했다.

이때, 이민혁은 대각선 뒤에 있는 기석용에게 땅볼 패스를 뿌렸다. 동시에 스피드를 올려 전방으로 튀어 나갔다.

기석용은 그런 이민혁에게 바로 롱패스를 뿌렸다.

퍼어엉!

역시 정확한 롱패스였다.

이민혁은 만족스럽게 웃으며 발을 뻗었다.

툭!

공을 부드럽게 떨어뜨렸다. 그러자 중앙수비수 하나가 달려들었다. 조금 전 악의적인 백태클을 했던 마지드 부게라였다.

마지드 부게라는 잔뜩 긴장한 얼굴로 자세를 낮췄다.

'긴장되겠지. 이제 옐로카드 하나만 더 받으면 퇴장이니까 쉽게 반칙을 할 수도 없잖아?'

마지드 부게라는 190㎝의 거구 센터백이다.

그런 남자가 식은땀을 흘리며 뒷걸음질을 치는 모습은 제법 웃겼다. 하지만 이민혁은 웃음기를 지웠다. 녀석은 더러운 태클을 했던 선수다. 가능한 가장 치욕스러운 기분을 느끼게 해 줄 것이다.

휘익!

이민혁의 봄이 앞으로 쏠렸다.

타다닷!

그 타이밍에 마지드 부게라가 달려들었다. 기회라고 생각한 것이다. 강인한 피지컬로 이민혁의 돌파를 막으며 공을 빼낼 계획이었다.

그러나.

"……?!"

마지드 부게라의 눈이 커졌다.

이민혁의 발밑에 공이 없었다. 당황한 그는 파고드는 이민혁을 막으려고 했지만, 이민혁은 이미 그를 피해서 페널티박스 안으로 파고들고 있었다.

"공은? 공은 어디 있는 거냐!"

그때, 마지드 부게라는 볼 수 있었다.

하늘에서 천천히 떨어지는 공을. 이민혁이 그 공을 왼발로 떨어뜨린 뒤, 오른발로 강하게 때려 내는 것을.

―오오오오! 레인보우 플릭(Rainbow Flick)입니다! 사포라고도 불리는 기술을 이민혁 선수가 월드컵에서 보여 주네요! 이민혁! 공을 다시 받아 냅니다! 바로 때리나요? 때립니다!

퍼어어엉!

월드컵 경기장에 커다란 소음이 터졌다.

이민혁이 공을 때려 낸 것과 동시에 터진 소음.

슈팅의 파워는 커다란 소음만큼이나 강력했다. 알제리의 골키퍼 라이스 므볼리가 반응도 하지 못할 정도로.

―고오오오오오오올! 이민혁의 엄청난 골이 터집니다! 벌써 두 번째 골을 터뜨린 이민혁! 정말 대단합니다!

경기장의 분위기가 용광로처럼 달궈졌다.

실시간으로 경기를 지켜보던 한국 축구 팬들도 뜨겁게 불탔다.

느으아아아아아! 이민혁이 또 해냈다!!!!!! 얜 진짜 괴물이라

니까?ㅋㅋㅋㅋ

ㄴ알제리 수비수 새끼 참교육 성공ㅋㅋㅋㅋㅋㅋ 하! 속이 다 시원하네!

ㄴㅋㅋㅋㅋㅋㅋ사포로 참교육ㅋㅋㅋㅋ 알제리 수비수 당황한 표정 개웃기네ㅋㅋㅋㅋㅋㅋ

ㄴ와… 이민혁은 진짜 레전드다ㅋㅋㅋㅋㅋㅋㅋ 사포로 수비수 제치고 골을 넣을 생각을 하네ㅋㅋㅋ

ㄴ성공한 게 더 레전드임ㅋㅋㅋㅋ

ㄴ이민혁 드리블 기술은 거의 호나우지뉴급 아님?

ㄴ개오지긴 하는데, 솔직히 아직은 호나우지뉴랑 비교하기엔 좀;;;;

ㄴ근데 보면 볼수록 이민혁 결정력 대박인데? 슈팅은 또 왜 저렇게 강하지? 저러다 골 망 찢어지는 거 아니야?ㅋㅋㅋㅋ

그런데 이때.

기뻐하던 한국 축구 팬들이 당황하기 시작했다.

골을 넣은 이민혁의 다음 행동 때문이었다.

ㄴ응? 이민혁 지금 뭐 하려는 거지?;;;;;

ㄴ저거 설마……?

ㄴ…헐?

ㄴ뭐야?!

Chapter. 2

골을 터뜨린 직후.

이민혁은 자신에게 태클했던 알제리의 수비수를 향해 다가갔다.

마지드 부게라.

이민혁에게 레인보우 플릭으로 농락을 당한 그는 얼굴이 붉게 달아올라 있었다.

레인보우 플릭에 당한 것에 대한 굴욕감이 컸던 모양.

그의 바로 앞까지 다가간 이민혁은 자신의 오른쪽 발목을 돌리며 경고했다.

"마지드 부게라, 한 번만 더 더러운 플레이를 하면 방금보다 더 치욕스럽게 엿을 먹여 주마."

독일어와 함께 꾸준히 공부해 온 영어로 뱉은 말이었고, 영국과 스코틀랜드에서 오래 뛰었던 마지드 부게라는 그 말을 단번에 알아들었다.

"이 자식이……!"

마지드 부게라는 눈앞의 어린 녀석의 경고에 화가 치밀어 올랐지만, 달려들지 못했다.

이미 그에겐 카드가 한 장 주어졌고, 난동을 피운다면 분명 퇴장이었다.

프로리그 경기였다면 모를까, 월드컵에서 퇴장을 당할 수는 없었다. 더구나 지금은 팀이 2 대 0으로 밀리는 상황.

한 명이 빠진다면 걷잡을 수 없이 무너지게 될 것이다.

"그러니까 앞으로 페어플레이 하자고."

그 말을 끝으로 이민혁이 몸을 돌렸다.

물론 이번 경고로 인해서 마지드 부게라가 페어플레이 할 거라는 생각은 하지 않았다.

오히려 보복성으로 더 지저분한 플레이를 할 수도 있다.

'그러면 더 좋고.'

이민혁은 오히려 그걸 원했다.

마지드 부게라가 다시 한번 백태클을 해서 퇴장을 당해 버리면, 한국대표팀이 이득을 보는 것이었으니까.

'메시지나 확인해 볼까.'

독일에서 상대에게 경고하고, 도발하는 건 흔히 일어나는 자연스러운 일이다.

이민혁도 별일이 아니라고 생각했다.

그냥 상대가 더러운 플레이를 하고 미안하다는 말 한마디 없던 게 짜증 나서 경고해 줬을 뿐이었다.

그러나.

실시간으로 이 장면을 지켜보던 한국의 해설들과 한국 축구 팬들에겐 충격적인 일이었다.

—이민혁 선수가… 세리머니 없이 알제리의 마지드 부게라 선수에게 무언가 이야기를 하네요……?

—다리를 가리키며 대화를 하는 걸로 보아… 조금 전의 백태클에 대해서 이야기한 것 같죠?

해설들이 당황하며 상황을 중계할 때.

한국 축구 팬들도 놀라움을 드러냈다.

ㄴ헐? 지금 뭐임? 이민혁이 다리 만지면서 뭐라고 하던데?

ㄴ백태클 조심하라고 말한 거 아닐까? 이민혁 표정 살벌한 거 봐선 분명 뭐라고 하긴 했음.

ㄴㄷㄷㄷ이민혁 성깔 있네. 근데 말은 통했나?

ㄴ전에 기사에서 이민혁 영어도 공부한다는 거 본 것 같음. 아마 영어로 말한 것 같은데?

ㄴ독일어만으로도 빡셀 텐데 영어도 공부한다고?;;;; 오지네;;;;

ㄴ근데 이민혁 깡다구 장난 아니다. 알제리 수비수 덩치 엄청 큰데;

ㄴ나 이민혁 동창인데, 민혁이는 평소엔 착한데 누가 시비 걸면 바로 들이받아 버림.

엄청난 기세로 전투적인 모습을 보이는 이민혁의 모습은.

경기를 지켜보던 한국 축구 팬들의 속을 뻥 뚫어 줬다.

반면, 이민혁은 아무 일도 없었다는 듯 덤덤한 얼굴로 허공에 뜬 메시지들을 바라봤다.

'역시 레벨이 올랐어. 조별리그에서 이 정도 성장 속도면, 16강에 오르면 엄청나겠네.'

이민혁은 경험치가 상승했다는 메시지들과 레벨이 1개 올랐다는 메시지를 보며 생각했다.

확실히 월드컵은 많은 경험치를 준다고.

더 많은 경험치를 얻기 위해 더 높은 곳으로 올라가야겠다고.

그러기 위해서.

우선 스탯 포인트를 사용했다.

[스탯 포인트 2를 사용하셨습니다.]

[몸싸움 능력치가 2 상승합니다.]

[현재 몸싸움 능력치는 75입니다.]

*　　　　*　　　　*

아직 전반전이었음에도 벌써 스코어는 2 대 0이 됐다.

많은 수의 전문가들이 알제리의 승리를 점쳤기에, 지금 펼쳐지는 상황은 이변이었다.

실제로 경기력은 알제리가 더 좋았다.

─압델무멘 자부, 슈팅!

─오오오! 정석룡이 막아 냅니다! 거의 골이나 다름없는 슈팅이 었는데, 정석룡 골키퍼가 이걸 막아 내네요! 대단한 집중력입니다!

─이슬람 슬리마니! 헤딩! 오오……! 천만다행입니다! 이슬람 슬리마니의 헤딩이 골대에 맞네요!

─대한민국! 수비가 흔들리고 있어요! 더 집중해야 합니다!

알제리는 빠른 스피드로 한국대표팀의 수비진을 효과적으로 흔들었다. 아직 골이 터지진 않았지만, 언제 터져도 이상하지 않을 정도였다.

그럼에도 한국은 잘 버텨 냈다.

아슬아슬한 상황에서도 몸을 던져가며 공을 멀리 걷어 냈다. 기어코 전반전이 끝날 때까지 골을 내주지 않는 것에 성공했다.

다만, 후반전의 한국은 더욱 크게 흔들렸다.

이민혁이 측면과 중원을 오가며 열심히 뛰었지만, 공이 쉽게 넘어오질 않았다.

알제리의 압박에 한국대표팀 선수들은 힘들어하며 패스 실수를 남발했다.

─아! 한국형 선수! 방금과 같은 패스는 위험하죠!

한국형은 압박을 이겨 내지 못하고 패스를 선택했지만, 중심이 무너진 상태에서의 패스는 정확도를 잃었다. 엉뚱하게 상대팀 선수에게로 향했다.

투욱!

알제리의 미드필더 소피앙 페굴리가 공을 잡아냈다.

오늘 경기 내내 강한 압박으로 한국을 힘들게 했던 그는 볼 컨트롤조차 뛰어났다.

현재 라리가의 발렌시아 CF 소속의 미드필더인 소피앙 페굴리는 사실상 알제리의 에이스라고 불릴 정도로 대단한 실력을 지닌 선수.

그는 지금도 한국의 수비수들을 상대로 실력을 드러냈다.

ㅡ우리 선수들은 소피앙 페굴리를 조심해야 합니다! 아……! 홍정후가 뚫립니다……! 김형권이 앞을 막습니다! 위험합니다!

소피앙 페굴리는 부드럽게 공을 컨트롤하며 김형권을 요리했다. 툭 툭 공을 치며 슈팅 페인팅을 줬고, 김형권은 두 번째 페인팅에서 참지 못하고 슬라이딩태클을 시도했다.

툭! 휘익!

소피앙 페굴리는 김형권의 수비마저 뚫어 냈다. 순식간에 두 명을 제치는 드리블에 골키퍼 정석룡이 당황해서 소리쳤다.

"정신 차려! 끝까지 막아!"

하지만.

소피앙 페굴리는 이미 슈팅까지 때려 내고 있었다. 처음에 뚫렸던 홍정후가 다급하게 달려왔지만, 이미 늦어 버렸다.

퍼엉!

소피앙 페굴 리가 때려 낸 공은 이미 정석룡을 지나 한국의 골대 안으로 파고들었다.

―아… 들어갔습니다! 소피앙 페굴리… 무서운 선수네요.

―우리 선수들은 패스를 조금 더 신중하게 해야 합니다. 한 번의 패스 실수로 방금처럼 골을 허용하게 될 수 있거든요!

한국대표팀 선수들의 표정이 굳었다.

그때, 기석용이 박수를 치며 분위기를 살리려고 노력했다.

"괜찮아! 조금만 더 집중하자! 우리가 이기고 있어!"

구지철도 마찬가지였다.

특유의 하이 톤 목소리로 주변 동료들의 기운을 북돋아 줬다.

"쟤들 이제 지쳤어! 계속 저렇게 움직이지 못할걸? 이제 우리가 밀어붙이면 돼! 조금 전에 감독님이 말씀하셨던 것처럼 버티려고 하지 말고 필요할 땐 라인 올려서 적극적으로 압박해 보자!"

반면, 이민혁은 평온한 얼굴로 상대 선수들과 동료들의 상태를 확인했다.

"그럴 수 있어."

작게 중얼거린 이민혁은 현실을 받아들였다.

바이에른 뮌헨의 수비수들이었다면 소피앙 페굴리에게 돌파를 쉽게 허용하지 않았을 것이다.

만약 한 명이 뚫린다고 해도 다른 선수가 소피앙 페굴리를 막아 냈을 것이다.

하지만.

이민혁은 동료들을 원망하지 않았다.

지금 자신이 속한 팀은 바이에른 뮌헨이 아니다.

대한민국 국가대표팀이다.

한국의 수비진은 이미 기대 이상으로 잘해 주고 있다. 부족한 조직력과 수비 능력을 많이 뛰고 몸을 던지는 것으로 보완하고 있다. 솔직히 고마울 정도로 열심히 해 주고 있다.

정석룡도 마찬가지였다.

방금은 골을 허용했지만, 지금까지 잘 막아 주지 않았던가.

약점이 없는 팀은 없다.

한국대표팀의 약점이 수비일 뿐이다.

'우리는 잘하는 것으로 알제리를 이기면 돼.'

이민혁이 대표팀에 온 뒤로.

한국대표팀의 가장 큰 무기는 빠른 역습이 되었다.

그 역습은 러시아전에서 아주 잘 통했고, 오늘도 효과적이었다.

실제로 알제리는 한국을 밀어붙이면서도 끊임없이 역습을 경계하고 있었다.

하지만 한국대표팀은 역습 하나만 노리는 팀은 아니었다.

이민혁이 홍명조 감독에게 제안하며 추가된 전술이 하나 더 존재했다.

―한국이 침착하게 공을 돌립니다. 우리 선수들이 조금 전의 실수를 반복하고 싶지 않다는 듯, 정확도 높은 패스를 보여 주고 있습니다!

해설들의 목소리 톤이 높아졌다. 본능적으로 한국대표팀이 좋은 장면을 만들어 낼 거라는 걸 느꼈기 때문이었다.

—기석용, 김진욱에게 패스합니다. 김진욱이 밑으로 내려와서 공을 받아 주네요.

최전방 공격수로 출전한 김진욱. 2m에 가까운 큰 키를 지녔음에도 준수한 발기술을 가진 그는, 공을 잡자마자 최전방으로 달리는 3명의 선수를 바라보며 다리를 휘둘렀다.

정확한 패스를 뿌릴 능력은 없지만, 썩 괜찮은 패스를 뿌릴 정도의 능력은 있는 그였기에.

최전방으로 달리는 이민혁, 손훈민, 구지철은 확실한 믿음을 갖고 튀어 나갔다.

김진욱의 시선에 가장 빠르게 뛰어나가는 선수는 손훈민이었다.

더구나 알제리 선수들 대부분은 이민혁의 뒤를 쫓고 있다.

이민혁과 구지철이 미끼가 된 상황.

손훈민에게 주지 않을 이유가 없었다.

툭!

손훈민은 왼발로 공을 받아 냈다. 주변에 아무도 없기에 터치만 좋으면 바로 슈팅까지 이어 갈 수 있는 상황. 하지만 터치가 길었다. 좋지 못한 퍼스트 터치였다.

터치가 길었기에 손훈민은 슈팅 타이밍을 바로 잡지 못했다. 그 순간 알제리 선수 하나가 달려들었다. 여기서 손훈민은 공을 컨트롤하며 몸을 한 바퀴 돌렸다. 알제리의 수비수 아이사 만디가 손훈민에게 계속 따라붙었다.

불안한 상황.

슈팅을 때리기 힘들어 보였다.

─아~! 손흥민! 슈팅 타이밍을 놓쳤네요. 이럴 땐 뒤로 패스하는 게 나을 것 같은데요?

이때, 손흥민은 뒤로 공을 돌리지 않았다. 더욱 침투하며 알제리 수비수들의 시선을 끌었다.

타닷!

양발로 드리블하는 손흥민의 움직임은 알제리에겐 위협적이었다. 이민혁과 구지철을 막던 선수들도 어쩔 수 없이 손흥민을 경계했다.

그때였다.

페널티박스 안까지 침투하자, 손흥민에게 2명의 선수가 다가왔다. 반칙을 조심하며 가까이 달라붙는 알제리 선수들. 그들을 바라보며 손흥민은 공을 툭 찍어 올렸다.

휘이익!

반대편을 노린 패스.

공을 이민혁이 서 있는 곳으로 날아갔다. 순간적으로 압박이 느슨해진 상황.

여기서 이민혁은 땅을 박차고 뛰어올랐다.

타앗!

몸을 뒤로 눕히며 왼쪽 다리를 휘둘렀다.

─이민혀어어어억?! 오버헤드킥입니다!

오버헤드킥.

성공률이 매우 낮지만, 성공하기만 한다면 골키퍼가 전혀 예측할 수 없는 궤적으로 슈팅할 수 있는 기술.

경기를 지켜보는 팬들을 열광하게 만들 수 있는 기술.

지금, 이민혁은 그런 오버헤드킥을 완벽하게 구사했다.

―고오오오오오올! 골입니다! 엄청난 골이 터졌습니다!

―하하! 오버헤드킥이 나올 줄은 몰랐네요! 이민혁 선수! 이제 겨우 20살이라는 게 믿어지지 않습니다! 정말 과감하고! 정말 침착하네요!

―해트트릭입니다! 이민혁이 아름다운 3개의 골로 지난 러시아전에 이어서 오늘도 해트트릭을 기록했습니다!

해트트릭.

그것도 오버헤드킥으로 세 번째 골을 터뜨린 이민혁은 손가락 3개를 하늘 높이 들어 올렸다.

이후엔 함성을 보내는 관중들에게 더욱 큰 함성을 보내라는 듯, 양 손바닥을 귀에 가져다 댔다.

우와아아아아아!

함성이 터졌다.

어떤 음악보다도 듣기 좋고 짜릿한 함성을 들으며.

이민혁은 눈앞에 떠오른 메시지들을 바라봤다.

[퀘스트를 완료하셨습니다!]

[퀘스트 내용: 2014 FIFA 월드컵, 조별리그 알제리전에서 해트트릭을 기록하세요.]

[보상으로 경험치가 30% 증가합니다.]

[퀘스트를 완료하셨……]

…….

*　　　*　　　*

이민혁의 해트트릭이 터진 직후.

―엄청난 함성입니다! 이민혁 선수는 경기를 보는 팬들을 열광하게 만드는 능력이 있는 선수네요~!

관중들의 분위기가 뜨겁게 불탔다.

실시간으로 경기를 지켜보던 전 세계 축구 팬들 역시 놀라움을 드러냈다.

특히, 한국 축구 팬들은 흥분을 감추지 못했다.

ㄴ우왁ㅋㅋㅋㅋㅋㅋ 미친!!!!! 이거 뭐야?!!!!!

ㄴ오버헤드킥으로 골을 넣는다고?;;;;;;;; 이민혁 진짜 미쳤냐?

ㅋㅋㅋ 리얼 괴물이자너ㅋㅋㅋㅋ

└또 해트트릭이야?ㄷㄷㄷㄷ 이거 진짜 16강 가겠는데?

└이민혁만 있으면 든든하다구~!!!

└이러면 경기 너무 유리해지잖아? 잘 지키기만 해도 16강 확정!!!

└명조야 이제 안전하게 잠그자ㅠㅠㅠ 16강 안전하게 진출하자규ㅜㅜ

└이제부턴 뻘짓만 하지 말자. 그냥 안전하게 시간 끌자. 필요하면 침대 축구도 해야 돼.

후반전이 진행되고 있는 지금, 스코어는 이민혁으로 인해 3 대 1이 됐다.

안전하게 잘 지키기만 해도 16강 진출이 확정되는 상황.

홍명조 감독은 자존심을 내세우지 않았다.

그 역시 선수들과 팬들만큼이나 16강 진출이 간절했기에, 곧바로 팀에 변화를 줬다.

─우리 대표팀이 선수를 교체하네요?

체력적으로 힘들어하는 기석용과 구지철을 빼고, 체력과 수비가 좋은 박종운과 박수호를 투입했다.

포메이션도 4─4─2로 바꿨다.

팀이 이기고 있을 때 확실하게 승리를 굳히기 위해, 이민혁이 홍명조 감독에게 제안했던 또 다른 전술이었다.

두 줄 수비를 펼치며 극도로 역습만 노리는 전술.

상대에겐 짜증을 유발하지만, 확실히 효과적인 전술.

지금, 한국대표팀은 이기기 위해서 거북이처럼 웅크리기 시작했다.

'다들 힘들어 보이네.'

이민혁이 동료들을 바라보며 쓴웃음을 지었다.

한국대표팀은 전반과 후반전 내내 많이 뛰었다.

더구나 후반전엔 알제리에게 끌려다니지 않았던가. 상대의 템포에 끌려다니면 체력이 더 빨리 소진될 수밖에 없다.

후반전이 15분 정도 남은 지금, 한국대표팀이 체력적으로 한계에 부딪힌 건 어쩔 수 없는 일이었다.

'다들 조금만 더 힘내 주세요. 힘든 건 상대도 마찬가지니까요.'

이민혁도 힘든 건 마찬가지였다.

동료들보다 더 많이 뛰려고 했고, 실제로 그렇게 했다. 더구나 알제리 선수들에게 집중적인 견제를 받았다.

몸싸움이 강하게 들어오는 건 기본이었고, 심판이 보지 않는 곳에서의 견제들은 이민혁을 힘들게 했다.

'레벨이 올랐으면 좋았을 텐데.'

해트트릭을 하고 떠오른 메시지들은 많았지만.

레벨이 오르진 않았다.

조별리그에서 해트트릭을 했다고 레벨이 오르기엔 지금 이민혁의 레벨은 너무 높았다.

당연하다고 생각했던 것이지만, 그래도 아쉬움은 남았다.

'그래도 다행이야. 조금만 더 버티면 16강에 오를 수 있어.'

현재 이민혁은 최전방에 서 있다.

저 멀리 알제리가 한국대표팀을 상대로 반코트 게임을 펼치고 있는 것이 보인다.

미안한 마음이 생겼다. 함께 수비해 주지 못하는 것에 대한 미안함.

그러나, 이민혁은 수비에 참여할 수 없었다.

스스로의 생각이기도 했고, 감독의 지시가 있기도 했다.

가장 효율적인 역습을 할 수 있고, 알제리를 가장 위협할 수 있는 이민혁은 최전방에 서 있는 게 낫다.

알제리의 입장에선 반코트 게임을 펼치면서도 이민혁을 신경 쓰지 않을 수가 없다. 벌써 3골이나 먹혔으니까.

그렇게 신경을 쓰다 보면 공격에 집중하기 어려워진다.

이민혁이 최전방에서 대기하는 것만으로도 알제리의 공격력과 집중력은 무뎌지게 된다.

그래서.

'다들 힘내세요.'

이민혁은 미안한 마음을 삼키며, 동료들을 응원했다.

*　　　　*　　　　*

동료들을 향한 이민혁의 미안한 마음은 오래가지 않았다.

─박종운이 슬리마니의 슈팅을 몸으로 막아 냅니다! 엄청난 투지네요! 한국형이 공을 잡아 냅니다! 한국형! 바로 전방으로 뿌리네요! 오오오?! 이민혁이 달립니다!

거북이처럼 잔뜩 웅크려 알제리의 공격을 버텨 낸 한국대표팀의 역습이 시작되었기 때문이었다.

타다닷!

이민혁은 아껴 뒀던 체력을 끌어올렸다. 낼 수 있는 가장 빠른 스피드로 튀어 나갔다. 최전방을 향해서. 한국형이 뿌린 롱패스를 받아 내기 위해서.

'패스가 길어……! 좀 더 빨리 달려야 해!'

이민혁은 숨을 크게 뱉어 내며 집중했다. 팔과 다리를 더욱 역동적으로 움직였다.

저 앞에 공이 날아오는 게 보였다.

타앗!

왼발로 땅을 박차고.

휘익!

오른발을 길게 뻗었다.

무조건 받아 낸다는 생각으로 뻗은 다리. 이민혁의 다리는 요가를 하는 것처럼 앞뒤로 길게 뻗어졌다. 웬만한 선수는 사타구니에 고통을 호소하며 공을 잡는 걸 포기하거나, 그대로 중심을 잃고 쓰러질 만한 자세.

그러나 이민혁은 포기하지도, 중심을 잃지도 않았다.

스트레칭은 평생을 해 왔던 것. 과거, 재능이 없을 때도 유연성 하나만큼은 자신이 있었다.

'잡을 수 있어……!'

길게 뻗어진 오른쪽 발등.

그곳으로 날아오는 공을 터치했다. 끝까지 공의 움직임에 집중하며, 공이 가진 힘을 죽이기 위해 노력했다.

투욱!

공은 멀리 튕겨 나가지 않았다. 얌전히 바닥에 떨어져 내렸다.

이민혁의 앞엔 아무도 없었다. 그보다 더 빠르게 달려온 선수는 존재하지 않았다.

그래도.

'침착하지만 빠르게 마무리해야 해.'

이민혁은 최악의 상황을 가정했다.

바로 뒤에 상대 수비수가 쫓아오고 있다는 가정.

언제든지 백태클이 들어올 수도 있다는 가정.

그래서.

속도를 죽이는 드리블은 하지 않았다.

전속력으로 달리는 속도를 유지하며 상체만 좌우로 흔들었다.

휘익!

가벼운 상체 움직임. 하지만 바이에른 뮌헨의 골키퍼이자, 세계 최고의 골키퍼 중 하나라고 평가받는 마누엘 노이어에게도 통하는 상체 페인팅이었다.

뛰쳐나오는 알제리의 골키퍼는 이민혁의 페인팅에 타이밍을 잡지 못하고 몸을 날렸다.

투욱!

이민혁은 오른쪽 대각선으로 공을 밀어 넣고 몸을 틀었다. 알제리의 골키퍼가 스쳐 지나가는 것이 보였다.

'됐어!'

텅 빈 골대가 보인다. 이민혁은 오른발을 휘둘렀다.

터엉!

패스하듯 가벼운 슈팅. 그거면 충분했다.

—들어갔습니다! 고오오오오올! 골입니다! 이민혁이 네 번째 골을 터뜨립니다! 이민혁이 이번 2014 FIFA 월드컵 두 경기에서만 무려 7골을 기록합니다!

—월드컵 득점왕 페이스입니다! 그 누구도 단 두 경기 만에 7골을 넣진 못했습니다! 그 누구도 이민혁을 막지 못하고 있습니다!

—아마 경기를 시청하시는 한국 팬 분들께선 저와 같은 생각을 하고 있으실 것 같습니다! 이민혁은 대한민국 축구의 보물입니다!

＊　　　　＊　　　　＊

4번째 골을 넣었음에도 레벨이 오르진 않았다.

다만, 이민혁의 표정은 홀가분했다.

할 수 있는 걸 모두 해낸 것에 대한 만족감을 느꼈기 때문이었다.

물론 팀의 경기력이 완전히 마음에 들진 않았다.

이민혁의 네 번째 골이 터진 이후, 한국대표팀은 여전히 알제리에게 밀렸다.

여전히 반코트 게임에 당했고, 기어코 한 골을 추가로 내주기까지 했다.

4 대 2.

한국과 알제리의 2014 FIFA 월드컵 조별리그 경기의 최종 결과였다.

러시아전에 이은 알제리전에서의 승리.

당연하게도 한국 언론에선 이 사실을 대서특필했다.

「한국, 조별리그에서 알제리마저 꺾어 내며 16강 진출확정!」

「한국, 16강 올랐다! 지금까지 볼 수 없던 경기력으로 8강을 바라보다!」

「천재 이민혁, 한국대표팀의 공격력을 대폭 끌어올려!」

「전 세계 축구 팬들, 이민혁에 관한 관심 급증! 바이에른 뮌헨의 천재 윙어, 월드컵 지배하나?」

한국의 16강 진출 소식.

2002년 월드컵 이후로 월드컵에서 좋은 성적을 내지 못했던 한국대표팀이기에.

한국 축구 팬들은 흥분을 감추지 못했다.

다만, 팬들은 긍정적인 부분만을 보지 않았다.

└16강에 올라간 건 진짜 너무 좋은데, 우리 수비는 좀 어떻게 안 될까……?

└인정… 수비가 너무 불안함. 김형권이랑 홍정후가 그나마 우리나라에서 잘하는 센터백들인데, 알제리한테 불안한 모습 보이는 거 보고 힘이 빠지더라. 알제리한테 이 정도인데, 벨기에 만나면 얼마나 털릴지 무서움…….

└그래도 우리가 화력은 세잖아? 벨기에랑도 붙어 봐야 아는

거야. 충분히 잘하고 있어. 수비수들도 불안하긴 해도 몸 다 날려 가면서 최선을 다 하더구만. 이렇게만 해 주면 8강도 가능성 있다고 봐.

ㄴ상대가 누구냐가 중요하지. 솔직히 러시아랑 알제리 잡았다고 8강 운운하는 건 오바임. 진짜 강팀 만나면 뭘 해 보지도 못하고 탈탈 털릴 수도 있어. 아무리 이민혁이 잘해도 팀이 골을 많이 먹히면 못 이기는 거잖아?

ㄴ이번 한국대표팀이 확실히 세긴 한데, 이민혁 의존도가 너무 높음. 강한 팀 만나서 이민혁 집중 견제당하면 답도 안 나올 것 같은데…….

ㄴ부정적인 생각 좀 그만하고 한번 믿어 보자. 솔직히 16강도 별로 기대 안 했는데 올라갔잖아? 축구는 붙어 보기 전까진 모르는 거야.

ㄴ대한민국 파이팅! 근데 수비는 정신 좀 더 차리자!

한국대표팀의 고질적인 약점인 수비 문제는 여전히 팬들을 불안하게 만들었다.

게다가 지금의 한국대표팀은 이민혁에 대한 의존도가 너무 높다는 평가를 받았다.

이민혁이 없다면 사실상 공격 전개가 제대로 되지도 않을 거라는 평가와.

이민혁이 더욱 강한 견제를 받게 된다면 한국의 공격력은 굉장히 약해질 거라는 평가가 지배적이었다.

그래서.

한국 축구 팬들은 조별리그 마지막 경기를 더욱 기다렸다.

이번 2014 FIFA 월드컵에서 우승 후보로 꼽힐 정도로 강력한 경기력을 지닌.

선수들의 이름만 봐도 한국과 비교할 수 없을 정도로 화려한 팀인 벨기에.

한국과 마찬가지로 알제리와 러시아를 모두 잡아 낸 그 팀과의 경기가 어떻게 흘러갈지, 한국 축구 팬들은 너무나도 궁금해했다.

ㄴ한국이랑 벨기에 모두 16강 확정이잖아. 그럼 그냥 두 팀 다 로테이션 돌리면서 살살 하지 않을까?

ㄴㄴㄴ꼭 그렇진 않을걸? 축구에서 기세가 얼마나 중요한지 몰라? 로테이션 돌린답시고 벨기에전에서 무기력하게 지고 16강 올라가면, 분명 경기력에 안 좋은 영향 끼친다. 그리고 로테이션을 돌리면 불리한 건 우리야. 우리는 후보선수들이 별로인데, 벨기에는 후보들도 다 잘하거든.

ㄴ이번 벨기에는 진짜 세던데… 크게 털려서 기죽지만 않았으면 좋겠다…….

ㄴㅋㅋㅋ솔직히 이건 벨기에가 이길 것 같기는 한데, 그래도 재밌긴 하겠다.

ㄴ어차피 져도 16강 올라가는 데엔 상관없잖아? 걍 편하게 붙어 보자!

그리고 지금, 전 세계 축구 팬들이 지켜보는 가운데.

16강을 확정 지은 한국대표팀과 벨기에대표팀 선수들이 경기장에 걸어 들어왔다.

마찬가지로 경기장에 들어온 이민혁은 벨기에의 선발 선수들을 바라봤다.

'야누자이, 무사 뎀벨레, 펠라이니, 드리스 메르턴스, 얀 페르통언, 반덴 보르, 쿠르투아… 다니엘 판바위턴까지 나왔네.'

이미 상대의 선발 명단을 알고 있었음에도, 경기장에서 명단의 선수들을 직접 보니 헛웃음이 나왔다.

특히, 다니엘 판바위턴은 바이에른 뮌헨에서 함께 뛰는 동료 수비수다.

그의 실력이 얼마나 좋은지는 이민혁이 잘 알고 있었다.

벨기에엔 만만한 선수가 없었다.

죄다 한가락 하는 선수들이 선발로 출전했다.

더 놀라운 건, 저게 베스트멤버가 아니라는 것이었다.

'에덴 아자르, 로멜루 루카쿠, 케빈 더브라위너 같은 선수들은 나오지도 않았어.'

스윽!

이민혁이 머리를 쓸어 넘겼다.

그의 얼굴에 드러났던 웃음기는 이제 존재하지 않았다.

상대에 대한 두려움은 없다. 더 강한 상대도 만나 봤고, 이겨 봤던 경험이 있으니까.

지금 이 순간, 이민혁의 머릿속엔 오직 한 가지 생각만이 떠올랐다.

'쟤네 이기면 경험치 많이 주겠지?'

＊　　　　＊　　　　＊

　조별리그 마지막 경기를 치르기 위해 경기장으로 입장하기 직전.

　홍명조 감독은 라커 룸에서 선수들을 모아 놓고 솔직한 심정을 이야기했다.

　"너희들은 나의 기대치를 훨씬 뛰어넘는 성적을 내고 있어. 정말 자랑스럽다. 최근 경기력이라면 어떤 팀을 만나도 좋은 경기를 펼칠 수 있을 거라는 생각이 들었다. 그러나 오늘 맞붙을 상대는 벨기에다. 너희들도 알다시피 세계적으로 유명한 선수들이 많은 팀이지? 쉽지 않은 상대다. 솔직히 말하면 16강도 확정 지은 마당에 이 경기에 굳이 힘을 빼야 할까? 하는 생각도 했다. 그러나! 우리는 러시아와 알제리를 모두 꺾고 연승을 하고 있다. 나는 체력을 아끼는 것보단 승리에 익숙해진 분위기를 이어 가는 게 더 낫다고 판단했다. 그러니까… 이기고 와. 알겠어?!"

　긴 이야기를 끝으로 승리하라고 소리치는 홍명조 감독의 모습에.

　"예! 알겠습니다!"

　"무조건 이깁니다! 벨기에? 스페인이어도 상관없습니다!"

　"한국 축구의 늪에 빠지게 만들어 보겠습니다!"

　한국대표팀 선수들은 자신감이 담긴 대답을 했다.

　쉽지 않은 상대들에게 해낸 2연승은 한국대표팀의 정신력을 더욱 강하게 만들었다.

　많은 수의 팬들이 걱정하는 것과는 달리.

　한국대표팀 선수들은 정말로 벨기에를 이길 자신이 있었다.

*　　　　*　　　　*

─한국과 벨기에의 조별리그 마지막 경기가 시작되려 하고 있습니다. 양 팀 스쿼드를 살펴보시죠. 우선 한국은…….

한국의 선발진은 지난 러시아전과 알제리전에 나온 멤버들과 크게 다르지 않았다.

즉, 전력을 다하기 위해서 나온 선발진이라는 것.

한국대표팀 선수들의 표정엔 결연함마저 드러났다.

무조건 이기겠다는 의지가 아주 잘 나타났다.

반면, 베스트멤버로 나오지 않은 벨기에 선수들이 표정은 한결 편해 보였다.

이들은 여유가 느껴지는 미소까지 지어 보였다.

16강에 올랐기 때문에 나온 여유는 아니었다. 베스트멤버가 아니어도, 한국 정도는 쉽게 이길 수 있다는 자신감.

승리에 대한 확신이 있기에 나오는 여유였다.

"민혁, 잘해 보자고."

이민혁은 손을 내미는 다니엘 판바위턴을 바라봤다.

197㎝에 100㎏이 넘는 이 거인은 바이에른 뮌헨의 동료다. 함께 땀을 흘리고 손발을 맞춰 온 동료.

1978년생의 이 베테랑 수비수는 같은 팀에서 뛸 땐 너무나도 든든한 남자다.

상대 공격수에겐 거대한 벽과도 같은 남자였고, 같은 팀에겐 매번 단단한 수비를 보여 준다.

만약 이런 남자를 적으로 만난다면?

생각만으로도 끔찍한 일이었고.

그 끔찍한 일은 이미 벌어졌다.

"다니엘을 상대 팀으로 만나고 싶진 않았는데 말이죠."

이민혁이 쓰게 웃으며 다니엘 판바위턴의 손을 맞잡았다.

"네가 그 정도면 내 마음은 어떻겠어? 우리 감독은 나보고 널 막으라는데… 젠장, 난 너 같은 괴물을 막을 자신이 없거든."

"에이, 왜 엄살을 피우고 그러세요."

"엄살은 무슨. 훈련 때도 너를 못 막았는데, 여기서라고 뭐 달라지겠나. 민혁, 살살 좀 하자. 다 늙은 나를 괴롭히고 싶진 않을 거 아니야?"

"하하! 다니엘이 늙었으면 어지간한 수비수들은 죄다 그만둬야겠네요. 미리 말씀드리지만, 전 최선을 다할 겁니다. 이기고 싶거든요."

"크흐흐… 안 통할 줄은 알았는데, 그래도 이렇게 매몰차게 거절할 줄이야. 그래, 우리 서로 최선을 다해서 붙어 보자. 은퇴를 앞둔 선수가 마지막으로 피우는 불꽃이 얼마나 뜨거운지 보여 주마."

"…정말 은퇴하시려는 거예요?"

다니엘 판바위턴이 씨익 웃었다.

"그래. 최근에 팀에서 제안한 재계약도 다 거부했다. 이젠 좀 쉬고 싶어. 35세의 나이면 할 만큼 하기도 했고."

"아직 은퇴할 실력은 아니신데……."

"가족들하고도 시간을 보내야지. 인생은 길어. 한땐 내 인생에서 축구가 가장 중요했지만, 이젠 아니야. 내게 가장 중요한 건 가족이 되어 버렸어."

"…멋지네요."

이민혁은 다니엘 판바위턴의 얼굴에서 후련함을 느꼈다.

동시에 위험하다는 생각이 들었다.

은퇴를 앞두고 모든 걸 불태울 준비가 되어 있는 베테랑 수비수를 상대하는 건 매우 어려울 것이 분명했으니까.

게다가 다니엘 판바위턴은 바이에른 뮌헨에서 8년이 넘게 뛰어 온 선수다.

세계 최고 수준의 팀에서 8년을 뛰었다는 건, 그의 실력이 뛰어나다는 것을 방증하는 일이다.

'벨기에는 가뜩이나 강한데, 모든 걸 쏟아붓는 다니엘까지 상대해야 하게 됐네.'

다니엘 판바위턴과의 대화를 끝낸 이후.

이민혁은 오른쪽 측면으로 향했다.

동료들의 모습을 보니, 여전히 자신감을 드러내고 있었다.

'분위기 좋네. 다들 기죽지 말고, 최선을 다해서 뛰어 주시길.'

이민혁도 마찬가지였다.

다니엘 판바위턴이 신경 쓰이긴 했지만, 솔직히 그와의 대결이 펼쳐진다면 이길 자신이 있었다.

'다니엘, 당신이 좋은 경기를 펼치길 바라지만, 아마 쉽지 않을 겁니다.'

마침내 이민혁이 오른쪽 윙어 자리에 도착하고, 경기장에 있는 모든 선수가 준비를 마쳤을 때.

주심이 경기 시작을 알렸다.

삐이이이익!

―경기 초반부터 양 팀이 치열하게 맞붙습니다! 특히 중원 싸움이 굉장히 치열한데요? 한국의 경우엔 벨기에를 상대로 조금은 수비적인 움직임을 보일 거라는 예상이 많지 않았습니까?

―맞습니다. 벨기에의 화력이 워낙 강력하고, 중원의 움직임도 좋기에 선 수비 후 역습 전술을 들고나올 거라는 의견이 많았죠. 그러나 오늘 한국대표팀은 벨기에를 상대로 물러설 생각이 없는 것 같습니다. 세계적인 강팀인 벨기에를 상대로 정면 대결을 펼치고 있습니다!

한국과 벨기에의 경기는 초반부터 불꽃이 튀었다.

기석용, 한국형, 이민혁, 손훈민, 지동운으로 이뤄진 한국의 미드필더 라인은 벨기에와의 중원 싸움을 마다하지 않았다.

자신감이 붙은 것 때문만은 아니었다.

이건 한국으로서 할 수 있는 최선이었다.

벨기에의 포메이션은 4―3―3.

미드필더의 숫자는 3명으로 적지만, 3명의 공격수가 유기적으로 움직이며 사실상 미드필더의 역할도 함께 소화한다.

겉으로는 중원에 힘을 뺀 것처럼 보이지만, 실제로는 중원에 힘을 많이 준 전술이다.

그렇다고 벨기에한테 단단하게 웅크리는 수비 전술이 통할 것 같지도 않았다. 웅크리는 수비 전술이 통하려면, 상대의 윙어나 풀백의 크로스 능력이 좋지 못하거나, 한국 풀백들의 수비 능력이 뛰어나야 한다.

그러나 양쪽 모두 해당이 되지 않았다.

벨기에의 양쪽 윙어인 케빈 미랄라스와 드리스 메르턴스의 기량이 뛰어나다는 건 이미 검증이 되어 있고, 한국대표팀의 풀백 윤성영과 이형의 수비가 뛰어난 편은 아니라는 것도 이미 앞선 경기들로 인해 밝혀지지 않았던가.

홍명조 감독은 이런 벨기에에게 중원에서부터 밀려 버리면 답이 없다고 생각했다. 그래서 맞불 작전을 펼친 것이다.

다만, 마루안 펠라이니, 무사 뎀벨레, 스테번 드푸르가 지키는 벨기에의 중원은 너무나도 강력했다.

─마루안 펠라이니! 또다시 공중볼을 따냅니다! 펠라이니의 공중 장악 능력은 정말 무섭네요……! 우리 지동운 선수도 공중볼에 약한 선수가 아닌데, 펠라이니를 한 번도 이겨 내지 못하고 있습니다.

마루안 펠라이니.

압도적인 피지컬을 지닌 그는 중원에서 펼쳐지는 공중볼 경합에서 전부 다 승리하는 괴물 같은 모습을 보였다.

심지어 키가 2m에 가까운 김진욱과의 공중볼 대결에서도 펠라이니가 승리했다.

괴물은 펠라이니뿐만이 아니었다.

─무사 뎀벨레! 두 명에게 압박을 당하고도 공을 뺏기지 않습니

다! 아~! 기어코 압박을 벗어나네요! 허……! 대단한 탈압박 능력입니다! 이 선수가 공을 빼앗기는 모습을 볼 수 있을까요?

무사 뎀벨레.

단단한 체구를 지닌 그는 미친 탈압박 능력을 보여 주며 중원을 휘저었다.

기본적으로 선수 2명을 달고 다니는 그는, 한국대표팀을 가장 힘들게 하는 선수였다.

—무사 뎀벨레가 아드난 야누자이에게 공을 연결합니다. 오늘 최전방 공격수로 출전한 야누자이가 많이 내려와서 연계에 참여하고 있네요.

—야누자이 선수의 원래 포지션은 미드필더죠. 오늘의 야누자이는 사실상 가짜 공격수라고 보셔도 될 것 같습니다. 애초부터 중원에 힘을 실어 주는 역할을 맡았을 가능성이 높죠.

휘익!

밑으로 내려와 공을 받은 야누자이가 몸을 돌렸다. 그의 시야엔 두 명의 선수가 보였다.

왼쪽 측면으로 파고드는 케빈 미랄라스와 중앙으로 파고드는 드리스 메르턴스.

마루안 야누자이의 선택은 중앙이었다.

드리스 메르턴스가 달리는 앞쪽 공간으로 공을 툭 찍어 차올렸다.

센스 있는 전진패스에 한국의 수비 뒷공간이 한순간에 뚫려 버렸다. 드리스 메르턴스는 작은 키를 지녔지만, 빠르고 기술이 좋은 선수답게 손쉽게 야누자이가 뿌려 준 공을 잡아 냈다.

툭!

오른발로 공을 받아 낸 드리스 메르턴스는 곧바로 각을 잡았다. 정석룡 골키퍼가 다급하게 튀어나왔다. 이때, 드리스 메르턴스는 오른발로 강력한 슈팅을 때려 냈다.

휘익!

정석룡 골키퍼가 양팔을 휘저었지만, 그보다 더 빠르게 지나간 공을 쳐 내진 못했다.

─들어갔습니다⋯⋯! 아⋯ 너무 이른 시간에 선제골을 허용하고 맙니다. 우리 수비가 뒷공간으로 파고드는 드리스 메르턴스를 완전히 놓쳐 버렸네요.

─집중해야 합니다! 조금 전에 말씀드렸듯이 야누자이는 사실상 가짜 공격수입니다. 진짜 골을 넣는 역할을 맡은 선수는 측면 공격수로 출전한 드리스 메르턴스와 케빈 미랄라스일 겁니다. 이 두 선수 모두 발이 빠르고 선수 한두 명을 쉽게 제칠 수 있을 정도로 기술이 좋습니다. 우리 수비는 이 두 선수를 절대 놓치면 안 됩니다!

'음⋯ 너무 이른데?'

이민혁의 표정이 굳었다.

이제 겨우 전반 11분이었다. 너무 이른 시간에 골을 허용해 버렸다.

더구나 더 심각한 문제가 드러났다.

'생각보다 중원에서 너무 많이 밀리고 있어.'

중원 싸움에서 완전히 밀리고 있다는 것.

방금 골이 나온 장면도 사실상 중원 싸움에서 패배했기 때문에 나온 것이었다.

어느 정도는 예상했지만, 막상 뚜껑을 열어 보니 한국과 벨기에의 개인 능력 차이가 너무 컸다.

'공중볼에서도 완전히 밀리는 건 좀 큰데……'

홍명조 감독은 벨기에의 제공권을 의식하며 장신인 김진욱과 지동운, 기석용 같은 선수들을 출전시켰다. 그럼에도 밀렸다.

이민혁이 본 마루안 펠라이니는 공중볼을 따내는 것에 있어서는 괴물 그 자체였다.

솔직히 바이에른 뮌헨에서 공중볼 경합 능력이 뛰어난 하비 마르티네스나 마리오 만주키치도 이기지 못할 것 같았다.

'이러면… 어쩔 수 없이 공격진에서 풀어 줘야 해.'

이민혁은 저 멀리 서 있는 손훈민을 불렀다.

"훈민 형!"

손훈민이 고개를 돌려 이민혁을 바라봤다.

"라인 내려서 미드필더들 도와주고, 천천히 올라가야 할 것 같아요!"

"알겠어!"

대답을 들은 뒤.

이민혁은 라인을 내리며 동료들과의 연계에 더욱 적극적으로 참여하기 시작했다.

*　　　*　　　*

벨기에의 압박은 대단했다.

개인 능력이 좋은 선수들이 강하게 압박까지 펼치자, 기석용과 한국형은 숨이 턱턱 막히는 기분을 느꼈다.

압박이 얼마나 심하면, 어지간해서 공을 빼앗기지 않는 기석용마저 공을 빼앗기는 장면을 보여 줄 정도였다.

'좋지 않아.'

이민혁이 입술을 깨물었다.

그가 위치한 오른쪽 측면으로 공이 넘어오는 상황 자체가 안 나왔다.

심지어 이민혁이 공을 잡더라도 2~3명의 선수가 순식간에 주변을 둘러쌌다. 더구나 둘러싼 선수들의 수비능력도 뛰어나, 이민혁으로선 무리할 수가 없었다.

뒤가 든든하다면 조금 무리해서라도 돌파를 시도했겠지만, 이민혁이 공을 뺏겨 버린다면 그대로 펼쳐지는 벨기에의 역습에 골을 허용하게 될 수도 있다.

그만큼 벨기에의 경기력은 날이 서 있었고, 한국은 흔들리고 있었다.

때문에, 이민혁은 생각했다.

'내가 만들어야 해.'

더욱 과감한 돌파를 시도해야 한다고.

그래서 지금.

—이민혁이 밑으로 내려와서 공을 받습니다. 오늘 이민혁 선수로서는 답답한 상황이 이어지고 있죠.

—이민혁 선수가 공을 몰고 전진합니다. 바로 압박이 들어오네요. 이러면 제아무리 이민혁 선수여도 주변에 있는 동료에게 패스할 수밖에 없습니다.

공을 받아 낸 이민혁이 패스를 할 것처럼 천천히 전진하며 주변을 둘러봤다.

물론 패스를 할 생각은 없었다.

'해 보자.'

기습적인 가속이었다.

공을 몰고 천천히 전진하던 이민혁이 갑자기 속도를 올렸다.

경기장에 함성이 터졌다.

—이민혁이 속도를 올립니다!

관중들은 공을 몰고 급격히 가속하는 이민혁의 움직임에 집중했다.

—이민혁 선수가 드리블할 때면 누구든 기대할 수밖에 없습니다! 거의 모든 경기에서 아주 높은 드리블 돌파 성공률을 보여 주고, 종종 입이 떡 벌어질 만한 멋진 드리블 기술을 보여 주기 때문이죠!

―맞습니다! 또, 이민혁 선수는 설령 공을 빼앗기거나 돌파에 실패하더라도 어떻게든 의미 있는 장면을 만드는 선수죠!

―끈기도 대단하고, 공을 향한 집념이 정말 대단한 선수입니다. 어린 나이가 전혀 믿기지 않는 강한 멘탈을 지닌 선수이기도 합니다!

이민혁은 집중력을 끌어올렸다. 긴장감이 온몸을 휘저었다. 긴장감에 몸이 굳지는 않는다. 오히려 긴장감이 집중력을 더욱 높였다.

'무사 뎀벨레……'

이민혁은 거칠게 달려드는 무사 뎀벨레를 바라봤다.

무사 뎀벨레는 탈압박이 훌륭하고 드리블 기술이 굉장한 미드필더다. 실제로 그는 한국의 중원을 완전히 휘젓고 있다. 더구나 무사 뎀벨레는 수비 능력도 좋은 선수다. 절대 쉽게 제칠 수 있는 선수가 아니었다.

그럼에도.

'붙어 봅시다.'

이민혁은 속도를 줄이지 않았다. 방향을 틀지도 않았다. 그러고 싶지 않았다.

무사 뎀벨레는 쉽게 뚫을 수 있는 선수가 아니지만, 자신 역시 쉽게 막을 수 있는 선수가 아니었으니까.

처음엔 무사 뎀벨레의 양쪽 다리 사이로 공을 집어넣으려고 했다. 평소 자신 있는 기술인 넛맥(Nutmeg)으로 제쳐 버리려고 했다. 그러나 무사 뎀벨레는 빈틈을 내주지 않았다.

그래서 이번엔 팬텀 드리블로 제치려고 했다. 그러나 무사 뎀벨레는 그럴 공간을 내주지 않았다.

퍼억!

피지컬이 좋은 무사 뎀벨레는 이민혁에게 강한 차징을 했다.

"…윽!"

이민혁의 입에서 고통 섞인 신음이 터져 나왔다. 순간적으로 숨통이 턱 하고 막혔다. 하지만 흔들리지 않았다. 분명 어지간한 선수는 중심을 잃을 정도로 거친 차징이었다. 하지만 이민혁은 더 거친 선수들과도 부딪쳐 본 경험이 있다. 바이에른 뮌헨의 바스티안 슈바인슈타이거, 하비 마르티네스와 같은 선수에게 수없이 많이 깨져 봤다.

그래서 버틸 수 있었다.

이민혁은 무사 뎀벨레와의 거친 몸싸움 속에서 상체를 계속 움직이며 공을 컨트롤했다. 쉽지 않았지만 어떻게든 버텨 냈다. 계속 움직이지 않으면 무사 뎀벨레의 플레이에 말려들게 된다. 이민혁은 공을 컨트롤하며 타이밍을 기다렸다. 그때였다.

휘익!

무사 뎀벨레가 팔로 이민혁의 상체를 붙잡고 발을 깊게 집어넣었다. 그 순간 이민혁의 눈이 빛났다.

'지금!'

휙!

이민혁이 반대로 몸을 회전하며 발바닥으로 공을 가져왔다.

휘청!

무사 뎀벨레가 중심을 잃는 게 보였다. 이때, 무사 뎀벨레가 빠르게 중심을 잡고 몸을 비벼 왔다. 실로 무서운 밸런스였다.

'이 양반이 이러니까 몸싸움이 강하지.'

이민혁이 어금니를 강하게 깨물며 다시 반대편으로 몸을 회전했다. 이건 통할 것이라고 확신했다. 바이에른 뮌헨의 수비수에게도 통했고, 챔피언스리그에서도 통했던 드리블이었으니까.

예상은 틀리지 않았다.

무사 뎀벨레는 미드필더치고 수비가 좋은 선수였지만, 이민혁의 페인팅에 결국 다시 중심을 잃고 말았다.

―이민혁이 무사 뎀벨레의 압박을 벗어납니다!

무사 뎀벨레를 뚫어 냈지만, 시간이 끌렸다.

이민혁의 주변엔 이미 벨기에 선수 2명이 접근해 있었다. 여기서 이민혁은 동료를 이용하기로 했다.

연계 능력이 좋은 지동운이 어느새 근처에 와 있었고, 이민혁은 망설임 없이 그에게 공을 넘겼다. 공을 넘기는 것과 동시에 대각선으로 빠져나갔다. 공을 포기하자 이민혁에게 가해지려던 압박이 흩어졌다.

이때, 지동운이 다시 이민혁에게 패스했다. 압박을 받기도 전, 빠른 타이밍에 보내는 리턴패스.

툭!

지동운의 영리한 플레이 덕에 이민혁은 쉽게 공을 다시 잡았다. 깊숙이 들어갈 공간도 생겼다.

'1m 정도는 더 좁힐 수 있겠어.'

이민혁의 목적은 골대와의 거리를 좁히는 것. 거리를 좁히면 위협적인 패스를 뿌릴 수도 있고, 직접 슈팅을 때릴 수도 있게 된다.

물론 벨기에 선수들이 거리를 쉽게 내주지 않을 거라는 걸 알고 있었다. 그래서 이민혁은 빠르게 판단을 내려야 했다.

'아직 멀어.'

현재 골대와의 거리는 40m 정도.

많이 전진해 온 것 같았는데도 아직 갈 길이 멀다. 그만큼 무사 뎀벨레의 압박이 강했던 것이었다. 더불어 그만큼 한국대표팀이 후방에 웅크려 있던 것이기도 했다.

무언가를 하기엔 너무 먼 거리. 이민혁은 주변의 움직임을 경계하며 거리를 좁혔다. 정면으로 들어가진 않았다. 대각선으로 움직이며 상대 선수들에게 불편함을 만들어 줬다.

그럼에도 벨기에 선수 하나가 달려들었다. 무사 뎀벨레를 상대할 때보단 수월했다. 상대는 급하게 발을 집어넣었고 이민혁은 발이 들어오는 타이밍에 맞춰 팬텀 드리블을 펼쳤다.

―이민혁이 공을 뺏기지 않습니다! 환상적인 드리블로 벨기에의 센터백 니콜라스 롬바르츠를 제쳐 냈습니다!

이민혁의 얼굴에 긴장감이 흘렀다.

벨기에의 중앙수비수 니콜라스 롬바르츠를 수월하게 제쳐 냈지만, 지금 그의 앞에 선 선수는 롬바르츠보다 더 상대하기 힘들 거라는 느낌이 들었다.

'얀 페르통언.'

얀 페르통언은 현재 프리미어리그의 토트넘 홋스퍼에서 주전 센터백으로 활약하는 선수다.

워낙 기술과 킥, 패스가 좋아서 벨기에대표팀에선 풀백으로 출전했지만, 이 선수의 진짜 포지션은 중앙수비수다.

'이 사람은 진짜야.'

움직임을 봐도 느껴진다.

얀 페르통언은 쉽게 이길 수 있는 수비수가 아니다.

그래도.

이길 수 없는 수비수는 아니다. 누구나 약점이 있는 법이고, 이민혁은 얀 페르통언을 공략할 방법을 알고 있었으니까.

'잠까지 줄여 가며 분석했지.'

이민혁은 벨기에와의 경기에서 이기고 싶었다.

팀을 더 높은 곳으로 올리기 위함이기도 했지만, 가장 큰 이유는 자신의 성장 때문이었다.

벨기에는 강팀이다. 당연히 강팀을 잡으면 많은 경험치를 얻게 될 것이 분명했다.

상대를 이기려면 약점을 알아야 한다. 약점을 알려면 분석을 해야 했다.

얀 페르통언은 결점이 거의 없는 수비수다.

하지만 그는 지난 2013/14시즌에 좋은 모습을 보이지 못했다. 그는 빠른 선수에게 약하다. 때문에 발이 빠른 파트너 수비수를 옆에 둬야 하는데, 지난 시즌의 토트넘 홋스퍼엔 얀 페르통언에게 맞는 파트너가 없었다.

'속도를 올려서 단숨에 제쳐야 해.'

툭! 투욱!

이민혁이 템포를 올렸다. 속도를 더 올려서 중앙으로 꺾어 들어갔다.

그러자 얀 페르통언이 자세를 낮춘 채, 다급하게 쫓아 왔다. 언제든지 태클을 할 수 있는 자세. 역시 클래스가 있는 수비수다웠다. 여기서 이민혁은 깊숙이 치고 들어갈 것처럼 다시 한번 공을 툭! 쳤다. 이때, 얀 페르통언의 반응이 약간 늦었다.

'지금이야.'

이민혁은 짧게 공을 치며 드리블하던 지금까지와는 달리, 공을 길게 치고 속도를 더욱 높였다.

그 움직임을 얀 페르통언은 쫓지 못했다. 얀 페르통언은 이민혁의 움직임을 놓쳤기에 태클 타이밍도 잡지 못했다.

페인팅과 스피드의 조합으로 얀 페르통언을 뚫어 낸 이민혁은 경계를 풀지 않았다. 여전히 긴장감을 유지했다.

'집중하자.'

바이에른 뮌헨의 팀 동료인 다니엘 판바위턴이 남아 있었기 때문이었다.

그는 이민혁에 대해서 잘 알고 있는 선수다. 패턴, 습관 등을 전부 알고 있다.

그래서.

이민혁은 새로운 패턴을 활용하기로 했다.

시작은 정공법이었다.

다니엘 판바위턴은 피지컬 괴물이고, 지능적인 수비를 잘한다. 하지만 스피드가 느리다. 얀 페르통언보다 훨씬 더.

휘익! 휙!

이민혁이 헛다리를 짚으며 자신이 언제든지 치고 나갈 수 있다는 걸 판바위턴의 머릿속에 심었다.

판바위턴은 침착한 시선으로 이민혁의 움직임을 지켜봤다. 쉽게 발을 뻗지도 않았다. 이민혁에게 먼저 발을 뻗으면 뚫린다는 걸, 다니엘 판바위턴은 수많은 경험으로 알고 있었다.

"민혁! 그 패턴은 지겹게 당해 봐서 오늘은 안 통한다고!"

다니엘 판바위턴이 빠르게 뱉어 낸 말.

이민혁은 그 말을 끝까지 듣고 있지 않았다. 조금의 각만 만들면 충분했다.

툭!

헛다리를 짚은 뒤, 왼쪽으로 공을 한 번 쳤다. 다니엘 판바위턴이 그 움직임을 쫓아 왔다. 이민혁은 왼쪽으로 한 번 더 공을 툭 밀었다. 판바위턴은 다시 한번 쫓아왔다. 이민혁은 다시 왼발을 공에 올려놨다. 판바위턴은 다시 쫓아오려고 했다. 그 순간.

휘익!

이민혁은 왼쪽 발바닥으로 공을 오른쪽으로 끌어왔다. 짧은 순간이지만 오른쪽에 공간이 생겼다. 이민혁은 곧바로 오른발을 강하게 휘둘렀다.

퍼어엉!

기습적으로 각을 만들고 때려 낸 슈팅. 호쾌하게 뻗어 나간 공은 너무 높지도, 너무 낮지도 않게 쏘아졌고, 어렵지 않게 벨기에의 골 망을 흔들었다.

—드, 들어갔습니다! 우와아아아아! 이민혁이 해냅니다! 이민혁이 강팀 벨기에를 상대로 골을 만들어 냈습니다!

—엄… 청납니다! 이건 정말… 우와……! 이민혁 선수가 보여 줬던 어떤 플레이보다도 놀라운데요? 러시아전과 알제리전에서도 놀라운 모습을 보여 줬지만, 오늘의 상대는 벨기에이지 않습니까?

해설들과 경기장에 있던 모두가 경악했다.

이민혁이 넣은 골은.

팽팽한 상황에서 나온 것이 아니었다.

벨기에한테 일방적으로 밀리던 상황에서 나온 골이었다.

그것도 필사적으로 막으려던 벨기에 선수들을 기어코 뚫어 내고 만들어 낸 것이다.

—너무나도 귀중한 동점골입니다! 이번에도 이민혁이 한국의 자존심을 지켜 냅니다!

실시간으로 그 장면을 지켜본 한국에서의 반응은 어느 때보다도 뜨거웠다.

조별리그에서 만난 상대 중 가장 힘든 상대인 건 물론이고, 월드컵에 출전한 팀 중 우승 후보로까지 평가받는 벨기에를 상대로 넣은 골이었으니까.

더구나 한국이 강한 상대로도 골을 넣을 수 있다는 걸 증명한 장면이었으니까.

└와… 이거 8강도 희망이 있는 거 아닌가? 진심으로 이민혁만 있으면 8강도 꿈은 아닐 것 같은데?

└솔직히 8강은 꿈도 못 꿀 것 같았는데… 이러면… 모르겠는데? 이민혁 실력이 벨기에한테도 통하잖아?

└이건 좀 충격이다;;;; 바이에른 뮌헨에선 팀빨도 받은 거라고 생각했었는데… 한국대표팀에서 이런 플레이를 보일 정도면… 어떤 팀을 만나도 잘하겠는데?

└ㅇㅇ어디서든 잘할 것 같음ㅋㅋㅋㅋ 지금 보니까 바이에른 뮌헨이 챔피언스리그 우승했던 것도 이민혁 때문이었네. 이민혁이 걍 ㅈㄴ잘하는 거였어.

└이민혁은 진짜였구나… 아마 벨기에 선수들도 엄청 놀랐을 듯.

└같은 팀 동료인 다니엘 판바위턴까지 뚫어 버리네ㅋㅋㅋㅋ 진심 소름 돋는다.

└역시 이민혁의 플레이를 보면 팬이 될 수밖에 없음.

경기장의 분위기는 한껏 달아올랐다.

꾸준히 밀어붙이다가 동점골을 허용한 벨기에는 더욱 집중력을 높여서 한국을 밀어붙였다.

한국은 필사적으로 저항했다.

하지만.

이민혁의 골 이후, 전반전 내내 좋은 장면은 나오지 않았다.

벨기에는 이민혁에게 공이 가지 않게끔 강하게 압박했고, 한국대표팀은 벨기에의 압박을 이겨 내고 이민혁에게 공을 연결하지 못했다.

후반전도 마찬가지였다.

아니, 한국에게는 오히려 전반전보다 더 안 좋았다.

이민혁이 활약할 수 있는 상황 자체가 만들어지지 않았다. 벨기에는 다른 선수들을 막는 걸 포기하면서까지 이민혁을 막는 것에만 집중했다.

벨기에의 공격은 후반전에 더욱 날카로워졌다.

정확도 높은 패스를 뿌려 주는 케빈 더브라위너를 투입했고.

무사 뎀벨레조차 비교가 되지 않을 정도의 피지컬 괴물 스트라이커 로멜루 루카쿠, 세계 최고 수준의 드리블 능력을 지닌 에덴 아자르를 전부 투입했기 때문이었다.

한국은 베스트멤버가 된 벨기에의 공격을 막지 못했다.

─아……! 집중해야 합니다! 에덴 아자르에게 뚫려선 안 됩니다!

에덴 아자르의 드리블에 한국의 수비진은 쑥대밭이 됐고.

─들어갔습니다……! 로멜루 루카쿠 선수의 헤더를 막을 수가 없네요…….

로멜루 루카쿠의 피지컬을 막지 못했다.

더불어.

─케빈 더브라위너! 아……! 정확한 크로스예요! 아… 로멜루 루카쿠가 또다시 헤딩 골을 집어넣습니다……!

케빈 더브라위너의 패스도 막지 못하며 또다시 득점을 허용하고 말았다.

삐이이익!

경기가 종료됐다.
최종 스코어는 3 대 1.
한국대표팀은 조별리그에서의 첫 패배를 경험했다.

*   *   *

대표팀에서의 첫 패배는 씁쓸했다.
분위기가 잔뜩 올라온 상황에서의 패배라서 더 씁쓸하게 느껴졌다.
'아쉽네.'
이민혁이 아쉬움이 담긴 얼굴로 땀에 젖은 머리를 털었다.
주변을 둘러보니 동료들 역시 아쉬움 가득한 얼굴을 하고 있었다.
홍명조 감독과 코치들은 그런 선수들을 다독였다.
"다들 고생했어! 충분히 잘 싸웠으니까 기죽지 마. 더 잘 준비해서 다음 경기에 이기면 되는 거잖아?"
"고생했어! 들어가서 샤워하고 쉬러 가자."
"여기 물 좀 마셔. 다들 오늘 끝까지 집중한 거 아주 좋았어."
이민혁은 코치가 주는 물을 받아 마시며 허공을 바라봤다. 청

량한 느낌이 목구멍을 타고 내려갔다. 덩달아 패배의 쓰림도 함께 쓸려 내려간 것 같은 느낌을 받았다.

'괜찮아.'

이민혁의 표정이 한결 가벼워졌다.

축구에서 패배는 있을 수 있다. 흔한 일이다. 아무리 강한 팀도 패배를 겪는다. 다만, 다음에 다시 만났을 때 멋진 승리로 갚아 주면 된다. 벨기에와는… 언젠가는 다시 만나게 될 것이다.

게다가 비록 지긴 했지만 얻은 게 없는 경기는 아니었다.

'경험도 쌓았고.'

분데스리가와 마찬가지로 세계 최고의 리그 중 하나인 프리미어리그에서 뛰는 에덴 아자르와 얀 페르통언 같은 선수들과 함께 뛰어 봤다는 것.

이런 경험은 돈 주고도 살 수 없는 것들이었다.

더구나.

'레벨도 올랐으니까.'

벨기에를 상대로 동점골을 넣었을 때, 레벨도 하나 올랐다.

그동안 쌓아 둔 경험치가 제법 많았기에 가능한 레벨업이었다.

또한, 새로 알게 된 사실도 있었다.

'바이에른 뮌헨에 있을 땐 경험하지 못했던 수준의 견제는… 확실히 이겨 내기 힘들었어.'

오늘 이민혁은 벨기에 선수들에게 집중적인 견제를 당했다. 대부분의 압박의 이민혁에게 집중됐다. 세계적인 선수들이 모여 있는 바이에른 뮌헨에서 뛸 때는 겪어 보지 못했던 압박이었다.

현재 이민혁은 한국대표팀의 에이스 역할을 맡은 선수.

앞으로도 집중 견제를 받게 될 가능성이 높다.

당연하게도 탈압박 능력의 필요성을 느꼈고, 레벨업을 하며 얻은 스탯 포인트 2개를 탈압박 능력치에 투자했다.

'적어도 월드컵이 진행될 동안에는 탈압박에 많은 투자를 해야겠어.'

포인트를 투자했음에도 이민혁의 탈압박 능력치는 78밖에 되지 않는다.

벨기에와 비슷하거나 더 높은 수준의 팀들에게 받을 집중 견제를 이겨 내려면, 아직도 갈 길이 멀어 보였다.

'그래도 다행이야.'

이민혁이 안도의 한숨을 내쉬었다.

결과적으로 얻은 게 더 큰 느낌이었다. 16강에 진출하는 것에 성공했고, 레벨도 올렸다.

하지만.

한국대표팀에겐 아주 좋지 못한 소식도 존재했다.

「한국대표팀, 16강에서 만날 상대는 우승 후보 독일!」

*   *   *

독일은 축구 강국이다.

여러 프로리그가 존재하고, 그중 분데스리가는 세계 최고의 리그 중 하나로 평가받을 정도로 높은 수준을 자랑한다.

당연한 이야기이지만, 역사적으로 독일국가대표팀에는 바이에른 뮌헨에 몸을 담고 있는 선수가 많다.

분데스리가의 최강자인 바이에른 뮌헨!

이런 팀에서 뛰는 선수들이 국가대표가 되지 않으면 그게 더 이상한 일이었다.

이번 2014 FIFA 월드컵에 출전한 독일대표팀의 명단도 그러했다.

바이에른 뮌헨에서 주전으로 뛰는, 세계적인 실력을 지닌 선수들이 즐비했다.

그리고.

이런 독일대표팀은 16강에서 한국을 만나게 됐다.

흡사 코끼리와 개미의 대결이라고도 볼 수 있는 전력 차이.

독일로선 운 좋게 쉬운 상대를 만난 것이고.

한국으로선 꼭 피했어야 할 최악의 상대를 만나게 된 것이다.

「쉽지 않은 8강의 길. 한국대표팀, 월드컵 16강에서 독일 만난다.」

「전차 군단 독일을 만나게 된 한국, 8강을 확신할 수 없지만 16강만으로도 대단한 결과.」

이미 한국의 언론은 부정적인 기사들을 써 내리기 시작했다.

한국 축구 팬들도 힘이 빠진 듯한 모습을 보였다.

└아… 하필 만나도 독일을 만나냐…….

└진짜 운 없네ㅋ 독일이 웬 말이냐 정말…….

└벨기에한테도 졌는데, 독일을 어떻게 이겨ㅋㅋㅋㅋㅋ 아오! 너

무 일방적인 경기만 안 나왔으면 좋겠다.

ㄴ독일 스쿼드 개사기잖아 ㅡ,ㅡ 아으… 16강 최약체 한국이 월드컵에서 젤 빡센 팀이랑 붙네ㅋㅋㅋㅋㅋ

ㄴ민혁아… 바이에른 뮌헨 친구들한테 연락해서 좀 봐 달라고 말하면 안 되냐?ㅠㅠㅠㅠㅠㅠ

ㄴ다들 힘내자… 그래도 우리한텐 이민혁이 있잖아?

ㄴ이민혁도 벨기에전에서 힘 못 쓰는 거 못 봤냐?

ㄴ야! 그 경기에선 이민혁만 집중 견제당했잖아. 솔직히 그 경기에서 이민혁이 어그로 다 끌어 줬는데도 골 못 넣은 한국 선수들이 죄다 형편없던 거임. 민혁이는 죄가 없어.

ㄴ그니까 수준 높은 팀한테 집중적으로 견제받으면 이겨 내지 못한다는 게 드러난 건 맞잖아.

ㄴ그런 상황에서 누가 버텨 낼 수 있겠냐? 메시나 호날두 말고 없잖아?

같은 시각.

독일과의 경기를 앞둔 한국대표팀의 분위기는 그다지 좋지 못했다. 러시아와 알제리에게 승리하며 올라온 기세가 벨기에전의 패배로 한풀 꺾인 것이다.

게다가 이번 상대는 벨기에보다도 더 강하다고 평가받는 독일.

분위기가 좋으면, 그게 더 이상한 일이었다.

'이대로는 안 돼.'

보다 못한 홍명조 감독이 선수들을 불러 모았다.

"다들 뭐 하는 거냐? 벨기에를 상대로도 이길 자신이 있다던 녀석들은 다 어디 간 거냐? 난 너희들에게 묻고 싶다. 우리가, 한국이 강팀이었냐? 우리가 대체 언제부터 겨우 한 번 졌다고, 기가 죽는 팀이었냐? 우리에게 언제부터 그럴 자격이 생겼었냐?"

선수들이 침묵했다.

홍명조 감독의 목에 드러난 핏대가 더욱 진해졌다.

"정신들 차려! 우리는 약팀이다. 러시아나 알제리를 상대로도 질 가능성이 더 높았던 약팀이란 말이다! 다들 명심해라. 이번 월드컵에서 우리가 승리를 확신할 수 있는 팀은 없다. 어차피 모두가 강팀이다. 우리는 그저 한 경기, 한 경기마다 가진 걸 전부 쏟아 내면 되는 것이다. 국가대표는… 이길 수 없는 상대를 만나도 최선을 다해야만 하는 자리다."

그 말을 끝으로 죽어 있던, 선수들의 눈빛이 살아나기 시작했다.

'우와……'

이민혁이 소리 없이 감탄했다.

팀에서 감독의 역할이 중요하다는 건 알고 있었다.

고등학교 때 함께했던 강철중 감독과 바이에른 뮌헨에서 함께하고 있는 펩 과르디올라 감독을 비교하면 쉽게 알 수 있는 일이었다.

'변하셨네.'

홍명조 감독을 처음 봤을 때, 이민혁은 실망했었다.

능력은 별론데 꼰대 기질만 가득한 사람처럼 보였으니까.

그래서 놀라웠다.

지금의 홍명조 감독은 완전히 다른 사람이 되어 있었다. 어느새 그는 선수단의 분위기를 단단하게 만들 수 있는 사람이 되어 있었다.

'어쩌면……'

이민혁의 입가에 옅은 미소가 지어졌다.

정말 솔직하게, 독일과의 경기에서 승리하는 건 기적에 가까운 일이다. 그만큼 전력 차이는 컸다.

그럼에도.

'이길 수도?'

이런 감독이 이끄는 팀이라면, 어쩌면 독일을 상대로도 기적을 만들어 낼 수 있지 않을까? 하는 생각이 들었다.

물론, 매우 낮은 확률의 가능성을 바라볼 뿐이었다.

하지만 이민혁은, 한국대표팀 소속으로서 독일을 상대로 낮은 확률의 가능성이나마 가질 수 있다는 게 즐거웠다.

'붙어 봐야 아는 거지 뭐.'

홍명조 감독의 '말' 이후.

분위기는 확실히 변했다.

독일전에 대비해 훈련하는 선수들의 집중력이 좋아졌다. 선수들은 더욱 열심히 의사소통했고, 더욱 열심히 땀을 흘렸다.

훈련에 몰입한 이들의 집중력은 쉽게 깨질 것처럼 보이지 않았다.

그런데.

이들의 몰입을 한순간에 깨 버릴 말소리가 들렸다.

"독일 선발 명단 나왔다!"

어디선가 들려온 말에 선수들의 시선이 휙 돌아갔다.

선수들은 말을 꺼낸 코치가 있는 곳으로 몰려들었다.

이민혁 역시 다른 선수들과 마찬가지로 독일의 선발 명단을 확인했다.

"마리오 괴체, 메수트 외질, 토마스 뮐러, 필립 람, 바스티안 슈바인슈타이거, 토니 크로스, 무스타피, 메르테자커, 제롬 보아텡, 회베데스, 노이어……."

예상은 했지만.

11명 중 무려 7명의 선수가 바이에른 뮌헨의 동료들로 이뤄져 있었다.

그것을 본 이민혁은 헛웃음을 터뜨릴 수밖에 없었다.

"…이건 그냥 바이에른 뮌헨이잖아?"

*   *   *

바이에른 뮌헨 1군 훈련에 참여했을 때.

이민혁은 필사적이었다. 괴물들로 이뤄진 무리의 일원이 되기 위해 최선을 다했다.

그중 가장 열심히 했던 것 중 하나는 분석이었다.

언젠가 함께 뛰게 될 수 있는 1군 선수들의 움직임을 철저하게 분석했다.

이들이 패스할 때의 습관, 슈팅할 때의 습관, 자주 쓰는 개인기, 훈련장에서 주로 쓰는 용어들을 머릿속에 꾹꾹 쑤셔 넣었다.

그렇게 하니, 2군 소속으로 1군 훈련에 참여하는 횟수가 늘어날수록.

이민혁은 1군 선수들의 템포에 조금씩 따라갈 수 있게 됐다. 훌륭하다는 소리를 듣진 못해도, 형편없다는 소리는 듣지 않게 됐다.

그렇게 필사적으로 적응을 하다 보니 1군 선수가 될 수 있었다.

힘들진 않았다.

이민혁에게 분석은 밥을 먹는 것처럼 당연히 해야 하는 일이었으니까.

중고등학교 때도 그랬고, 바이에른 뮌헨의 1군 소속이 되었을 때도 그랬고, 챔피언스리그 우승을 했을 때도 그랬다.

독일과의 경기를 앞둔 지금도, 이민혁은 매일 밤 독일 선수들을 분석했다.

분석이 끝나면 다시 반복하며 상대 선수들의 정보를 완전히 외워 버렸다.

더불어 감독과 코치, 동료들에게 매일 독일 선수들의 특징을 공유했다. 그중 바이에른 뮌헨 선수들에 대한 정보는 한국대표팀의 낮아진 자신감을 끌어올리는 데에 큰 도움이 됐다.

처음 대표팀에 바이에른 뮌헨 동료들의 정보를 공유할 때는 조금 불편한 감정도 생겼었다.

이래도 되는 것일까? 하는 생각이 들었다.

하지만, 이민혁은 머지않아 그런 생각을 지워 냈다.

이번 월드컵에서만큼은 바이에른 뮌헨 선수들은 동료가 아닌 적이었다.

이민혁 자신은 한국대표팀 소속이고.

바이에른 뮌헨의 동료들은 독일대표팀 소속이다.

상대를 이기기 위해 할 수 있는 걸 전부 쏟아 내는 것이 옳다고 믿었다.

그렇게 강한 믿음을 가진 채.

"민혁! 잘 지냈어? 젠장, 나는 바로 대표팀에 불려 와서 가족들이랑 시간도 못 보냈지 뭐야. 아들이랑 놀이공원 가기로 한 약속도 못 지켰다니까?"

"우리 천재 윙어랑 적으로 만났구만~! 크흐흐! 민혁, 널 막으려면 오늘 다리에 쥐가 날 정도로 뛰어야겠지."

"리! 재밌는 경기 펼쳐 보자고. 아, 맞다. 오늘은 적이니까 조금 거친 태클을 하게 될 수도 있어. 미리 미안하다는 말을 해 둘게."

"벨기에전은 아쉬웠겠더라. 벨기에의 전력이 너무 강했어. 하지만 넌 역시 밀리는 경기에서도 빛나더라."

이민혁은 반갑게 인사를 해 오는 바이에른 뮌헨의 동료들과 포옹을 했다.

지금은 독일대표팀의 유니폼을 입은 바이에른 뮌헨의 동료들. 반가운 사람들이었다.

저들의 얼굴엔 여유가 드러났다.

벨기에 선수들에게서 봤던 것보다 훨씬 더 진한 강자의 여유였다.

'젠장.'

이민혁이 쓰게 웃었다.

시즌이 끝나기 전까지는 매일 붙어 있었던 선수들이기에, 저들의 얼굴을 보면 어느 정도는 생각을 읽을 수 있었다.

저들은……

'이 양반들 패배를 전혀 생각하고 있지 않잖아?'

한국을 상대로 승리를 확신하고 있었다.

이민혁이 주먹을 강하게 쥐었다.

저들에게 약한 소리는 하고 싶지 않았다.

그딴 소리는 오늘을 위해 죽을 만큼 땀을 흘려 온 한국대표 팀 동료들에 대한 예의가 아니다.

경기는 어떻게 될지 모르지만, 적어도 기세에서만큼은 지고 싶지 않았다.

그래서.

"아… 벌써 겁이 나네요."

"응? 겁난다고? 뭐가?"

"뮌헨에서 가장 겁 없는 녀석이 너잖아? 깡다구까지 타고 난 녀석이 갑자기 뭔 겁이 난다고 그래? 설마 우리를 상대하게 돼서 그런 거야? 에이~! 너무 신경 쓰지 마. 이건 어쩔 수 없는 거잖아."

"민혁, 힘내! 한국도 괜찮은 팀이야. 단지 독일이 너무 강할 뿐이지. 너희 한국이 지더라도 그 누구도 욕하지 못할 거야."

"리! 월드컵 16강에 오른 것만으로도 충분히 대단한 일이잖아? 그냥 즐긴다고 생각하는 게 나을 거야. 근데 이런 건 너도 다 아는 거잖아? 도대체 뭐가 겁난다는 거야?"

이민혁은 바이에른 뮌헨 동료들을.

아니, 독일 선수 전체를 도발했다.

"독일을 16강에서 떨어뜨렸을 때, 여러분한테 당할 보복이 겁나요."

Chapter. 3

경기장에 입장하기 전.

선수들은 경기장으로 향하는 통로에서 대기한다.

입장 시간이 되기를 기다리는 것이다.

그런데 지금, 통로의 분위기가 싸늘하게 가라앉았다. 숨 막히는 침묵.

이민혁이 독일 선수들을 도발한 직후에 일어난 일이었다.

다만, 침묵은 길게 이어지지 않았다.

"푸하하하! 뭐? 우릴 16강에서 떨어뜨릴 거라고? 민혁, 농담이 너무 심한 거 아니야? 그리고 보복은 무슨. 그럴 일 없을 거야. 물론 우리가 패배하는 일도 일어나지 않을 거고."

"에이~! 민혁, 네가 대단한 건 알지만 그래도 우리 전부를 상대로 이길 수 있다는 건 너무 과한 자신감 아닐까? 조금은 솔직해질 필요가 있다고, 친구."

"역시 민혁은 승부욕이 대단한 친구야. 하지만 너희 스쿼드로 우리를 이기는 건 무리라는 거 알잖아?"

바이에른 뮌헨의 동료들이 웃음을 터뜨렸다.

이들은 팀의 막내인 이민혁의 말을 농담으로 받아들였다.

물론, 이민혁은 농담이 아니었다.

"어떻게 될지 모르는 게 축구잖아요? 다들 승리를 확신하는 것 같은데, 한국은 여러분의 생각보다 강할 겁니다."

대화는 거기까지였다.

이곳에 있는 선수들은 더는 웃음을 보이지 않았다. 누구도 입을 열지 않았다. 경기장에 들어갈 시간이 다가왔기 때문이었다.

팀 동료로서의 인사를 끝으로, 양 팀 선수들은 조용히 집중력을 끌어올렸다.

그때였다.

가까이에 있던 손훈민이 이민혁의 옆구리를 툭 찔렀다.

"…민혁아."

"예?"

"방금 쟤들이랑 얘기하는 거 다 들었는데… 너는 우리가 독일을 확실하게 이길 수 있다고 생각하는 거야?"

"아뇨."

"으응……?"

"확실히 이긴다니요. 그렇게 생각 안 해요. 상대는 독일이고, 우리가 이기지 못할 가능성이 높다는 건 누구나 아는 사실이잖아요?"

"근데 왜 도발을……?"

"아, 확실히 이길 것 같지도 않은데 도발을 왜 했냐고요? 저 사람들이 우리를 너무 무시하는 거 같아서요. 가뜩이나 승산도 낮은데 기세에서도 밀리면 답이 없잖아요."

"그건 맞지."

손훈민이 피식 웃음을 터뜨렸다.

이민혁도 옅게 웃으며 한국대표팀 선수들을 스윽 바라봤다.

이어서 그는 솔직하게 말했다.

"그리고 확실하지는 않지만, 승산은 있다고 생각해요. 다들 독일전에 대비해서 열심히 준비했잖아요. 우리가 준비한 것만 잘 하면, 오늘 경기 정말 어떻게 될지 모릅니다."

이민혁의 말을 들은 손훈민이 고개를 끄덕였다.

"맞아. 전반전만 우리가 원하는 대로 흘러가기만 한다면… 충분히 승산이 있긴 하지."

홍명조 감독이 이끌고, 이민혁의 정보와 조언을 받은 한국대표팀은.

독일을 잡을지도 모르는 전술을 준비했다.

손훈민과 이민혁.

두 남자는 서로를 바라보며 승리에 대한 의지를 다졌다.

그때였다.

턱!

한 남자가 손훈민과 이민혁의 어깨에 동시에 팔을 올렸다.

"우리 천재 두 명이 무슨 이야기를 그렇게 재밌게 하시나?"

특유의 장난기 섞인 말투를 지닌 남자는.

"석용 형?"

"기석용 선배?"

한국대표팀의 미드필더 기석용이었다.

이제 대표팀의 고참급 선수가 된 그는 여전히 손훈민과 이민혁의 어깨에 여전히 팔을 올린 채, 작은 목소리로 말했다.

"너무 걱정들 하지 마. 나 오늘 컨디션 좋거든? 미리 말하는데, 나 미친개처럼 뛸 거야. 뭔 소린지 알지?"

손훈민이 먼저 고개를 끄덕였고.

이어서 이민혁이 고개를 끄덕였다.

'기석용 선배가 컨디션이 좋고, 많이 뛰기까지 한다면야……'

평소의 기석용은 많이 뛰는 선수는 아니다. 또, 거칠게 몸싸움을 펼치는 선수도 아니다. 중앙 미드필더나 수비형 미드필더 자리에서 뛰는 선수답지 않게 수비 능력도 떨어진다.

큰 키를 지녔음에도 공중볼 경합에도 적극적이지 않다.

이처럼 기석용은 눈에 띄는 단점들이 보이는 선수지만, 확실한 장점을 가진 선수이기도 했다.

기석용은 짧은 패스와 롱패스를 가리지 않고 모든 종류의 패스를 잘한다. 시야도 넓어서 본인의 패스 능력을 아주 잘 활용한다.

탈압박도 준수해서 세계적인 선수들을 상대로도 어지간해선 공을 빼앗기지 않는다.

정확도 높은 패스와 넓은 시야, 준수한 탈압박 능력이라는 확실한 무기를 지녔기에, 기석용은 프리미어리그에서 뛴다.

그런데, 이런 선수가 미친개처럼 뛴다고 선언했다.

체력과 부상을 신경 쓰지 않고.

많이 뛰고 공중볼 경합에서도 피하지 않고 싸우겠다는 뜻을 드러낸 말이었다.

만약 기석용이 정말 그렇게 할 수 있다면.

'승산이 더 높아지겠어.'

한국대표팀의 8강 진출 가능성은 높아진다.

*   *   *

현재 2014 FIFA 월드컵 16강에 오른 팀 중.

우승 후보로 꼽히는 6개의 팀이 존재한다.

브라질, 아르헨티나, 프랑스, 네덜란드, 벨기에, 그리고 독일.

이처럼 우승 후보로 꼽히는 팀들은 전 세계 축구 팬들의 관심을 받는다.

팬들은 이들이 16강에서 어떤 경기력을 보여 줄지 기대하고, 실시간으로 펼쳐질 경기를 기다렸다.

그리고 지금.

─양 팀 선수들이 입장하고 있습니다!

우승 후보 중 하나인 독일이 경기장에 입장했다.

우와아아아아아!

2014 월드컵 16강전이 펼쳐질 경기장에서 관중들의 함성이 터져 나왔다.

반면, 독일 선수들과 함께 입장하는 한국대표팀 선수들에게 향하는 함성은 훨씬 적었다.

　상대적으로 적은 기대감 때문이었다.

　─한국과 독일의 경기가 시작됐습니다!

　경기가 시작된 이후에도 응원은 일방적이었다.

　한국대표팀 선수들은 마치 독일의 홈구장에 온 것 같은 느낌을 받았다.

　그래서일까?

　─독일의 패스가 날카롭습니다! 경기 초반부터 한국을 밀어붙이네요! 우리 선수들은 독일의 화력을 조심해야 합니다!

　한국은 경기가 시작되자마자 독일에게 일방적으로 밀리는 모습을 보였다. 기술이 좋은 독일 선수들에게 공을 쉽사리 뺏지 못했고, 공을 잡더라도 중앙선을 넘지 못했다.

　그럼에도.

　한국대표팀 선수들의 눈빛은 살아 있었다.

　경기력에선 밀리지만, 전혀 기세가 죽지 않은 모습을 보였다.

　─한국이 독일을 상대로 수비적인 전술을 들고나왔네요! 벨기에전에서 맞불을 놓았던 것과는 전혀 다른 모습입니다!

한국이 독일을 잡기 위해 준비한 전술은 극단적인 수비였다. 상대의 공격을 틀어막는 게 목적이었기에, 뚫리지만 않는다면 기가 죽을 필요는 조금도 없었다.

손흥민과 이민혁, 김진욱을 제외한 모든 선수가 수비수처럼 틀어박혔다. 더불어 전진해서 수비하지 않고, 지역방어를 하며 자리를 지켰다.

대놓고 수비만 하며 역습 한 방을 노리는 한국을 상대로.

독일을 자신감 있게 공을 돌렸다. 역습을 특별히 경계하지도 않았다.

한국의 전술을 실력으로 깨부술 수 있다는 자신감에서 나온 플레이였다.

―슈바인슈타이거가 필립 람에게 패스합니다. 오늘 미드필더로 출전한 필립 람, 반대편으로 길게 패스를 뿌립니다. 토니 크로스가 공을 받아 냈습니다. 토니 크로스는 패스와 슈팅이 아주 뛰어난 선수입니다! 한국은 이 선수가 원하는 플레이를 하게끔 가만히 놔 둬선 안 됩니다!

―이민혁이 토니 크로스에게 달려듭니다! 이민혁이 바이에른 뮌헨의 동료인 토니 크로스에게 끈질기게 압박을 하네요! 좋습니다! 이러면 제아무리 토니 크로스라고 해도 부담될 수밖에 없죠! 토니 크로스가 결국 뒤로 공을 돌립니다!

토니 크로스는 무리하지 않았다.

다른 선수라면 모를까, 바이에른 뮌헨의 동료 이민혁의 압박은 조금 신경이 쓰였기 때문이었다.

투욱!

뒤에서 공을 받은 선수는 베네딕트 회베데스.

오늘 독일의 레프트백으로 출전한 그는 중앙수비수인 제롬 보아텡에게 공을 돌렸다.

한국은 최전방에서 압박을 펼치지 않았기에, 독일의 수비진은 편하게 빌드업을 다시 시작했다.

제롬 보아텡이 메르테자커에게.

메르테자커가 무스타피에게 공을 돌렸다.

—슈코드란 무스타피, 필립 람에게 패스합니다.

오른쪽 미드필더로 나선 필립 람이 공을 받아, 빠르게 전진했다.

이때, 손흥민과 기석용이 필립 람에게 달려들었다.

한국의 수비는 지역방어. 평소엔 압박을 펼치지 않았지만, 필립 람이 깊숙이 들어오려는 순간 활발하게 압박을 넣었다.

하지만 필립 람이 누구던가.

바이에른 뮌헨의 레전드 풀백이자, 지난 시즌엔 미드필더로서도 월드클래스 수준의 실력을 펼쳤던 선수였다.

—…필립 람, 대단한 탈압박입니다. 기석용과 손흥민이 함께 압박했지만, 필립 람에게서 공을 빼앗진 못했습니다.

필립 람은 여유 있게 압박을 버텨 냈고, 오른쪽 측면공격수로 출전한 메수트 외질에게 공을 연결하는 것에 성공했다.

　ㅡ외질이 공을 잡습니다!

　메수트 외질.
　월드클래스 공격형 미드필더인 그가 공을 잡자마자, 한국의 레프트백 윤성영이 거칠게 달라붙었다. 아니, 그러려고 했지만 완벽하게 실패해 버렸다.

　ㅡ메수트 외질! 아름다운 턴으로 윤성영의 압박을 벗어납니다! 한국! 위험합니다!

　마르세유 턴.
　그 한 번의 움직임으로 독일은 기회를 잡았고.
　한국은 위기를 맞았다.
　다른 선수라면 모를까, 현재 공을 잡은 선수는 메수트 외질이었다.

　ㅡ외질에게 공간을 내주면 안 됩니다! 다시 압박해야 합니다!

　왼발로 마법 같은 패스를 뿌려 낼 수 있는 외질은 자유를 얻었고.
　그의 왼발은 한국대표팀을 상대로 날카로운 패스를 뿌려 냈다.
　터엉!
　메수트 외질이 뿌린 공은.

―어어어?! 위험합니다!

페널티박스를 빽빽하게 메운 한국대표팀의 수비진 사이를 뚫어 냈다.

보는 사람의 입이 떡 벌어질 정도로 경악스러운 패스 능력이었다. 메수트 외질의 패스 타이밍에 맞춰 침투한 선수는 토마스 뮐러. 그는 기본기가 좋고 골 결정력이 아주 뛰어난 선수답게 공을 향해 다리를 휘둘렀다.

퍼엉!

한국의 골대 안을 향해 빠르게 쏘아진 공.

막아 내기엔 너무 강력한 슈팅. 그럼에도 정석룡 골키퍼는 포기하지 않았다. 집중력도 잃지 않았다. 끝까지 공의 움직임을 쫓아 팔을 쭈욱 뻗어 냈다.

터엉!

슈퍼세이브.

한 골을 헌납할 뻔한 위기에서 한국을 구해 낸 정석룡의 선방이 펼쳐졌다.

―마, 막아 냈습니다! 정석료오오옹! 이걸 막아 내네요! 완전히 골을 허용할 것처럼 보였던 상황인데요! 정말 대단합니다! 토마스 뮐러가 아쉬워하고 있습니다! 토마스 뮐러도 슈팅한 순간 됐다고 생각했을 거란 말이죠?

꿀꺽!

한국대표팀 선수들이 마른침을 삼켰다.

메수트 외질의 패스와 토마스 뮐러의 마무리 슈팅을 직접 본 이들의 팔뚝엔 닭살이 돋아 있었다. 정석룡의 슈퍼세이브가 터졌기에 골을 허용하지 않았지만.

사실상 한 골을 허용한 거라고 봐도 무방한 상황이었다.

'독일이 이 정도였구나……'

'방금은 도저히 막을 수가 없었어.'

'분명히 패스를 넣을 틈이 없었을 텐데… 메수트 외질은 도대체 어떻게 된 놈이야……?!'

'…너무 잘하잖아?'

한국 선수들은 방금의 일로 인해 독일과의 압도적인 격차를 느꼈다.

그래서.

한국대표팀은 더욱 집중력을 끌어올렸다.

─오오! 마리오 괴체의 슈팅을 김형권이 몸을 날려 막아 냈습니다!

─토니 크로스! 슈우우웃! 슈팅이 높게 뜨고 맙니다! 방금은 한국형이 토니 크로스의 슈팅을 잘 막아 냈죠!

한국대표팀 선수들은 실점하지 않기 위해서, 필사적으로 독일의 공격을 버텨 냈다.

독일은 어떨지 모르지만, 한국선수들에겐 시간이 느리게 흐르는 것처럼 느껴졌다. 어떻게든 무실점으로 전반전을 끝내겠다는 목표가 점점 더 어렵게 느껴졌다.

그때였다.

—어엇! 기석용이 날카로운 태클로 슈바인슈타이거의 전진을 막아 냅니다! 기석용이 넘어진 상황에서도 공을 지켜 냅니다!

태클을 잘 하지 않는 기석용이 과감하게 슬라이딩태클을 시도했고, 드리블하던 슈바인슈타이거의 공을 뺏어 낸 것이다.

전반전 30분이 넘어서야 역습을 나갈 수 있는 상황이 만들어졌다.

공을 지키며 재빨리 몸을 일으킨 기석용이 씨익 웃으며 최전방으로 튀어 나가는 두 명의 천재를 바라봤다.

"내가 미친개처럼 뛰겠다고 말했지?"

휘익!

기석용의 오른발이 강하게 휘둘러졌다. 가능한 한 가장 정확하게, 최전방을 향해 롱패스를 뿌려 냈다.

퍼어엉!

과거의 이민혁은 모든 능력이 떨어졌다. 사실상 축구선수를 한다는 게 말이 안 될 정도로.

지금의 이민혁은 대부분의 능력이 뛰어나다. 현재 실력만 본다면 월드클래스 수준에 가까워졌다는 평을 받을 정도로.

이민혁의 자신감은 점점 높아졌고, 트래핑, 드리블, 슈팅에 대해 가장 큰 자신감을 가졌다.

—기석용이 공을 길게 보냅니다! 공은 이민혁에게로 향합니다!

쉬이이익!

빠르게 날아오는 공. 그 공을 향해 이민혁은 가슴을 내밀었다.

투웅!

가슴에 맞은 공이 힘을 잃고 떨어졌다.

툭!

무릎으로 공을 가볍게 밀어내며 속도를 높였다. 잠시 줄어들 었던 속도가 다시금 빨라졌다.

'집중하자.'

이민혁은 집중력을 끌어올렸다. 늘 그랬던 것처럼 턱을 높게 들고 동료들의 움직임을 놓치지 않기 위해 노력했다. 공을 컨트 롤하면서도 동료들의 움직임을 보는 건 어려운 일이었지만.

이민혁은 자연스럽게 해내고 있었다.

'훈민형은 자리가 애매해. 김진욱 선배는 공을 한 번 받아 줄 준비가 되어 계시네.'

이민혁은 김진욱을 언제든지 이용할 수 있다는 걸 머릿속에 입력해 놓은 뒤. 재빠르게 팬텀 드리블로 공을 옆으로 빼냈다. 어느새 따라온 제롬 보아텡이 발을 뻗어 왔기 때문이었다.

터억!

제롬 보아텡의 태클에 반응하는 속도는 빨랐지만, 제롬 보아 텡의 오른발에 왼쪽 다리가 살짝 걸렸다.

휘청!

이민혁의 몸이 휘청였다. 상체를 앞으로 숙이며 오른손으로 땅을 짚었다. 필사적으로 중심을 잡는 이민혁의 모습에 보아텡에게 반칙을 선언하려던 주심이 손에 쥐었던 휘슬을 내려놨다.

—반칙이 선언되지 않습니다! 어드밴티지가 주어지네요! 이민혁 선수! 엄청난 밸런스입니다! 방금은 분명 다리가 걸렸었는데 말이죠?!

제롬 보아텡은 당황하지 않았다.

'그래! 민혁, 너라면 쉽게 당하지 않을 거라는 걸 알고 있었어.'

이민혁과 꾸준히 훈련해 온 그였다. 이민혁이 이상할 정도로 넘어지지 않고, 넘어지더라도 빠르게 일어나는 능력을 갖췄다는 것도 알고 있었다.

'민혁을 막으려면 더 끈질기게 붙어 주며, 좋은 타이밍 태클을 해야 해.'

이민혁을 막는 방법을 알고 있지만, 그건 어려운 일이다.

세계적인 수준의 수비수 제롬 보아텡은 그 어려운 일을 해내기 위해 이민혁에게 강하게 몸을 부딪쳤다.

퍼억!

이민혁의 몸이 다시 휘청였다. 제롬 보아텡의 피지컬은 괴물과도 같은 수준. 반면에 이민혁의 몸싸움 능력은 비교적 떨어졌다.

다만, 이민혁은 휘청이면서도 끝까지 공을 컨트롤해 냈다. 넘어질 듯 넘어지지 않으며 계속해서 전진하는 이민혁. 기회를 놓치지 않겠다는 끈기가 드러나는 움직임.

이에 관중들은 이민혁을 향해 뜨거운 환호를 보냈다.

─이민혁이 대단한 집념을 보여 주고 있습니다! 계속 전진하네요! 어느새 페널티박스 안까지 침투했습니다!

힘겹게 들어온 페널티박스 안쪽.

이곳에서부턴 제롬 보아텡의 압박이 현저히 약해졌다. 이곳에서 반칙하면 단번에 페널티킥을 내주기 때문. 이때, 이민혁은 왼발을 휘둘렀다. 빠른 타이밍에 나온 슈팅. 페인팅은 없었다. 제롬 보아텡은 여유 있게 상대할 수 있는 선수가 아니다. 간신히 만들어 낸 슈팅 타이밍을 붙잡은 플레이였다.

퍼엉!

슈팅을 때린 순간, 이민혁의 표정이 굳었다.

슈팅이 제대로 걸리지 않았다. 자연스레 공의 궤적도 좋지 못했다. 이민혁이 원했던 궤적은 반대편 골대 상단 구석. 하지만 현실은 그렇지 못했다.

공은 중앙에 가깝게 날아갔고, 독일의 골키퍼이자 바이에른 뮌헨의 동료인 마누엘 노이어는 특유의 긴 팔을 뻗어 공을 쳐 냈다.

투웅!

'젠장!'

이민혁이 아쉬움 가득한 눈으로 땅을 박찼다.

타앗!

혹시 모르는 가능성을 생각하며 끝까지 공의 움직임을 따라갈 생각이었다.

그런데 이때.

"……!"

이민혁이 움직임을 멈췄다.

흘러 나가는 공을 향해 발리슛을 때려 내는 동료 선수의 모습.

그 모습을 본 순간, 더는 움직일 생각을 하지 못했다. 간절한 마음을 담아 슈팅을 지켜볼 뿐.

퍼어엉!

제대로 맞았을 때 나오는 소음이 터졌다.

이민혁이 주먹을 강하게 쥐었다. 슈팅을 때린 선수도 눈을 크게 뜨고 공을 바라봤다.

쐐에에엑!

빠르게 쏘아진 공은 마누엘 노이어가 반응하기도 전에 골대 안을 파고들었다.

철렁!

골 망이 크게 흔들릴 정도로 강한 발리슛은.

—고오오오오오오올! 들어갔습니다! 굉장한 발리슛입니다!

독일과의 경기에서 선제골을 만들어 냈다.

이민혁의 얼굴이 환해졌다. 머릿속도 하얘졌다. 아무런 생각도 하지 못한 채, 본능적으로 골을 넣은 선수를 향해 달려갔다.

"훈민 형!"

"민혁아! 했어! 하하하! 내가 했다고!"

"진짜 멋있었어요!"

이민혁은 진심으로 감탄했다.

손훈민의 슈팅 능력이 얼마나 대단한지는 훈련 때도 꾸준히 느끼고 있었지만.

방금 보여 준 발리슛은 특히 대단했다. 더구나 저 슈팅들이 엄청난 노력에서 나온 거라는 걸 알기에, 더욱 대단하게 느껴졌다.

'정말 든든해.'

마음 한구석에 자리하던 부담감이 날아가는 느낌이었다. 독일이라는 강팀과 상대하면서 든든한 동료가 있다는 건 큰 힘이 됐다.

*　　　　*　　　　*

이제 마음이 급해진 건 독일이었다.

무시하던 한국에게 선제골을 허용해 버렸다. 전혀 생각도 못 하던 일격에 당해 버렸다.

─독일이 더욱 템포를 올립니다! 압박도 강해졌습니다!

독일은 더욱 강하게 한국을 몰아붙였다.

─우리 선수들의 집중력이 좋습니다! 아슬아슬하지만 계속해서 독일의 공격을 견뎌 내고 있습니다! 이대로 전반전을 보내려는 생각인 것 같네요!

멋진 역습에 성공한 한국은 다시 수비에만 집중했다. 절대 골을 허용하지 않겠다는 마음으로 독일의 움직임을 쫓았다.

그렇게, 한국은 독일의 공격을 버텨 냈다.

힘겨웠지만, 성공해 냈다.

─전반전이 종료됩니다!

한국은 이어서 맞이한 후반전에서도 전반전과 같은 전술을 펼쳤다. 수비에 모든 집중력을 쏟고, 역습 기회를 노리는 전술.
반면, 독일은 선수를 교체하며 공격력을 강화했다.

─클로제 선수가 나오네요? 독일의 레전드가 마리오 괴체와 교체되어 들어옵니다!

미로슬라프 클로제.
한때 분데스리가 최고의 스트라이커였던 그가 경기장에 뛰어들어왔다.
그 순간, 한국대표팀 선수들은 긴장할 수밖에 없었다. 이들 모두 월드컵을 보며 자라 왔고, 미로슬라프 클로제가 월드컵에서 얼마나 강한 모습을 보여 주는지도 봐 왔기 때문.
"다들 집중하자!"
"클로제 들어왔다! 수비할 때 더 집중해야 해!"
한국대표팀은 팀의 고참급 선수들이 크게 소리치며 분위기를 잡으려고 했다.
하지만, 클로제가 들어온 독일의 공격 패턴은 마리오 괴체가 최전방 공격수일 때보다 더욱 다양해졌다.
후반전의 독일은 크로스를 더 자주 활용하며, 틈이 날 때면 뒤로 돌아가는 클로제와 토마스 뮐러를 향한 전진패스, 틈이 없을 땐 과감한 중거리 슈팅을 때려 냈다.

퍼어엉!

─토마스 뮐러! 슈티이잉!
─오.오.오?! 정석룡이 또다시 멋진 선방을 해 냅니다! 오늘 정석룡 선수의 반응속도는 놀라울 정도네요!

한국은 계속해서 버티려고 했다. 독일이 지칠 때까지, 역습 기회가 나올 때까지.

다만, 제아무리 수비에만 집중한다고 해도.

독일의 화력을 계속해서 버텨 내는 건 어려운 일이었다.

독일은 모든 선수의 개인 능력이 뛰어나고, 조직력도 한국보다 뛰어났다.

이들은 한국의 수비를 기어코 붕괴시켰다.

─슈바인슈타이거, 패스를 찔러 넣습니다!
─필립 람이 깊게 침투합니다! 윤성영이 필립 람을 놓칩니다!

필립 람은 슈바인슈타이거와의 2 대 1패스로 윤성영의 수비를 가볍게 뚫어 냈다. 기석용이 슈바인슈타이거에게 붙어서 패스를 방해했지만, 그럼에도 공은 필립 람에게 안전하게 연결됐다.

퍼엉!

한국의 페널티박스 안으로 뿌려진 필립 람의 크로스.

타앗!

미로슬라프 클로제와 토마스 뮐러가 뛰어올랐다. 홍정후와 김형권이 이들과 함께 뛰어오르며 공중볼 경합을 벌였다.

치열한 공중볼 전투.

이 전투에서 승리한 건 독일의 레전드 미로슬라프 클로제였다.

터엉!

이마로 강하게 찍어 내린 공이 빠르게 쏘아졌다.

제대로 맞은 헤딩슛은 방향을 예측할 수가 없다. 클로제의 헤딩슛이 그랬다. 오늘 좋은 반응속도를 보여 준 정석룡 골키퍼조차 손도 쓸 수 없는 각도와 방향으로 파고들었다.

—…들어갔습니다……! 독일이 기어이 골을 만들어 내네요. 역시… 강합니다.

*　　　　*　　　　*

후반전의 양상은 비슷했다.

독일이 공격하고, 한국이 수비하는 것.

다만, 한국대표팀의 의지는 대단했다.

다시 한번 골대 안으로 들어갈 뻔했던 클로제의 헤딩슛을 홍정후가 머리로 걷어 냈고, 토마스 뮐러에게 완전히 뚫려 버린 상황에서 김형권이 아슬아슬한 백태클로 공을 뺏어 내는 장면도 나왔다.

─후반전 37분이 지나갑니다! 우리 선수들이 정말 자랑스럽습니다! 월드컵 우승 후보인 독일의 공세를 아주 잘 막아 내고 있습니다!

시간은 계속 흘렀다.

1 대 1 스코어를 유지한 채로.

"후우……!"

이민혁은 거칠게 숨을 내쉬며 뛰어다녔다. 그는 후반전부터는 단순히 최전방에 서서 역습만 노리지 않았다.

역습 기회가 쉽게 나지 않을 거라는 걸 느끼며, 팀의 수비를 도왔다. 이민혁은 동료들보다 더 열심히 뛰며 팀에 도움이 되고자 했다.

'기회는 분명 나올 거야.'

벌써 후반 38분이 지나가고 있음에도, 한국은 제대로 된 기회를 얻지 못했다. 심지어 코너킥마저 얻어 내지 못했다.

완전히 반코트 게임을 해 왔기 때문이었다.

그럼에도 이민혁은 끝까지 팀을 믿었고.

─김형권이 토마스 뮐러를 막아 냅니다! 좋은 수비입니다! 김형권, 기석용에게 연결합니다. 기석용! 빠르게 처리해야 합니다! 오늘 독일의 압박은 너무나도 빠르고 강력하거든요!

─기석용! 이형에게 패스합니다! 이형! 바로 이민혁에게 패스하네요! 이민혁이 공을 잡습니다!

결국, 후반전에서의 첫 번째 기회가 생겼다.

'할 수 있어.'

공을 잡은 이민혁이 공을 툭툭 치며 전진했다. 속도를 높이지는 않았다. 오늘 많은 양을 뛰었기에, 체력적으로 힘든 상황이었다. 남은 체력은 아껴야 한다. 가장 중요한 순간에 터뜨려 내야 한다.

─이민혁이 속도를 내지 않습니다. 오늘 너무 많은 거리를 뛰었기 때문일까요?

─시간은 벌써 후반전 40분이 되어 가고 있습니다! 체력적으로 힘들 수밖에 없는 시간대죠.

압박은 빠르게 들어왔다.

이민혁이 공을 잡고 전진한 지 2초도 지나지 않아서 들어온 압박이었다.

가장 먼저 달려드는 선수는 바스티안 슈바인슈타이거였다. 바이에른 뮌헨에서의 동료이자, 이민혁과는 친한 관계를 유지하고 있는 선수.

그러나 지금의 바스티안 슈바인슈타이거는 그런 것 따위 전혀 신경 쓰지 않겠다는 듯, 이글거리는 눈빛을 뿜어내며 달려들었다.

그런 슈바인슈타이거를.

툭! 툭! 휘익!

이민혁은 플립플랩으로 제쳐 냈다. 바이에른 뮌헨 훈련 때의 슈바인슈타이거는 매우 힘든 상대였지만, 지금은 그렇지 않았다.

마음이 급한 슈바인슈타이거를 제치는 건, 이민혁에게 어렵지 않게 느껴졌다.

'슈바인슈타이거답지 않게 플레이가 급하시네.'

현재 시각은 후반 40분.

이대로 동점으로 후반전이 마무리된다면, 연장전으로 들어가게 된다. 그렇게 되면 독일로서도 부담일 수밖에 없다. 체력이 떨어진 상황에서는 어떤 변수가 나올지 모르니까.

그래서, 슈바인슈타이거는 자신도 의식하지 못한 사이에 이민혁에게 급한 태클을 시도했고.

이민혁으로선 가볍게 제쳐 낼 수 있었던 것이었다.

—플립플랩입니다! 이민혁이 화려한 드리블로 슈바인슈타이거를 제쳐 냅니다!

—이민혁, 멈추지 않습니다! 그리 빠르지는 않지만, 계속해서 전진합니다!

독일은 이민혁의 전진을 막기 위해 또다시 달려들었다.

이번에 덤벼든 선수는 토니 크로스였다,

그 역시 바이에른 뮌헨에서의 동료.

경악스러운 패스 능력을 지닌 월드클래스 미드필더였다.

다만, 토니 크로스의 수비는 이민혁에게 위협이 되진 않는다.

'토니 크로스의 수비는 크게 경계하지 않아도 돼. 그래도 방심하면 안 되지. 최선을 다해서 뚫는다.'

이민혁은 상체 페인팅을 하며 전진했다. 토니 크로스를 유인하는 움직임. 토니 크로스로서는 미끼를 물 수밖에 없었다. 이민혁이 전진하게 놔 둔다면 더 위험해질 거라는 걸 알았으니까.

'들어오시죠.'

이민혁은 태클을 하지 않고 몸을 부딪쳐 오는 토니 크로스를 보며, 급격히 방향을 틀며 전진했다. 동시에 토니 크로스의 다리 사이로 공을 툭 밀어 넣었다.

—오오오오오오! 이민혁이 토니 크로스도 제쳐 냅니다! 가랑이 사이로 공을 집어넣었어요! 어어?! 이민혁이 속도를 올립니다!

이민혁이 급격히 속도를 높였다.

아껴 뒀던 체력을 가져와 폭발력을 끌어올렸다.

그 순간 이민혁은 이상한 느낌을 받았다. 모든 게 느려 보이는 느낌.

모든 걸 다 해낼 수 있을 것 같은, 언젠가 한 번쯤 느껴 봤던 그 느낌이었다.

씨익!

이민혁의 입꼬리가 올라갔다.

이 느낌이 왜 생기는지는 모르겠지만, 아주 좋은 타이밍이었다.

슈바인슈타이거와 토니 크로스를 제치며 생긴 자신감이 더욱 커졌다.

툭툭! 툭!

공을 짧게 치면서도 빠른 속도를 내는 이민혁 특유의 드리블.

제롬 보아텡이 달려왔다. 동시에 베네딕트 회베데스까지 덤벼들었다. 숨이 막히는 압박이 들어오는 상황에서.

이민혁의 표정엔 변화가 없었다. 보아텡과 회베데스의 움직임이 전부 느려 보였다. 어떻게 뚫을지 3가지 방법 정도가 머릿속에 떠올랐다. 그런 상황에서.

이민혁은 몸을 던지듯 강하게 상체를 숙이며 뒤꿈치로 공을 차올렸다.

레인보우 플릭(Rainbow Flick).

사포라고 불리는 그 기술을 이민혁은 독일의 수비수 두 명 앞에서 펼쳐 냈다.

제롬 보아텡과 베네딕트 회베데스는 레인보우 플릭을 전혀 예상하지 못했다. 더구나 이민혁이 레인보우 플릭을 펼치는 스피드는 너무 빨랐다. 기습적이고 빠른 기술에 두 명의 수비수는 단숨에 뚫려 버렸다.

─오오오오오! 엄청납니다! 이민혁이 수비수 두 명 사이를 파고듭니다!

이민혁의 앞에 보이는 건 골대, 그리고 마누엘 노이어. 거리는 매우 가깝다. 로빙슛을 하거나 드리블로 제칠 공간은 없다.

지금 할 수 있는 최적의 선택은.

[20% 확률로 '예리한 슈팅' 스킬 효과가 발동됩니다!]
[슈팅의 정확도가 대폭 상승합니다.]

퍼어엉!
강력한 슈팅이었다.
그것도 페널티박스 안에서 때려 낸 슈팅이었다.

경기장에 있던 선수들과 관중들이 숨을 참았다. 눈을 부릅뜬 채, 공의 움직임을 쫓았다.

마누엘 노이어.

독일 국가대표 골키퍼이자, 바이에른 뮌헨의 주전 골키퍼인 그 역시 최선을 다해서 공의 움직임을 쫓았다.

공중에 뜬 채로, 공을 향해 손을 뻗었다.

'안 돼……!'

마누엘 노이어의 얼굴이 일그러졌다.

손이 공에 닿질 않았다. 아무리 최선을 다해서 손을 뻗어 봐도 닿지 않았다. 공은 독일의 골 망을 흔들었다.

―…들어갔습니다! 이민혁이 엄청난 골을 만들어 냅니다! 믿을 수 없는 일이 벌어지고 있습니다……!

―이게 무슨 일인가요! 한국이 독일을 상대로 2 대 1을 만들어 냅니다! 이민혁은… 도대체 얼마나 대단한 재능을 지닌 걸까요?

우와아아아아아!

경기장에 함성이 터져 나왔다. 극도의 긴장감으로 참았던 숨과 함께 터뜨리듯 내뱉은 함성이었다.

이민혁도, 한국대표팀 선수들 역시 마찬가지였다.

"으어어어어!"

주먹을 불끈 쥐고 짜릿한 감정을 터뜨리는 이민혁의 주변으로.

"끄와아아아아! 이민혁, 이 미친놈! 진짜 세상에서 제일 미친

노오오옴!"

"미쳤어! 이건 말도 안 된다고! 민혁아! 너, 외계인 아니지?"

"어떻게 거기서 사포로 뚫을 생각을 하냐? 으하하하! 역시 괴물
은 다르다는 건가? 민혁아, 네 덕에 독일 잡을 수 있을 것 같다!"

"독일을 상대로 이런 골을 넣을 줄이야……! 이 자식, 클래스
가 다르잖아?"

잔뜩 흥분한 한국대표팀 선수들이 몰려들었다.

이들은 이민혁을 끌어안고… 업히고… 난리를 쳤다. 그만큼
흥분되는 골이었다.

이민혁은 동료들을 향해 크게 소리쳤다.

"봤죠? 우리가 이길 수 있어요. 그러니까 우리 끝까지 힘내서
뛰어 봐요!"

자리로 돌아가는 이민혁의 입가엔 진한 미소가 지어졌다.

귀중한 골을 터뜨린 것과 동료들의 축하 모두 그를 기쁘게 만
들었다.

하지만, 가장 기쁜 일은 따로 있었다.

눈앞에 떠오른 메시지들.

[퀘스트를 완료하셨습니다!]

[퀘스트 내용: 2014 FIFA 월드컵 16강에서 전력이 훨씬 강한 상대
에게 귀중한 골을 기록하세요.]

[보상으로 경험치가 100% 증가합니다.]

[퀘스트를 완료하셨습니다!]

[퀘스트 내용: 2014 FIFA 월드컵 16강에서 골을 기록하세요.]
[보상으로 경험치가 50% 증가합니다.]

[퀘스트를 완료하셨습……]
…….

[레벨이 올랐습니다!]
[레벨이 올랐습니다!]

메시지들을 본 순간, 이민혁의 입 밖으로 웃음소리가 새어 나왔다.
"하하! 역시 16강은 다르네."
4년마다 열리는 세계적인 대회답게, 확실한 보상이었다.
무려 94였던 레벨이 2개나 올랐으니까.
이민혁은 바로 스탯 포인트를 사용했다.

[스탯 포인트 2를 사용하셨습니다.]
[탈압박 능력치가 2 상승합니다.]
[현재 탈압박 능력치는 80입니다.]

[스탯 포인트 2를 사용하셨습니다.]
[몸싸움 능력치가 2 상승합니다.]
[현재 몸싸움 능력치는 77입니다.]

이민혁은 벨기에전에 이어 독일과의 경기를 치르면서 더욱 확신하게 됐다.

바이에른 뮌헨에선 모르겠지만, 적어도 한국대표팀에서는 달라져야 한다는 걸.

바이에른 뮌헨에서와는 다르게, 월드컵에선 자신이 할 것만 하면 이길 수 없다는 걸.

그 이상의 것을 해야 한다는 걸.

'그러려면 탈압박과 몸싸움 능력치가 필요해.'

바이에른 뮌헨에서의 이민혁은 드리블로 상대를 제쳐 내고, 역습 때는 빠른 스피드로 최전방으로 뛰어들어 패스를 받고 골을 집어넣거나, 골 기회를 만들어 주는 역할을 했다.

이처럼 잘하는 것만 해도 충분했다. 다른 역할까지 할 필요가 없었다. 세계 최고 수준의 동료들이 각자의 역할을 완벽하게 수행해 줬으니까.

하지만.

한국대표팀에선 다르다.

이곳에선 자신이 에이스 역할을 부여받았다.

팀의 에이스이고, 팀의 전력이 약하기에 드리블 돌파와 역습 시에 골을 만들어 내는 것 이외의 역할까지 해 내야 했다.

꾸준히 밑으로 내려가 동료들의 연계를 더욱 부드럽게 만들어야 했고, 수비에 적극적으로 참여해야 했다.

손흥민과의 스위칭 타이밍도 잡아 줘야 했다.

종종 크게 소리치며 동료들의 집중력을 올려 주는 것도 해야 했다.

이처럼 바이에른 뮌헨에선 필립 람이나 슈바인슈타이거가 해 왔던 것들을 한국대표팀에선 자신이 전부 해야 했다.

이런 것들을 더욱 효과적으로 해 내려면, 탈압박과 몸싸움 능력치는 필요가 아닌, 필수였다.

*　　　　*　　　　*

후반 40분이 넘어서 터진 골.

스코어를 2 대 1로 만드는 이 골은 한국대표팀에겐 더할 나위 없이 큰 힘이 됐다.

—이제 한국은 남은 시간 동안 잘 버티는 게 중요할 것 같습니다! 잘 버티기만 한다면… 8강으로 향할 수 있게 됩니다……!

—어? 한국이 교체를 준비하네요?

홍명조 감독은 승리에 대한 가능성을 얻은 지금, 이 상황을 굳히려고 했다.

그러기 위해, 평소보다 많이 뛴 기석용을 불러들였다.

대신 출전한 선수는 미드필더 박종운.

—기석용 대신 박종운이 들어오네요! 박종운은 뛰어난 체력을 바탕으로 활발한 압박을 펼칠 수 있는 선수죠. 더구나 수비 능력도 좋아서 지금과 같은 상황엔 아주 큰 도움이 될 것 같습니다!

홍명조 감독은 또 하나의 교체 카드를 사용했다.

여러 번의 스프린트를 하며 지쳐 버린 손흔민을 빼고, 밸런스가 좋고 헌신적인 플레이를 펼치는 김보겸을 투입했다.

박종운은 들어오자마자 활발하게 전진 압박을 하며 독일을 귀찮게 만들었고.

김보겸 역시 윤성영과 함께 상대의 측면공격을 효과적으로 막아 냈다.

절대 이길 수 없을 것처럼 보였던 상대. 실제로 커다란 전력 차이가 났던 상대인 독일.

우승 후보라고 불리던 독일은 시간이 얼마 남지 않자, 평범한 팀이 되어 버렸다.

마음이 급해져 실수를 남발했고, 짜증만 늘어 갔다.

이민혁은 공을 한 번 잡을 때마다 드리블을 펼치며 시간을 끌 었다. 팀을 8강으로 올려 보내기 위한 필사적인 몸부림이었다.

마침내.

삐이이이익!

경기가 종료됐다.

독일이 16강에서 무너졌다.

전 세계 축구 팬들의 예상을 벗어난 이변이었다.

"하… 됐다……!"

이민혁은 주심의 휘슬 소리를 듣자마자 잔디 위에 드러누워 버렸다.

더는 서 있을 힘조차 없었다.

남은 체력이 수치로 표시됐다면 아마 5%도 안 남지 않았을까.

그만큼 모든 걸 쏟아부었다.

결국, 승리해 냈다.

힘든 경기였지만 결과는 달콤했다.

"시작됐네."

이민혁은 작게 중얼거리며, 허공에 떠오르기 시작한 메시지들을 바라봤다.

[퀘스트를 완료하셨습니다!]
[퀘스트 내용: 2014 FIFA 월드컵 8강에 진출하세요.]
[보상으로 경험치가 100% 증가합니다.]

[퀘스트를 완료하셨······.]
······.

[레벨이 올랐습니다!]
[레벨이 올랐습니다!]

*　　　　*　　　　*

「한국대표팀, 기적을 만들어 내다! 월드컵 16강에서 독일을 상대로 승리하며 8강 진출!」

「한국의 8강 신화 펼쳐져! 우승 후보 독일 꺾고 만들어 낸 기적! 이제 4강도 불가능은 아니다.」

「천재 이민혁, 챔피언스리그에 이어 월드컵에서도 전 세계를 놀라게 하다.」

한국의 8강 진출 소식은 전 세계적으로 화제가 됐다.

16강 진출조차 어려울 것이라고 평가받던 한국이 무려 우승 후보인 독일을 이기고 8강에 오른다는 건.

그 누구도 예상하지 못했던 일이었다.

이에 가장 많은 관심을 보낸 곳은 한국과 일본이었다.

먼저 한국의 경우엔 어느 때보다도 기쁜 마음을 드러냈다.

ㄴ…워… 이게 된다고? 진짜 8강에 올라갔네?;;;;;;

ㄴㅋㅋㅋㅋㅋㅋㅋ 이러면 국뽕 한 사발 마실 수밖에 없잖아? ㅋㅋㅋ 우리가 독일을 이기고 8강에 올라가네ㅋㅋㅋㅋ

ㄴ다들 정말 죽기 살기로 뛰더라… 리얼 개멋있었음. 특히 이민혁은… 말이 안 나올 정도였어.

ㄴ이런 이민혁을 왜 이제야 뽑은 거냐고ㅋㅋㅋㅋㅋㅋ

ㄴ진짜 너무 자랑스럽다!!!!!! 한국이 이렇게 멋진 모습을 보여 줄 줄은 전혀 몰랐어!

ㄴㅠㅠㅠㅠㅠㅠ 드디어 2002년 월드컵 이후로 4강 진출을 보게 되는 건가?

ㄴ4강은 좀… 빡세 보이긴 하는데, 이젠 감히 한국의 끝을 예상할 수가 없게 됐어. 이민혁이 있는 이상, 미래를 전혀 알 수가 없음……. ㄷㄷ

반면, 일본은.

ㄴ아… 한국이 8강에 올라가다니… 일본은 16강도 가지 못했는데.

ㄴ씁쓸하지만… 아시아 최강은 한국이라는 걸 인정해야겠군.

ㄴ일본은 왜 이민혁 같은 선수를 만들어 내지 못하는 거야?

ㄴ이민혁은 독일에 가서 실력이 크게 늘었어. 그러니까 정확히 말하면 한국이 만든 건 아니지.

ㄴ이민혁은 성격은 더럽지만, 실력은 괜찮네.

ㄴ한국에서 이민혁만큼은… 월드클래스에 가깝긴 하지. 근데 다른 선수들은 형편없더라.

ㄴ한국은 더러운 플레이로 이겼어. 수비만 하면서 시간만 질질 끌어 댔잖아? 일본은 패배하더라도 저렇게 더럽게는 안 하지.

ㄴ확실히 한국의 플레이는 지저분하긴 했어. 정정당당한 승부였다고 말하긴 어려워.

일본대표팀이 하지 못한 것을 한국대표팀이 해냈다는 것을 시기하고 질투했다.

물론, 한국 축구 팬들은 이런 일본 축구 팬들을 크게 비웃었다.

같은 시각.

한국대표팀은 언론을 크게 신경 쓸 겨를도 없이, 훈련에만 몰두했다.

월드컵 8강 진출이라는 확실한 동기부여가 되었기에, 대표팀 선수들 모두 기쁜 마음으로 땀을 흘렸다.

'훈련이 순조로워. 다들 열심히 하고……'

이민혁이 땀을 닦아 내며 씨익 웃었다.

8강에 오르게 된 동료들이 조금은 퍼지지 않을까 걱정했던 건 기우였다.

다들 만족하기는커녕 4강을 바라보며 죽을힘을 다해 땀을 흘리고 있다.

'나도 16강에서 생각보다 더 많은 보상을 얻었어.'

이민혁은 마지막에 오른 2개의 레벨을 떠올리며 상태 창을 띄웠다.

[이민혁]

레벨: 98

나이: 20세(만 18세)

키: 182㎝

몸무게: 75㎏

주발: 양발

[체력 80], [슈팅 100], [태클 54], [민첩 86], [패스 76]

[탈압박 80], [드리블 100], [몸싸움 81], [헤딩 62], [속도 92]

스킬: [예리한 슈팅], [예리한 패스], [축구 재능], [바디 밸런스], [강인한 신체], [양발잡이], [프리킥 재능], [중거리 슈터], [태클 재능]

스탯 포인트: 0

경기가 끝난 뒤에 얻은 스탯 포인트 4개를 전부 몸싸움 능력치에 투자했다.

그 결과, 몸싸움은 이제 81이 되었다. 이 능력치는 분명 '바디 밸런스' 스킬과 시너지를 발휘할 것이다.

다음으로 보인 것은 아쉬운 능력치와 스킬이었다.

'태클이랑 태클 재능 스킬이 참 아쉽단 말이야?'

낮은 태클 능력치 때문에 '태클 재능' 스킬을 제대로 활용하지 못하고 있다는 건 이민혁에게 늘 아쉬운 일이었다.

그렇지만 지금처럼 빠듯한 상황에서 태클 능력치에 스탯 포인트를 투자할 수도 없는 노릇이었다.

그래도.

이런 아쉬움을 전부 날려 버릴 만한 사실이 있었다.

레벨 100까지 남은 레벨이 이제 겨우 2개라는 것.

'레벨이 100이 되면 어떤 스킬을 얻으려나?'

레벨이 100이 되면 스킬을 얻게 될 거라는 것.

그걸 기대하며, 이민혁은 상태 창을 껐다.

다시 훈련에 집중할 시간이었다.

그렇게 매 순간 훈련에 집중했기 때문일까?

시간이 빠르게 흘렀다.

마침내 8강전이 펼쳐질 날이 코앞까지 다가왔다.

4강에 오를 팀을 결정짓는 중요한 순간.

한국의 상대는 강팀이었다. 그것도 우승 후보라고 불릴 정도로 강한 팀.

「한국, 2014 FIFA 월드컵 8강에서 우승 후보 프랑스와 맞붙어!」

「프랑스와의 8강전 펼치는 한국, 독일전에서 그랬던 것처럼 압도적인 전력 차이를 이겨 낼 수 있을까?」

　한국의 월드컵 8강전 상대는⋯ 프랑스였다.

＊　　　　＊　　　　＊

2014 FIFA 월드컵.

4년에 한 번 열리는 이 세계적인 축제는.

우승팀이 나온 뒤에야 끝이 난다.

월드컵은 현재 16강전까지 모두 치러졌다.

치열한 경기를 펼치고 8강에 올라온 8개의 팀은.

프랑스, 한국, 브라질, 네덜란드, 코스타리카, 콜롬비아, 아르헨티나, 벨기에.

전 세계 축구 팬들의 예상 범위 안에 있던 팀들이었다.

물론, 한국은 제외였다.

한국의 8강 진출만큼은 거의 모든 축구 팬들이 예상치 못한 일이었다.

이번 월드컵에서 이변이라는 말이 가장 잘 어울리는 팀인 한국.

그 팀에 속한 선수들은 지금, 허탈한 웃음과 함께 푸념을 늘어놨다.

"아오~! 하필 프랑스랑 붙냐."

"독일이라는 산을 넘었더니 이번엔 프랑스가 있네. 큭큭! 우리 대진 운 도대체 왜 이래?"

"그래도 좋은 경험이 되긴 하겠네. 벨기에, 독일, 프랑스 같은 월드컵 최강팀들이랑만 붙으니까…….”

“우리를 이긴 벨기에도 8강에 올라갔던데? 나중에 다시 붙어 봤으면 좋겠네. 그나저나 이놈의 프랑스를 어떻게 해야 할까?”

푸념은 많았지만, 막상 훈련에 들어갈 때면 한국대표팀 선수들의 집중력은 대단했다.

이왕 8강까지 온 거, 할 수 있는 데까지 가 보자는 분위기였다.

홍명조 감독과 코치진들 역시 최선을 다했다.

화력이 강한 프랑스와의 경기를 대비해, 수비진을 혹독하게 훈련시켰다.

“측면 비잖아! 오버래핑했으면 빨리 복귀해야지! 한국형, 풀백이 돌아오기 힘든 위치에 있으면 네가 빨리 백업을 해 줘야 할 것 아니야?!”

“석용아! 수비할 때 네가 더 도와줘야 해!”

“정후야! 급하게 태클하지 마!”

한국의 훈련 방법은 다음과 같았다.

주전 수비수들과 주전 중앙 미드필더들이 A팀에 속한 채, B팀의 공격을 막아 낸다.

B팀엔 이민혁, 손훈민, 이창용, 이근오, 지동운 같은 폭발력 있는 선수들이 속한다. 이들은 최선을 다해서 A팀의 수비를 뚫는다.

주전 수비진의 수비 능력을 한계까지 끌어올리고, 마찬가지로 주전 공격진의 공격 능력을 끌어올리는 훈련.

이론으로는 분명 효율적인 훈련이었지만.

철렁!

“아오! 또 먹혔네……!”

"쟤는 도대체 어떻게 막아야 하는 거야?"

"패턴이라도 있으면 모를까, 쟨 너무 변칙적이야."

주전 수비수들이 지키는 A팀은 B팀에게 형편없이 무너져 내렸다. B팀의 공격을 제대로 버텨 내지 못했다.

"이민혁을 상대할 때면 내가 그냥 아마추어가 된 것 같아······."

"수준 차이가 어떻게 이렇게나 날 수가 있지······?"

"매번 훈련할 때마다 느끼는데, 쟤 점점 더 발전하는 거 같지 않냐? 처음에도 못 막긴 했는데, 이젠 더 힘들어졌어."

이민혁.

A팀 선수들은 팀의 막내이자 에이스인 이 선수를 막지 못했다.

아예 막질 못하니, 홍명조 감독이 원하던 그림이 나오질 않았다.

그래도, 시간이 지날수록 A팀의 수비는 단단해졌다.

때리면 때릴수록 단단해지는 강철처럼, 이민혁에게 계속해서 뚫리고 골을 허용하며 강해졌다.

시간은 빠르게 흘렀고.

정신없이 훈련에 매진하던 한국대표팀에게 프랑스와의 8강전이 시작될 날이 다가왔다.

*　　　　*　　　　*

경기장에 입장하기 전.

대기하던 한국대표팀 선수들은 독일전과는 다르게 많은 대화를 나눴다.

긴장감을 풀기 위한 대화였다.

"저기 좀 봐 봐. 에브라야."

"박지석 선배님이 맨유에서 뛰었을 때, TV로 맨날 봤는데… 우와… 내가 에브라랑 붙어 보네."

"포그바다! 오오… 벤제마랑 그리즈만도 있어! 쟤네 실제로 붙어 보면 얼마나 잘할까?"

"장난 아니겠지, 뭐. 근데 우리도 장난 아닌 녀석 하나 있잖아."

그때였다.

웃으며 대화를 나누던 한국대표팀 선수들의 시선이 한곳으로 이동했다.

모든 시선이 향한 곳. 그곳엔 조용히 스트레칭을 하는 이민혁이 있었다.

"…왜요? 무슨 일 있어요?"

이민혁이 스트레칭을 멈추고 동료들을 바라보며 묻자.

한국대표팀 선수들이 손사래를 쳤다.

"아니, 그냥… 든든해서. 하던 거 마저 해."

"민혁아, 별일 아니니까 신경 쓰지 말고 스트레칭 마저 해."

"다들 민혁이 그만 쳐다봐! 집중하게 놔둬!"

'뭐야?'

이민혁이 피식 웃으며 다시 스트레칭에 매진했다. 사실 별 의미 없는 스트레칭이었지만, 몸에 쌓이려는 긴장감을 떨쳐 내 버리기엔 좋았다.

상대인 프랑스 선수들이 근처에 서 있었지만, 굳이 눈길을 주진 않았다.

예전이라면 신기했겠지만, 지금의 이민혁은 바이에른 뮌헨에서 뛰며 세계적인 선수들을 많이 봐 왔다. 신기하지도 않고, 놀랍지도 않다.

그때, 관계자가 영어로 경기장에 입장할 시간이라는 걸 알렸다.

"선수 분들, 입장하세요!"

월드컵 8강에 오른 프랑스와 한국.

두 팀의 선수들이 커다란 환호를 받으며 경기장으로 걸어 들어갔다.

─양 팀 선수들이 입장합니다!

─먼저 한국의 스쿼드를 보시죠. 김진욱, 손훈민, 이민혁, 구지철, 기석용, 한국형, 이형, 홍정후, 김형권, 윤성영, 정석룡이 선발 출전했습니다. 다음으로 프랑스의 스쿼드를 보시죠. 카림 벤제마, 앙투안 그리즈만, 요안 카바예, 마티외 발뷔에나, 폴 포그바, 블레즈 마튀이디, 마티외 드뷔시, 라파엘 바란, 마마두 사코, 파트리스 에브라, 위고 요리스 선수가 선발로 출전합니다!

네임 밸류로만 보면 한국과 프랑스의 전력 차이는 매우 커 보였다.

한국엔 네임드 선수가 몇 없는 반면에, 프랑스는 전부 다 네임드 선수였으니까.

선수들의 입장을 지켜본 관중들 역시 결과를 이미 안다는 듯 떠들어 댔다.

"한국이 운 좋게 8강까지 올라오긴 했지만, 여기까지겠지. 하필이면 프랑스를 만났잖아?"

"한국한테 지다니, 독일이 너무 멍청했어. 프랑스는 독일과는 다르게 한국을 완전히 박살 내 버리겠지."

"요즘 그리즈만의 폼이 미쳤어. 한국이 과연 벤제마, 그리즈만, 발뷔에나 조합을 막을 수 있을까? 난 절대 못 막을 것 같은데?"

"한국에서 뛰는 이민혁은 확실히 위협적이야. 프랑스를 상대로도 한두 골은 충분히 넣을 수 있는 수준의 선수지. 그러나 한국의 수비는 프랑스의 공격에 최소 3골은 먹히겠지."

"프랑스가 4강에 올라가겠군. 너무 쉬운 상대를 만났어."

"한국은 8강에 오른 것만으로도 기적이지. 이제 프랑스한테 밟힐 일만 남았어."

관중들의 대부분이 프랑스의 승리를 예상했다.

아니, 확신했다.

한국이 독일을 이기고 8강에 올라오긴 했지만, 네임 밸류부터 프랑스에 상대가 되지 않았으니까.

더구나 한국은 벨기에라는 강팀에 무너진 경험이 있는 팀이었으니까.

"역습만 조심하면 프랑스가 질 수가 없지."

"한국은 이민혁과 손흥민을 이용한 역습 말고는 아무것도 없는 팀이잖아?"

"벨기에가 그랬던 것처럼 프랑스가 압도할 거야."

그렇게, 축구 팬들은 프랑스의 승리를 확신하며 경기가 시작되길 기다렸다.

유명한 선수들이 즐비한 프랑스가 한국을 상대로 얼마나 호쾌한 플레이를 보여 줄지 기대하며.

─경기 시작합니다! 벤제마가 뒤로 공을 돌립니다. 포그바가 공을 잡습니다. 한국은⋯ 압박을 하지 않네요? 독일전과 같이 라인을 내린 채 지역방어를 하고 있습니다.

─우선 프랑스의 화력을 경계하며 수비적으로 경기를 운영할 생각인 것 같군요. 좋은 전술인 것 같습니다. 한국의 수비 전술은 독일전에서 좋은 결과를 보여 줬으니까요. 다만, 우리 선수들이 독일전에서 보여 주었던 불안한 수비는 개선되었기를 바랍니다!

프랑스의 빌드업은 안정적이었다.

폴 포그바가 중심이 되어 요안 카바에, 발뷔에나, 마튀이디, 벤제마, 그리즈만이 번갈아 가며 공을 소유했다.

프랑스는 초반부터 점유율을 높여 갔다.

풀백들도 자신 있게 올라왔다. 파트리스 에브라와 마티외 드뷔시는 라인을 높게 끌어올린 채, 빌드업을 도왔다.

한국은 지역방어를 펼치며 전진하는 프랑스 선수들에게 강한 압박을 펼쳤지만.

─폴 포그바! 공을 뺏기지 않습니다. 그리즈만에게 패스합니다! 그리즈만, 벤제마에게 연결하네요. 프랑스가 정확한 패스를 구사하고 있습니다.

프랑스는 짧은 패스를 빠르게 주고받으며 한국의 압박을 어렵지 않게 벗어났다.

개인 능력이 워낙 좋다 보니, 한국 선수들에게 둘러싸인 상황에서도 공을 빼앗기지 않았다. 특히, 폴 포그바는 공격형 미드필더에 가까울 정도로 높게 올라와 공을 지켜 냈다.

─폴 포그바가 등을 지고 공을 지켜 냅니다! 오늘 우리 선수들은 이 선수를 특히 조심해야 합니다!

폴 포그바, 그는 기습적으로 몸을 돌렸다.
휘익!
강한 피지컬로 한국형을 밀어내며 몸을 돌린 뒤, 그대로 오른발 슈팅을 때려 냈다.
20m가 넘는 먼 거리였음에도 자신감이 돋보이는 플레이였다.
쉬이이익!
강력한 발목 힘을 가진 포그바답게, 슈팅의 파워는 대단했다.
정확도는 조금 떨어져, 골대 위를 지나갔지만.
한국대표팀 선수들의 간담을 서늘하게 만들기엔 충분한 슈팅이었다.
"집중해! 슈팅 쉽게 내주지 마! 국형아, 몸싸움에서 밀려도 끝까지 막아!"
"집중하자!"
경기 초반부터 위험한 순간을 겪은 한국대표팀 선수들은 더욱 집중력을 끌어올렸다.

─정석룡이 골킥을 준비합니다.

그때였다.

정석룡이 골킥을 준비하는 지금.

앞선에 있던 손훈민 이민혁, 김진욱이 슬금슬금 라인을 올렸다.

이들은 프랑스전을 대비해서 연습한 플레이를 펼칠 준비를 했고, 정석룡은 집중력을 끌어올려 최대한 정교한 롱킥을 뿌려 냈다.

퍼어엉!

길게 뻗어지는 공이 향한 곳은 최전방에 있는 김진욱.

198㎝라는 큰 키를 지닌 그는 라파엘 바란과의 공중볼 경합에서 승리하며 공을 따냈다.

투웅!

근처에 있던 이민혁에게 보내는 헤딩 패스.

하지만 라파엘 바란이라는 걸출한 수비수와의 경합에서 만들어 낸 헤딩이기에, 정확도가 떨어졌다.

타앗! 휘익!

앞쪽 공간으로 공을 떨어뜨려 줄 거라고 예상했던 이민혁이 급하게 몸을 틀었다.

김진욱이 머리로 떨어뜨린 공은 이민혁이 생각했던 것보다 뒤에 떨어졌고, 그 공을 잡아 내야 했다.

다행히 공과의 거리는 가까웠다.

파트리스 에브라가 발을 뻗어 왔지만, 이민혁이 발바닥으로 공을 끌어오는 게 조금 더 빨랐다.

─이민혁이 공을 잡습니다! 이제 이민혁이 공을 잡기만 하면 어떤 플레이를 보여 줄지 기대를 하게 되네요!

해설들의 말처럼, 실시간으로 경기를 지켜보는 한국 축구 팬들의 얼굴은 상기됐다. 이들은 이민혁의 움직임에 집중했다.

그때였다.

퍼억!

파트리스 에브라의 태클이 들어왔다. 이민혁을 빠르게 끊어내기 위한 슬라이딩태클. 에브라라는 이름에 걸맞은 좋은 타이밍에 나온 날카로운 태클이었다.

하지만, 이민혁의 반응도 빨랐다. 재빨리 발바닥으로 공을 반대편으로 끌어왔다.

파트리스 에브라의 태클은 공이 아닌, 이민혁의 발을 쓸었다.

퍼억!

"으악!"

이민혁은 그대로 바닥에 쓰러졌다. 태클이 들어오는 타이밍에 맞춰 몸을 살짝 띄웠기에, 큰 타격은 없었다.

삐이이익!

주심이 즉시 휘슬을 불었다.

"에브라, 방금 태클은 너무 위험했어."

"고의가 아니었어요! 전 분명 공을 노리고 들어갔던 거라고요!"

옐로카드를 꺼내 든 주심의 모습에, 파트리스 에브라가 억울한 듯 항의했지만.

주심은 에브라의 항의를 무시했다. 그는 단호한 얼굴로 한국의 프리킥을 선언했다.

―이민혁 선수, 괜찮은 걸까요? 아……! 다행히 괜찮아 보이네
요. 이민혁이 일어납니다.
―에브라가 옐로카드를 받았습니다! 굉장히 이른 시간에 받은
옐로카드인데요? 이러면 에브라는 이제 태클을 아낄 수밖에 없죠!
―한국이 좋은 기회를 얻어 냈습니다! 거리가 조금 멀지만, 충분
히 직접 슈팅을 할 수 있는 거리죠! 우리 대표팀엔 기석용과 이민
혁이라는 좋은 키커가 있습니다! 오! 이민혁 선수가 준비하네요!

프리킥을 준비하는 선수는 이민혁이었다.
이민혁이 프리킥을 준비하는 이유는 간단했다.
훈련 때, 대표팀 내에서 가장 높은 프리킥 성공률을 기록했기
때문이었다.

―이민혁 선수의 슈팅 능력은 말이 필요 없는 수준이죠~! 알제
리전에서 넣었던 프리킥은 아직도 우리의 머릿속에 선명하게 그려
지고 있지 않습니까?

알제리와의 경기에서 프리킥으로 골을 넣었던 이민혁이 공과
의 거리를 벌렸다.
이제 공과의 거리는 2m 정도.
골대와의 거리는 33m 정도였다.
충분히 직접 슈팅을 시도할 수 있는 거리였고, 이민혁은 그렇

게 할 생각이었다.

'이 순간을 위해서 많이 연습했지.'

33m뿐만 아니라 35m, 40m에서의 직접 프리킥도 꾸준히 연습해 왔다. 이 정도 거리는 이민혁에게 문제가 되지 않는다.

연습 때만큼의 실력만 나온다면.

삐이이익!

주심이 프리킥을 차도 좋다는 신호를 보냈고.

이민혁이 공을 향해 달렸다.

휘익!

뒤로 다리를 빼고. 탄력을 이용해 공을 때려 냈다. 밀 듯이 차는 게 아닌, 강하게 끊어 차는 슈팅.

터어엉!

경쾌한 소음이 터졌고.

이민혁의 눈앞엔 메시지들이 떠올랐다.

[상대의 페널티박스 바깥에서 슈팅했습니다!]

['중거리 슈터' 스킬 효과가 발동됩니다!]

[슈팅의 정확도가 대폭 상승합니다.]

[20% 확률로 '예리한 슈팅' 스킬 효과가 발동됩니다!]

[슈팅의 정확도가 대폭 상승합니다.]

직접 프리킥을 하기에 33m는 꽤 멀다.

강한 발목 힘이 있어야만 좋은 슈팅을 만들 수 있을 정도로.

다만, 강하게 공을 차면 그만큼 정확한 킥을 하는 것이 어려워진다. 그렇다고 약하게 찰 수도 없다.

슈팅의 정확도는 높아지겠지만.

상대 골키퍼는 위고 요리스.

세계적인 수준의 선수인 그는 바보가 아니다. 약하고 느린 슈팅은 그에게 통하지 않는 걸 안다.

그래서.

이민혁은 강한 힘으로 공을 끊어 찼다.

터어엉!

제대로 걸린 느낌이 났다. 더구나 좋은 타이밍에 떠오른 메시지들은 슈팅의 퀄리티를 더욱 높여 줬다.

발을 떠난 공은 순식간에 선수들로 이뤄진 벽을 넘었다. 프랑스 선수들은 있는 힘껏 점프하며 공의 경로를 방해하려 했지만.

공은 그런 선수들의 머리 위를 지나갈 정도로 높게 날아갔다. 이윽고 골대에 가까워졌을 땐.

쉬이이익!

부드러운 곡선을 그리며 급격히 떨어져 내렸다.

위고 요리스가 몸을 날렸고 긴 팔을 뻗었지만. 공은 그의 손이 닿지 않는 곳으로 파고들었다. '야신 사각지대'라고도 불리는, 오른쪽 상단 구석으로 파고드는 완벽에 가까운 감아차기.

위고 요리스 골키퍼라고 한들, 막을 수가 없는 슈팅이었다.

─고오오오오오오올! 이민혁이 선제골을 터뜨립니다! 방금 슈팅은 골키퍼가 손도 쓸 수 없는 슈팅이었죠!

　─대단합니다! 이민혁 선수! 이제 겨우 만 18세의 나이에 우리 대표팀에 없어서는 안 될 에이스가 되어 버렸습니다!

　─월드컵 4강이라는 높은 산이 더는 불가능하게 느껴지지 않습니다! 우리 대표팀이 프랑스를 상대로 앞서 나가고 있습니다!

　동료들의 축하를 받으며, 이민혁은 옅게 웃었다.

　'예리한 슈팅 스킬까지 발동될 줄이야.'

　운이 따른 슈팅이었다. 예리한 슈팅 스킬이 발동되지 않았어도 제대로 맞은 슈팅이었지만, 스킬이 발동되며 좀 더 예리한 코스로 파고들었고, 골로 연결됐다.

　프랑스 같은 힘든 상대에게 선제골을 터뜨린 것은 남은 시간 동안 펼칠 경기에 큰 영향을 미칠 것이다. 분명 큰 힘이 될 것이다.

　기쁜 일이었다.

　더구나 눈앞에 떠오른 메시지들은 이민혁을 더욱 기쁘게 했다.

[퀘스트를 완료하셨습니다!]

[퀘스트 내용: 2014 FIFA 월드컵 8강에서 골을 기록하세요.]

[보상으로 경험치가 50% 증가합니다.]

[퀘스트를 완료하셨습니다!]

[퀘스트 내용: 2014 FIFA 월드컵 8강에서 프리킥으로 골을 기록하세요.]

[보상으로 경험치가 50% 증가합니다.]

[퀘스트를 완료하셨습······.]

······.

[레벨이 올랐습니다!]

꽈악!

이민혁이 주먹을 강하게 쥐었다.

골 하나 넣어서 레벨이 올랐다. 확실히 월드컵 8강다운 보상
이었다.

[스탯 포인트 2를 사용하셨습니다.]

[탈압박 능력치가 2 상승합니다.]

[현재 탈압박 능력치는 82입니다.]

스탯 포인트를 전부 사용하며, 자리로 돌아갔다.

8강이 펼쳐지고 있는 가운데, 골을 넣고 보상을 받은 이민혁
의 눈이 빛났다.

'최대한 많은 공격포인트를 기록하자. 그렇게 할 수만 있다면,
빠르게 성장할 수 있을 거야.'

성장에 대한 욕심.

그 욕심은 이민혁의 집중력을 더욱 높였다.

　　　　　*　　　　　　*　　　　　　*

　이민혁이 첫 골을 터뜨린 이후.

　프랑스는 벨기에가 그랬던 것처럼 이민혁을 집중 견제 하기 위해 강한 압박을 펼쳤다.

　이민혁에게 직접 펼치는 압박이 강하다기보단, 공을 연결하는 역할을 맡은 기석용과 풀백들을 괴롭혔다.

　기석용을 비롯한 한국대표팀 선수들은 강한 압박에 힘겨워했다.

　프랑스의 압박은 제대로 먹혀들었고, 이민혁에겐 공이 오질 않았다.

　―이민혁 선수! 밑으로 내려와서 공을 받으려고 하고 있지만, 쉽지 않습니다. 견제가 너무 심하네요! 다른 선수들이 이민혁을 도와야 합니다!

　이민혁은 공을 잡기 위해 직접 움직여야 했다.

　그의 포지션은 측면 윙어였지만, 중앙 미드필더처럼 밑으로 내려와서 상대에게 달려들었다. 안정적으로 공을 돌리는 프랑스의 움직임을 필사적으로 방해했다.

　―이민혁! 태클!

　이민혁은 태클을 아끼지 않았다.

　다리를 뻗는 스탠딩 태클과 슬라이딩태클 모두 꾸준히 연습해 왔다. 비록 태클 능력치는 낮지만, '태클 재능' 스킬이 생긴 이후론 태클 실력이 빠르게 좋아졌다.

물론 전보다 좋아졌다는 거지, 프로 수준에서 통할 정도는 아니었다.

─폴 포그바가 태클을 피해 냅니다! 아~! 폴 포그바의 공을 지켜 내는 능력은 정말 좋네요~!

태클로 공을 뺏는 것에 실패했지만, 이민혁의 표정엔 변화가 없었다. 너무나도 덤덤했다.

그럴 수밖에 없었다.

애초에 설정한 목적이 프랑스 선수들의 공을 뺏어 내는 게 아니었으니까.

이민혁의 목표는 동료가 공을 뺏을 수 있도록 폴 포그바의 중심을 조금 흔드는 것이었으니까.

─오오! 한국형이 폴 포그바에게서 공을 뺏어 냅니다! 폴 포그바가 이민혁에게 너무 많은 신경을 썼죠! 뒤에서 접근하는 한국형을 보지 못한 모양입니다!

역습이었다.

한국형은 바로 이민혁에게 다시 공을 넘겼다.

'기석용 선배한테 주시는 게 나았을 건데.'

이민혁은 아쉬움을 느끼며, 받은 공을 바로 기석용에게 넘기며 전방으로 뛰었다.

역습 타이밍이 늦어졌지만, 그런대로 괜찮은 수습이었다.

퍼엉!

기석용은 반대편 대각선으로 공을 뿌렸다. 이미 최전방으로 달리기 시작한 손훈민을 노린 패스였다.

—기석용이 공을 길게 뿌립니다! 손훈민이 받았습니다!

손훈민이 공을 잡았다.

스피드와 슈팅이 좋은 선수이기에, 공을 잘 컨트롤하기만 한다면 충분히 골을 만들 수도 있는 상황.

그러나, 상대는 프랑스였다.

모든 포지션에 세계적인 선수들이 자리하고 있는 팀.

프랑스의 풀백인 마티외 드뷔시는 분데스리가의 유망주인 손훈민을 충분히 막을 수 있는 선수였다.

—아… 손훈민이 막히네요. 마티외 드뷔시의 태클이 날카로웠습니다.

역습은 실패로 돌아갔다.

이때까지 이민혁을 비롯한 한국대표팀 선수들은 알지 못했다.

전반전이 끝나기 전까지 2골을 허용하게 될 거라는 사실을.

—…들어갔습니다! 그리즈만의 패스를 받은 카림 벤제마가 동

점골을 기록했습니다.

전반 37분, 한 골을 넣은 프랑스는 분위기를 완전히 잡았다.

─마티외 발뷔에나가 돌파합니다! 윤성영이 막아야 합니다! 아! 윤성영이 몸싸움에서 밀렸어요! 발뷔에나! 크로스!

마티외 발뷔에나가 날카로운 크로스를 뿌려 냈고.

─카림 벤제마! 머리로 공을 떨어뜨립니다!

카림 벤제마가 홍정후와의 공중볼 경합에서 승리하며 공을 바닥에 떨어뜨렸다.

그 공을 잡아 낸 선수는 앙투안 그리즈만.

현재 아틀레티코 마드리드의 에이스 역할을 하는 앙투안 그리즈만은.

김형권의 앞에서 여유 있게 공을 컨트롤하며 슈팅 각도를 만들었다. 너무 편안해 보이는 움직임이었다.

왼발로 슈팅을 때릴 각을 만든 이후, 앙투안 그리즈만은 정석 룡 골키퍼가 서 있는 반대 방향으로 공을 차 넣었다.

철렁!

수비 하나를 제친 뒤에 나온 깔끔한 마무리.

앙투안 그리즈만은 관중들의 환호를 받으며 세리머니를 시작했다.

"후우……."

이민혁이 깊게 숨을 내쉬었다.

한국대표팀의 수비 집중력은 괜찮았다. 선수들 모두 필사적으로 수비에 참여하고 있다. 훈련한 대로 아주 잘해 주고 있다.

문제는.

'프랑스의 속도에 따라가질 못하고 있어.'

프랑스가 너무 강했다.

저들은 측면과 중앙을 번갈아 가며 공을 돌렸고, 공을 잡으면 어지간하면 공을 뺏기질 않았다. 과감했고, 한국 선수들보다 기량이 훨씬 뛰어났다.

패턴도 다양했다.

창의적인 선수가 즐비한 프랑스답게, 한국이 반응하지 못할 패턴으로 공격을 전개한다.

명성답게 역시 어려운 상대였다.

'기회는 몇 번 없어.'

이민혁은 현실을 바라봤다.

한국이 독일을 꺾고 8강까지 올라왔지만, 4강으로 가는 건 또 다른 수준이다. 독일은 한국을 경계하지 않았지만, 프랑스는 한 골을 허용한 뒤로 한국을 경계하고 있다.

역습을 철저히 조심하며, 신중하게 공격을 전개한다. 그럼에도 한국이 버티기 힘들 정도로 강하다.

'기껏해야 세트피스 몇 번, 슈팅 한두 번이겠지.'

이민혁의 눈이 날카롭게 빛났다.

힘든 상대이고 기회는 많지 않을 거라는 생각이 들었지만.

여전히 승산은 있다고 믿었다.

'내가 기회를 더 만들어야 해. 나는… 그렇게 할 수 있어.'

*　　　*　　　*

삐이이익!

―2014 FIFA 월드컵 8강전! 한국과 프랑스의 경기가 후반전을 맞이합니다!

후반전이 시작됐다.

이민혁은 후반전 시작과 동시에 중앙 미드필더처럼 내려갔다. 손훈민과 위치를 바꾸는 스위칭. 그리고 중앙으로 내려가 팀의 연계에 도움을 주는 역할을 반복했다.

또한, 이민혁의 움직임은 전반전보다 훨씬 과감해졌다.

―이민혁이 내려와서 공을 받습니다. 어어?! 이민혁이 폴 포그바의 압박을 이겨 냅니다! 엄청난 드리블이네요! 이민혁이 공을 몰고 과감하게 전진합니다!

일대일 압박을 피하지 않았다. 패스로 상황을 모면하지 않았다. 돌파, 이민혁은 오로지 돌파를 선택했다.

폴 포그바를 제쳐 냈다. 어렵지 않았다. 폴 포그바의 수비는 좋지 않았으니까.

'다음은 누구냐.'

이민혁은 전진하며 다음 상대를 찾았다. 상대는 생각보다 더 빠르게 접근해 왔다.

'블레즈 마튀이디.'

이민혁의 눈이 낮게 가라앉았다.

블레즈 마튀이디의 겉모습은 180㎝가 되지 않는 평범한 체격의 남자였다.

그러나 저 선수의 실력은 전혀 평범하지 않았다. 현재 파리 생제르맹에서 주전으로 활약할 정도로 뛰어난 선수인 그는.

뛰어난 체력과 날카로운 태클, 빠른 스피드를 이용해 그라운드를 넓게 뛰어다니는 괴물이었다.

실제로 오늘 펼쳐지고 있는 경기에서 블레즈 마튀이디의 영향력은 대단했다.

'저 녀석만 안 나왔어도, 우리가 중원 싸움에서 이렇게까지 밀리진 않았을 텐데.'

이민혁의 이마에서 식은땀이 흘렀다. 달려드는 블레즈 마튀이디의 움직임에 반응하며 공을 컨트롤했다. 집중해야 했다.

블레즈 마튀이디는 방심할 상대가 아니다.

조금은 투박하고, 많이 뛰는 스타일이라고 해도 녀석이 지닌 태클 능력은 조심해야 한다.

블레즈 마튀이디는 한 마리 짐승처럼 날뛰었다. 이민혁이 소유한 공을 어떻게든 뺏어 내려는 듯 찰싹 달라붙어서 끊임없이 발을 뻗었다.

후웅! 훙!

이민혁은 쑥쑥 들어오는 발을 경계하며 몸을 회전했다. 상체 페인팅을 반대로 주며 회전한 것이었음에도.

블레즈 마튀이디는 중심을 잃지 않고 쫓아왔다. 팔로 귀찮게 밀고 당겼고, 어깨로 거슬리는 차징을 해 왔다.

'확실히 까다로워.'

이민혁은 블레즈 마튀이디의 방해를 받으면서도 공을 지켜 냈다. 급하지 않았다. 템포는 늦어도 상관없다. 어차피 빠르게 공격을 전개해도 프랑스 수비수들한테 막힌다. 차라리 천천히 하나하나 풀어 나가는 게 낫다는 생각이었다.

'슬슬 벗겨 내 볼까?'

이젠 블레즈 마튀이디의 압박을 벗어나야 한다. 선수 하나가 더 달라붙고 있었기 때문이었다.

'폴 포그바까지 합세하면 뚫기 힘들어져.'

조금 전 제친 폴 포그바가 어느새 복귀하고 있었다. 시간이 없다. 침착했지만, 판단은 빨라야 했다.

짧고 빠르게 발을 뻗어 대는 블레즈 마튀이디의 움직임을 주시하던 이민혁이 공을 툭 밀어 넣었다. 목표는 블레즈 마튀이디의 가랑이 사이. 성공이었다. 다만, 블레즈 마튀이디는 이민혁의 어깨를 잡고 전진을 방해했다. 여기서 이민혁은 몸을 강하게 회전했다.

휘익!

회전을 이용해 블레즈 마튀이디의 손길을 뿌리쳐 냈다. 그러자 파트리스 에브라의 차징이 들어왔다. 자세를 낮게 하고 어깨로 강하게 부딪치는 움직임.

이민혁은 반대로 몸을 회전했다.

"윽……!"

체력이 급격히 소모되며 몸에서 과부하가 느껴졌다. 하지만 에브라의 차징을 피하려면 어쩔 수 없다. 블레즈 마튀이디를 힘들게 뚫어 낸 상황에서 시간이 끌리면, 이들 모두에게 둘러싸이게 된다. 뚫고 나가야 했다.

투욱!

파트리스 에브라까지 제쳐 낸 이민혁이 전진했다. 프랑스의 센터백 마마두 사코가 각을 좁혔다. 이민혁이 측면으로 빠지게끔 강제하는 움직임이었다.

'…역시 프랑스의 센터백답네.'

다만, 이민혁은 그 강제를 거부했다.

타앗!

측면으로 빠지지 않고, 마마두 사코를 향해 접근했다.

일대일은 이민혁이 가장 자신 있는 분야. 여기까지 온 상황에서 승부를 피할 생각은 조금도 없었다.

휘익! 휙!

기습적으로 나온 스텝오버.

마마두 사코가 자세를 낮추며 뒷걸음질을 쳤다. 정석적인 수비. 여기서 이민혁은 오른발로 공을 오른쪽으로 툭 밀었다. 슈팅과 돌파 중 하나를 시도할 수 있을 각을 만들었다.

그러자 마마두 사코가 빠르게 그 각을 먹으며 공간을 지웠다.

그 순간.

이민혁이 왼쪽 대각선으로 공을 치고 나갔다. 순식간에 벌어진 일. 성공적으로 각을 먹었다고 생각한 마마두 사코는 폭발적인 속도로 펼쳐진 이민혁의 방향 전환에 반응하지 못했다.

"젠장!"

마마두 사코가 동그랗게 커진 눈으로 고개를 돌렸다. 이민혁은 이미 그를 지나치고 있었다.

'안 돼!'

그건 본능이었다.

센터백인 자신마저 뚫려 버리면 골을 허용하게 될 거라는 생각에 튀어나온 본능.

그 본능이 마마두 사코에게 반칙을 선택하게끔 만들었다.

쫘악!

마마두 사코는 지나치려는 이민혁의 상의를 잡고 당겨 버렸고.

"……?!"

이민혁은 엄청난 힘을 느끼며 뒤로 넘어져 버렸다.

좌아악!

잔디 위에 넘어진 이민혁이 고개를 돌려 주심을 바라봤다.

삐이이이익!

주심은, 이미 휘슬을 불고 있었다.

―마마두 사코! 반칙입니다! 방금은 이민혁에게 완전히 돌파를 허용한 상황에서 가한 반칙이죠! 고의성이 다분한 반칙이었습니다!

후반 9분, 이민혁이 페널티킥을 얻어 냈다. 더불어.

―오오오! 주심이 마마두 사코를 향해 레드카드를 들어 올립니다!

―완전히 골이나 다름없는 상황에서 나온 고의적인 반칙이었기에, 레드카드는 어찌 보면 당연한 결과라고 볼 수 있습니다!

프랑스 핵심 수비수의 퇴장을 만들어 냈다.

Chapter. 4

이민혁이 후반전 9분에 얻어 낸 페널티킥은.

한국대표팀에겐 벼랑 끝에서 얻은 기회였다. 경기력에서 완전히 밀리던 상황에서 만들어 낸 기회.

더불어 마마두 사코의 퇴장은 한국대표팀에게 희망을 안겨 줬다.

너무나도 강력했던 프랑스지만, 11명이 아닌 10명이 뛰는 프랑스는 훨씬 약해질 테니까.

―페널티킥을 성공시키기만 한다면, 이전과는 다르게 우리 선수들이 프랑스를 압박할 수도 있게 됩니다!

힘든 상황 속에서 이민혁이 개인 능력으로 만들어 낸 페널티킥과 상대 선수의 퇴장.

실시간으로 경기를 지켜보던 한국 축구 팬들이 열광하는 건 당연한 일이었다.

┗우왁ㅋㅋㅋㅋㅋㅋㅋㅋㅋㅋㅋㅋ뭐야?!! 이민혁 드리블 개사긴데?

┗됐다!!!!! 이걸 만들었어!!!!!!! 와……! 근데 우리 민혁이 다치진 않았겠지?

┗이민혁 만세!!!!!!!!!!!!!!!!!!!!

┗ㄷㄷㄷㄷ 프랑스를 상대로도 이런 드리블을 보여 주네;;;;; 이 민혁은 역시 클래스가 달라.

┗아무리 프랑스라고 해도 한 명 퇴장당한 건 크네. 이러면 우리도 할 만해진 것 같은데……? 정말 4강 가는 거 아니야?

┗한국이 완전히 발릴 줄 알았는데, 여기서 변수가 나온다고? 여윽시 이민혁이라면 뭔가 해 줄 것 같았어.

┗페널티킥에 퇴장까지ㅋㅋㅋㅋㅋㅋ 이건 됐다! 쫌만 더 힘내자! 4강도 할 수 있다!

┗근데 아직 모름ㅋㅋㅋㅋㅋ 이거 페널티킥 이민혁한테 양보 안 하고 다른 사람이 차면 못 넣을 수도 있어ㅋㅋㅋ

경기장의 분위기는 아수라장이었다.

정확히는 프랑스대표팀의 분위기가 그랬다.

"주심! 이건 아니잖아요! 제가 백태클을 한 것도 아니고 단순히 몸싸움한 건데 레드카드라니요!"

마마두 사코.

프랑스의 중앙수비수인 그는 간절한 얼굴로 주심에게 호소했다.

물론, 이미 판정은 내려졌고.

주심은 번복을 하지 않았다.

"마마두, 당신이 옷 잡은 거 다 봤어. 그리고 골이 될 수도 있는 상황이었다. 레드카드가 맞아."

"젠장! 다시 한번 생각해 보라고요! 당신이 지금 무슨 짓을 하는 건지 알아? 감히 프랑스를 떨어뜨리려고 해? 당신은 월드컵을 망치려고 하고 있어!"

"…퇴장해."

마마두 사코는 씩씩대며 경기장을 빠져나갔고.

다른 프랑스 선수들은 아직도 주심을 향해 간절히 호소하고 있었다.

물론 전혀 먹혀들진 않았지만.

"다행이야."

이민혁이 싱긋 웃었다.

페널티킥과 상대 선수 한 명 퇴장이라니.

결과적으로 직접 골을 넣는 것보다 더 나은 상황이 벌어졌다.

페널티킥을 넣어야 한다는 조건이 붙지만, 넣으면 되는 것 아니겠는가.

그렇게 생각하며, 이민혁은 공을 들고 프랑스의 골대 앞으로 향했다.

페널티킥을 직접 차고 싶었고, 이 부분에 대해선 동료들과 상의할 필요도 없었다.

이미 감독과 동료들의 의견이 합쳐져, 이민혁이 페널티킥 키커로 정해진 상황이었으니까.

—이민혁이 페널티킥을 준비합니다!

—아… 이민혁 선수가 직접 차려는 모양이군요? 슈팅 능력이 워낙 좋은 선수이기에 페널티킥을 직접 차려는 것 같지만, 아직 어린 나이이고 페널티킥 경험이 없지 않습니까? 아무래도 부담감이 꽤 클 텐데요……?

해설들이 걱정스러운 목소리로 염려를 표할 때.

정작 이민혁은 얼굴에 띤 미소를 유지하며 공과의 거리를 벌렸다.

'이렇게 중요한 경기에서 페널티킥이라니, 조금 떨리긴 하네.'

긴장이 안 된다면 거짓말이었다.

경기장에 들어선 엄청난 수의 관중들. 그들이 뿜어내는 함성은 고막을 울린다.

더구나 이 경기를 간절한 마음으로 지켜보고 있을 한국 축구 팬들의 모습.

이 모든 걸 떠올린다면 긴장이 될 수밖에 없다.

"집중하자."

이민혁은 작게 혼잣말을 중얼거렸다.

그 즉시, 머릿속에 떠오르던 여러 생각을 지웠다.

이제 이민혁의 시야엔 오로지 골대와 공만 보였다.

골키퍼는 조금도 신경 쓰지 않는다. 원하는 곳으로 강하고 정확하게 때려 넣을 수만 있다면, 골키퍼의 움직임 따위 전혀 상관 없다.

만약 그렇게 했음에도 골키퍼가 막아 낸다면, 그건 골키퍼가 잘한 것이기에 어쩔 수 없다.

이민혁은 깊게 숨을 내쉬었다.

"후우……!"

모든 숨이 빠져나갔을 때.

숨을 참았다.

조금의 떨림조차 없애기 위한 호흡.

이민혁의 시선이 주심을 향했다.

주심이 입에 문 휘슬을 부는 것이 보였다.

이윽고 들리는 휘슬 소리.

삐이익!

커다란 함성들 사이로 들려오는 작은 소리였지만, 그걸로 충분했다.

이민혁은 다시 시선을 돌려 공을 바라봤다.

동시에.

달리기 시작했다.

빠르지 않게, 천천히 공을 향해 달리던 이민혁이 왼발로 땅을 짚었다. 이어서 오른발을 휘둘렀다.

퍼어엉!

제대로 맞은 느낌. 스킬이 발동되었다는 메시지는 보이지 않았다. 노린 곳은 오른쪽 상단 구석. 공은 이민혁이 노린 곳으로 정확히 휘어져 들어갔다.

슈팅에 모든 집중력을 쏟았던 이민혁이 참았던 숨을 터뜨렸다.

"후아……!"

천천히 숨을 고르며, 이민혁은 골대 안을 바라봤다.

공이 보였다. 골대 안에서 천천히 굴러다니는 공이.

그 순간, 거대한 함성이 귓속을 파고들었다.

"하하……! 넣었네."

이민혁이 웃으며 뒤를 돌아봤다.

대표팀 동료들이 어느새 코앞까지 접근해 있었다.

"우어어어어어어억! 민혁아아아아아! 이 자식, 어떻게 그렇게 침착한 거냐?"

"이 괴물 자식! 이걸 구석에 꽂아 넣네? 큭큭! 넌 쫄리지도 않냐?"

"대단하다 대단해! 민혁아, 넌 어떻게 페널티킥도 완벽해?"

"장하다! 민혁아! 네 덕에 동점이 됐어!"

관중들이 보내는 함성과 동료들의 축하를 받는 건 언제나 기분 좋은 일이다.

다만, 이민혁은 눈앞에 떠오른 메시지에 가장 큰 기쁨을 느꼈다.

[퀘스트를 완료하셨습니다!]

[퀘스트 내용: 2014 FIFA 월드컵 8강에서 페널티킥으로 골을 기록

하세요.]

[보상으로 경험치가 50% 증가합니다.]

[퀘스트를 완료하셨……]

…….

[레벨이 올랐습니다!]

[레벨 100을 달성하셨습니다!]

[스킬이 지급됩니다.]

['정교한 크로스'를 습득하셨습니다.]

"…됐어!"

이민혁은 주먹을 불끈 쥐며 새로 얻은 스킬의 정보를 확인했다.

스킬의 정보는 다음과 같았다.

[정교한 크로스]

유형: 패시브

효과: 상대의 측면에서 풀백을 제치고 크로스를 올릴 때, 크로스의 정확도가 대폭 상승합니다.

'발동 조건이 있네?'

상대 풀백을 제쳐야만 발동되는 스킬이었다. 효과가 어느 정도인지는 아직 모르지만, 분명 상대 풀백의 수준에 따라서 까다

로울 수 있는 조건이다.

그럼에도 이민혁은 웃었다.

풀백과의 일대일 대결은 가장 자신 있는 부분 중 하나였으니까.

'이 정도면 별로 까다로운 조건도 아니고, 좋네.'

정교한 크로스 스킬의 효과가 좋길 바라며, 이민혁은 레벨업을 하며 얻은 스탯 포인트 2개를 패스에 투자했다.

[스탯 포인트 2를 사용하셨습니다.]

[패스 능력치가 2 상승합니다.]

[현재 패스 능력치는 78입니다.]

*　　　　*　　　　*

프리킥으로 한 골.

그리고 페널티킥으로 한 골.

프랑스와의 월드컵 8강전에서 이민혁이 만들어 낸 기록이었다.

더구나 프랑스의 핵심 수비수 중 하나인 마마두 사코의 퇴장까지 유도했다.

2 대 2 동점이 된 상황에서 선수가 10명으로 줄어든 프랑스와 싸우게 된 한국은.

지금까지와는 다른, 좀 더 강해진 경기력을 보여 줬다.

정확하게 말하면, 프랑스가 약해진 것이긴 했지만.

여하튼 한국은 더는 수비에만 집중하지 않을 수 있게 됐다.

—기석용이 전방에 있는 김진욱에게 공을 연결합니다! 김진욱이 공을 따냅니다!
—한국의 빌드업이 과감해지고 있습니다. 측면을 휘젓던 마티외 발뷔에나를 뺀 프랑스이기에, 한국으로선 역습에서 조금은 자유로울 수 있게 됐기 때문이겠죠!

마티외 발뷔에나는 오른쪽 측면 공격수로 나와서 전반전 내내 한국의 수비진을 휘젓던 선수.
좋은 활약을 하고 있었음에도, 그는 마마두 사코의 퇴장과 동시에 경기장에서 빠져나왔다.
프랑스는 마티외 발뷔에나를 빼고 중앙수비수 망갈라를 투입했다.
수비의 구멍을 메우기 위한, 어쩔 수 없는 선택이었다.
한 명의 선수가 빠지자, 놀랍게도 한국이 중원 싸움에서 밀리지 않게 됐다.
한층 자유로워진 기석용은 특유의 정확도 높은 패스를 자유자재로 뿌려 냈다.

—김진욱이 측면으로 공을 연결합니다! 이형이 공을 받습니다. 이형, 이민혁에게 공을 넘기네요! 좋은 패스입니다!

타앗!

이형의 패스를 받아 단숨에 측면으로 들어온 이민혁이 페널티박스 안을 바라봤다.

그곳엔 김진욱이 자리를 잡고 있었고, 침투할 준비를 마친 손훈민과 구지철의 모습이 보였다.

'김진욱 선배의 헤더는 좋지만, 새로 투입된 망갈라의 헤더를 이기긴 힘들 거야. 훈민 형과 구지철 선배는 라파엘 바란과의 공중볼 경합에서 이기기 어려울 거고. 가장 중요한 건, 내가 퀄리티 높은 크로스를 뿌릴 자신이 없어.'

현재 상황에서 크로스는 골을 넣을 가능성이 낮은 선택으로 보였다. 비록 '정교한 크로스' 스킬을 얻긴 했지만, 발동 조건이 성립되려면 상대 풀백을 제쳐야 한다. 하지만 이민혁은 아직 상대 풀백을 상대하지 않았다. 최적의 크로스 타이밍은 지금이었다. 스킬 발동을 위해 시간을 끌 수는 없다.

이민혁은 빠르게 판단했다.

'크로스는 아니야. 직접 몰고 들어가야 해.'

드리블에 대한 자신감은 월드컵에 나오기 전부터 가득했던 상황. 더구나 불과 몇 분 전에 프랑스의 수비진을 휘젓고 페널티킥까지 만들어 내지 않았던가.

판단을 내린 이민혁은 곧바로 공을 몰고 전진했다.

측면으로 깊게 들어가려는 움직임을 취하자, 프랑스의 레프트백 파트리스 에브라가 접근해 왔다.

에브라는 쉬운 상대가 아니었다. 세계적인 수준의 수비수였고, 돌파하려면 신중하게 움직여야 한다. 돌파에 실패할 수도 있다.

그래도, 더 좋은 기회를 만들기 위해서라면 뚫어 내야만 한다.

이민혁은 파트리스 에브라를 앞에 둔 상황에서.

휙!

공을 발바닥으로 밀었다가 다시 가져왔다.

그 움직임에 파트리스 에브라가 다리 하나를 낮췄다. 가랑이 사이로 공을 통과시키는 걸 막기 위함이었다. 하지만 이민혁의 움직임은 페인팅이었다. 파트리스 에브라의 반응을 지켜보기 위함이기도 했다.

'역시 반응이 빨라. 날이 제대로 서 있어.'

에브라의 다리 사이로 공을 통과시키는 건 힘들어 보였다. 혼전 상황이라면 모를까, 이렇게 집중력을 끌어올린 일대일 상황에서는 더더욱 힘들다.

이민혁은 이번엔 헛다리를 짚었다. 에브라는 여전히 낮게 자세를 낮춘 채, 언제든지 튀어 나갈 준비를 했다. 이민혁은 헛다리에 이은 연속 동작으로 왼쪽으로 공을 툭 쳤다. 아주 짧게 공을 치는 드리블. 그 움직임에 파트리스 에브라가 각을 좁혔다. 하지만 덤벼들진 않았다.

이때, 이민혁은 다시 한번 왼쪽으로 공을 툭 쳤다. 조금 더 강하게 공을 치는 드리블. 이번엔 에브라가 반응했다. 몸으로 밀고 들어왔다. 하지만 이것 역시 페인팅이었다. 이민혁은 왼쪽으로 쳐 놓은 공을 오른쪽으로 한 번 더 치며, 동시에 대각선으로 파고들었다.

자신 있는 기술 중 하나인 플립플랩이었다.

기술이 완벽하게 먹혀든 상황. 에브라는 중심을 잃었고, 이민혁은 오른쪽 대각선으로 깊숙이 들어갔다. 페널티박스 라인이 바로 앞에 보였다. 이민혁은 페널티박스 라인을 넘어 안으로 침투했다. 그러자 망갈라가 덤벼들었다. 후반전에 새로 투입된 수비수. 망갈라에 대한 분석은 이미 끝냈다. 몸싸움 능력이 괴물 같지만, 빠른 선수에게 약점을 보이는 선수.

즉, 이민혁이 잡아먹기엔 아주 좋은 유형의 수비수였다.

―이민혁이 에브라에 이어서 망갈라까지 제쳐 냅니다! 정말 놀라운 드리블입니다!

―드리블도 드리블이지만, 우선 스피드가 너무 빠릅니다! 저렇게 빠른 스피드를 유지하면서 정교한 드리블을 하면 수비수의 입장에선 막기가 힘들죠!

마침내 망갈라까지 제쳐 낸 뒤.

이민혁은 몸을 오른쪽으로 틀며 왼발로 슈팅을 때렸다. 역방향으로 꺾어 차는 슈팅.

골키퍼에겐 끔찍한 슈팅이었다.

철렁!

―고오오오오오오올! 들어갔습니다! 이민혁이 개인 능력으로 또 하나의 골을 기록합니다! 해트트릭입니다! 이민혁! 월드컵에서 전설을 써 내려가고 있습니다!

―위고 요리스 골키퍼가 분노합니다! 이민혁 선수에게 무기력하

게 뚫려 버린 수비진에게 고함을 치고 있습니다!

　─방금은 위고 요리스 골키퍼 입장에선 화가 날 수 있는 상황이긴 하죠. 하지만 방금은 프랑스의 수비수들이 못했다고 보기보단, 이민혁 선수가 너무 잘했다고 봐야겠죠!

　프랑스를 상대로 해트트릭을 기록한 지금.

　이민혁은 세리머니를 했다. 자신의 기쁨을 표출하기 위한 세리머니는 아니었다. 팀의 기세를 올리기 위한 세리머니.

　촤악!

　관중들의 앞으로 슬라이딩을 한 뒤, 몸을 일으켜 높게 점프하며 하늘 높이 주먹을 휘둘렀다.

　우와아아아아!

　관중석에서 함성이 터져 나왔다.

　주변엔 동료들이 잔뜩 흥분한 얼굴로 달려들고 있다.

　'신기하네.'

　꿈같은 현실을 바라보며.

　이민혁의 시선은 허공에 떠오르고 있는 메시지들로 향했다.

　[퀘스트를 완료하셨습니다!]

　[퀘스트 내용: 2014 FIFA 월드컵 8강에서 해트트릭을 기록하세요.]

　[보상으로 경험치가 100% 증가합니다.]

[퀘스트를 완료하셨습니다!]
[퀘스트 내용: 2014 FIFA 월드컵 8강에서……]
…….

[레벨이 올랐습니다!]
[레벨이 올랐습니다!]

*   *   *

이민혁은 해트트릭을 기록했다.

그것도 월드컵 8강에서 무려 프랑스를 상대로 해낸 기록이었다.

그 누구도 쉽게 할 수 없는 어려운 일.

그걸 해낸 것에 대한 보상은 달콤했다.

…….

[레벨이 올랐습니다!]
[레벨이 올랐습니다!]

레벨이 오르기 전의 레벨이 100이었다는 걸 생각하면, 정말 엄청난 양의 경험치를 한 번에 얻었다는 걸 알 수 있었다.

"경험치 제대로 주네!"

이민혁은 만족스러운 미소를 지으며 스탯 포인트를 사용했다.

해트트릭을 기록했고, 그 골이 역전골이라는 건 좋은 일이지만, 아직 경기가 끝나지 않았다.

상대는 선수가 한 명 적고, 스코어도 3 대 2로 유리하지만.

상대가 워낙 강팀이기에 경기가 끝나기 전까지는 승부를 알 수 없다고 생각했다. 빠르게 스탯 포인트를 사용해서 승산을 높일 필요가 있었다.

[스탯 포인트 2를 사용하셨습니다.]
[패스 능력치가 2 상승합니다.]
[현재 패스 능력치는 80입니다.]

[스탯 포인트 2를 사용하셨습니다.]
[탈압박 능력치가 2 상승합니다.]
[현재 탈압박 능력치는 84입니다.]

탈압박 능력치의 경우엔 스탯 포인트를 사용하지 않을 이유가 없었다.

훌륭한 효과를 보고 있었으니까.

프랑스의 압박은 매우 강했음에도, 이민혁은 그 압박을 잘 버텨 내고 있었다. 세계 최고 수준 선수들의 압박을 버텨 낼 정도면 아주 훌륭한 효과이지 않은가.

그리고, 패스에 스탯 포인트를 투자한 건 당연히 새로 얻은 스킬 때문이었다.

[정교한 크로스]

유형: 패시브

효과: 상대의 측면에서 풀백을 제치고 크로스를 올릴 때, 크로스의 정확도가 대폭 상승합니다.

비록, 상대의 측면에서 풀백을 제쳐야 한다는 조건이 있지만.

조건만 성립시키면 정확도 높은 크로스를 뿌릴 수 있게 되는 스킬이다.

아직 사용해 보진 않았지만, 레벨 100이 되었을 때 얻은 스킬이기에 괜찮은 효과를 보일 것이라고 예상했다.

그리고 당연하게도.

'패스를 올리면 스킬의 효과가 더 좋아지겠지.'

이민혁은 패스 능력치가 높아질수록 정교한 크로스 스킬의 효율을 더 끌어낼 수 있다고 생각했다.

'가능하면 오늘 사용해 봐야겠어.'

경기는 빠르게 재개됐다.

한국과 프랑스의 현재 스코어는 3 대 2.

이민혁에게 3골을 허용하며 역전을 당한 프랑스는 한국을 거칠게 몰아붙였다. 한 명이 부족한 프랑스였지만, 개개인의 실력이 워낙 뛰어나기에 가능한 상황이었다.

─우리 선수들은 더 조심해야 합니다! 프랑스가 10명이 되었다고 해서 절대 방심하면 안 됩니다!

—맞습니다! 프랑스는 세계적인 선수들이 모여 있는 곳이거든요? 10명으로도 충분히 우리를 위협할 수 있는 강팀이라는 것을 잊으면 안 됩니다!

스코어 역전을 했다는 기쁨 때문일까?
아니면 상대보다 숫자가 많다는 것 때문이었을까?
한국은 집중력이 떨어진 모습을 보였다. 10명으로 이뤄진 프랑스의 공격에 휘둘렸다.

—폴 포그바가 기석용의 압박을 떨쳐 냅니다! 막아야 합니다!

폴 포그바는 여전히 자신감이 넘쳤다.
1993년생이라는 어린 나이에 세리에 A에서 최고 수준의 미드필더라고 평가받는 그였기에, 어쩌면 당연한 일이었다.
폴 포그바는 191㎝라는 큰 키에 강한 피지컬을 지녔음에도, 부드러운 드리블로 기석용에 이어 한국형까지 제쳐 냈다.
단숨에 2명을 뚫어 낸 폴 포그바에게 홍정후가 달려들었다. 중거리 슈팅이 위협적인 폴 포그바이기에, 홍정후로선 슈팅 각을 내주지 않기 위해 어쩔 수 없이 자리를 박차고 튀어나온 것이었다.
센터백이 지역방어를 포기하자, 자연스레 한국대표팀의 수비진엔 구멍이 생겼다. 제법 큰 틈. 폴 포그바는 바로 옆으로 공을 넘겼다.

앙투안 그리즈만.

현재 아틀레티코 마드리드의 에이스인 그는 폴 포그바가 넘겨 준 공을 향해 곧바로 왼발을 휘둘렀다.

터엉!

센스 넘치는 다이렉트 패스였다. 그리즈만이 차 낸 공은 홍정 후가 튀어나오며 만들어진 틈으로 파고들었다.

"폴, 좋은 패스!"

카림 벤제마가 공을 향해 달려들었다. 놀란 김형권이 재빨리 벤제마의 움직임을 방해해 보려고 했지만.

퍼억!

김형권은 카림 벤제마와의 몸싸움을 이겨 내지 못했다. 카림 벤제마는 나가떨어진 김형권에게 시선도 주지 않은 채, 골대 구 석을 향해 강력한 슈팅을 때려 냈다.

완벽에 가까운 슈팅이었다.

카림 벤제마가 왜 월드클래스 스트라이커인지를 증명하는 슈 팅이기도 했다.

철렁!

―아… 카림 벤제마의 훌륭한 마무리입니다……! 우리 선수들 의 집중력이 떨어진 틈을 프랑스가 놓치질 않았네요.

＊   ＊   ＊

경기장의 분위기가 바뀌었다.

역전골을 넣으며 기세가 올랐던 한국대표팀의 분위기가 급격히 가라앉았다.

　반대로 동점골을 넣은 프랑스의 분위기는 완전히 살아났다.

　흐름이 넘어가자, 한국대표팀은 숫자에서 유리한 중원 싸움에서도 프랑스에게 밀렸고, 패스의 정확도도 떨어졌다.

　ㅡ윤성영의 패스미스! 아… 손흥민 선수를 보고 준 패스 같은데, 정확도가 아쉽습니다.

　ㅡ요안 카바예가 공을 잡습니다. 손흥민 선수가 수비에 참여하지만… 요안 카바예의 공을 뺏질 못하네요. 요안 카바예 선수, 볼 컨트롤이 대단합니다!

　요안 카바예는 자신감 있게 파고들었다. 스스로의 기술에 자신감이 있었기 때문이었다. 요안 카바예는 손흥민을 제친 것으로도 모자라 윤성영까지 제쳐 냈다.

　ㅡ요안 카바예! 크로스!

　요안 카바예는 숏패스와 롱패스를 가릴 것 없이 정확하게 뿌려 낼 수 있는 선수.

　지금 그가 오른발로 차 낸 크로스의 퀄리티 역시 훌륭했다.

　바깥쪽에서 안쪽으로 휘어 들어가는 공을 향해 카림 벤제마가 점프했다.

　하지만.

김형권은 이번에는 밀리지 않겠다는 듯, 이를 악물고 카림 벤제마의 헤딩을 방해했다. 처절한 몸싸움을 펼친 결과, 카림 벤제마의 헤딩슛은 정확성을 잃었다.

─김형권의 훌륭한 수비였습니다! 느린 화면으로 보시죠! 제아무리 카림 벤제마라고 해도 이렇게 방해를 받는 상황에서 정확한 헤딩을 하는 건 어렵죠! 김형권, 좋은 집중력을 보여 주네요!

"후우……! 다행이다."

이민혁이 숨을 크게 내쉬었다. 순간 올라왔던 긴장감이 흘러내려 갔다.

'방금은 골을 허용해도 이상하지 않았어.'

분명 위험한 상황이었지만.

다행히 동료들이 멋진 수비로 프랑스의 공격을 막아 냈다. 고마운 동료들이었다.

'다들 멋집니다. 저도 다 쏟아부을게요.'

이민혁은 기회를 기다리지 않았다. 숨이 턱끝까지 차올랐지만, 꾸역꾸역 삼키며 계속 뛰었다.

월드컵에 나오며 세운 첫 목적은 성장이었다.

경험치를 많이 줄 것 같았기에, 축구 실력을 늘리는 데에 큰 도움이 될 것 같았기에 나왔다.

사실, 경험치만 아니라면 팀이 월드컵 높은 곳에 올라가지 못해도 큰 상관이 없다고 생각했었다.

그러나.

이젠 이기고 싶어졌다. 더 높은 곳으로 올라가고 싶어졌다.

함께 땀을 흘린 동료들의 실망을 보고 싶지 않아졌다.

더구나 한국 팬들의 응원.

독일에 있을 때는 크게 느껴지지 않았었다. 많은 관심을 받고 있다는 건 매니저인 피터에게 들어서 알고 있었지만, 피부로 느껴지지는 않았으니까.

하지만 지금은 어떤가.

"대~! 한~! 민~! 국~! 할 수 있다!"

"이민혁! 네가 있어서 너무 든든하다! 다치지 말고 꼭 최고가 돼라!"

"민혁아~! 멋있다! 해트트릭이라니! 정말 대단해!"

"민혁아! 우린 너를 믿는다!"

월드컵이 펼쳐지고 있는 이곳은 브라질.

브라질에 거주하는 한국 팬들이 목이 터져라, 응원을 보내고 있다. 게다가 대표팀 동료들에게 듣기론 한국에서 비행기를 타고 날아 온 팬들도 많다고 한다.

어찌 승리에 집착하지 않을 수 있겠는가.

어찌 열심히 뛰지 않을 수가 있겠는가.

"…다들 감사합니다. 어떻게든 이겨 볼게요."

작게 중얼거리며, 이민혁은 다시 상대를 향해 달려들었다.

*   *   *

경기는 소강상태로 흘러갔다.

모두가 지쳐 있었기 때문이기도 했고, 양 팀 선수들 모두 필사적으로 뛰고 있었기 때문이기도 했다.

—프랑스가 쉽게 전진패스를 시도하지 못하고 있습니다. 한국의 역습을 경계하는 거겠죠?

—체력적으로도 많이 지칠 시간입니다. 프랑스 선수들도 공격에 신중해질 수밖에 없죠.

양 팀의 공격 전개는 느렸고, 그것조차 효율적으로 전개되지 않았다.

후반전 40분이 될 때까지도 서로 엎치락뒤치락하며 치열한 중원 싸움을 반복했다.

—경기가 치열하게 이어지고 있습니다……! 이제 시간이 얼마 남지 않았습니다! 우리 선수들이 조금만 더 힘을 내 줬으면 좋겠습니다!

—우리 선수들……! 할 수 있습니다! 4강에 오를 수 있는 절호의 기회입니다! 이번만 이겨 낸다면 2002년 때의 기적을 다시 재현할 수 있습니다……!

해설들의 목소리에 간절함이 담겼다.

한국을 응원하는 관중들 역시 이제는 다 찢어져 가는 목소리로 응원을 보냈다.

실시간으로 한국대표팀을 응원하던 한국 축구 팬들도 간절한 마음을 담아 응원의 댓글을 남겼다.

ㄴ제발… 제발 아무나 한 골만 넣어 줘……!

ㄴ처음 프랑스랑 붙는다고 했을 땐 당연히 진다고 생각했는데… 치열하게 뛰는 거 보니까 되게 미안해지네ㅠㅠㅠ 이젠 정말 한국이 이겼으면 좋겠다…….

ㄴ다들 너무 지쳐 보이지만… 그래도 한 번만 힘내 줘……!

ㄴ민혁아! 너만 믿는다……! 너밖에 해 줄 사람이 없어ㅠㅠ

ㄴ훈민아ㅜㅜ 민혁아ㅜㅜ 한 방 보여 주면 안 되겠니?

ㄴ우리 선수들이 너무 지쳤어… 이대로 연장전 가면 답도 없을 것 같은데…….

ㄴ프랑스가 세긴 세다… 어떻게 10명으로 저렇게 잘하지……?

모두가 지쳐 버린 지금.

시간은 계속 흘렀다.

43분… 45분…….

마침내 추가시간이 주어졌다.

3분.

무언가를 하기엔 짧은 시간이었다.

한국대표팀 선수들의 표정이 급격히 어두워졌다.

이들은 프로축구 선수였기에, 스스로의 상태를 잘 파악하고 있었다.

'젠장… 다리에 쥐 날 것 같은데……?'

'다리에 힘이 풀렸어… 여기서 더 뛰는 건 무리야…….'

'하… 힘들다…….'

'3분… 쉽지 않겠네.'

3분간 골을 만들기는커녕, 프랑스의 공격을 막아 낼 힘도 남아 있지 않다는 걸 아주 잘 알고 있었다.

―추가시간이 3분 주어졌습니다! 우리 선수들이 많이 지쳐 있는 게 보이네요……! 안타깝습니다! 조금만 더 버텨 줬으면 좋겠습니다! 연장전으로 갈 수만 있다면…….

힘든 건 이민혁 역시 마찬가지였다.

애초에 이민혁의 체력 능력치는 80.

다른 능력치들에 비해 낮은 수준이었다. 실제로 이민혁의 체력은 대표팀 내에서도 상위권이 아니었다. 전형적으로 부족한 체력을 정신력으로 커버하는 스타일이었다. 육체는 이미 한계를 뛰어넘었다.

그래도.

'뛰자. 뛰어야 해.'

이민혁은 멈출 것 같은 다리를 억지로 뗐다. 발을 떼고, 무릎을 높게 들었다. 당장에라도 잔디 위에 드러눕고 싶었지만, 참았다. 경기 도중에 마셨던 음료수가 목구멍 밖으로 튀어나올 것 같았지만, 참았다.

뛰는 걸 멈추지 않았다.

멈출 수 없었다.

모두가 힘들 테니까.

그럼에도 모두가 뛰고 있었으니까.

'한 번은 기회가 온다.'

이민혁은 믿었다.

동료들 모두가 최선을 다해서 뛰는 상황에선.

딱 한 번 정도의 기회는 올 거라고.

이민혁의 믿음은 추가시간이 1분 남았을 때도 깨지지 않았다.

끝까지 공을 잡기 위해 뛰었고, 추가시간이 1분도 남지 않은 시점에서 결국엔 공을 잡아 냈다.

—이민혁이 측면에서 공을 잡습니다! 파트리스 에브라가 달려듭니다!

파트리스 에브라, 베테랑 수비수인 그 역시도 체력이 바닥나 있었다.

당연하게도 눈앞의 이민혁이 부담됐다. 체력이 쌩쌩했을 때도 상대하기 힘들었던 선수였지 않은가.

때문에, 파트리스 에브라로서도 도박을 할 수밖에 없었다.

그는 이민혁의 움직임을 예측하며 슬라이딩태클을 시도했다.

하지만.

촤자잣!

이민혁이 땅을 강하게 짚고 방향을 틀었다. 오른쪽으로 깊숙이 들어갈 것처럼 페인팅을 준 것이었고, 파트리스 에브라의 몸은 애꿎은 잔디를 쓸고 지나갔다.

그 순간, 이민혁의 눈엔 보였다.

느린 속도지만, 이를 악물고 페널티박스 안으로 뛰어 들어가는 김진욱의 모습이.

'진욱 선배, 부탁드립니다……!'

그 김진욱을 향해.

이민혁은 크로스를 뿌렸다.

왼발을 이용한 높은 크로스였다.

펑!

그 순간, 기다렸다는 듯.

허공에 메시지가 떠올랐다.

[상대의 풀백을 제치고 크로스를 올렸습니다!]

['정교한 크로스' 스킬 효과가 발동됩니다!]

[크로스의 정확도가 대폭 상승합니다.]

이민혁의 눈엔 보였다.

공에 실린 힘이 강해지고, 공의 궤적이 더욱 날카로워진 것이.

한국대표팀의 최장신 스트라이커 김진욱은.

지쳐 버린 라파엘 바란이 방해하기도 전에, 날아오는 공을 이마로 강하게 찍어 내렸다.

철썩!

프랑스의 골 망이 흔들렸다.

그토록 바라던 장면을 본 지금.

"휴우……"

이민혁은 바닥에 털썩 주저앉았다.

더는 서 있을 힘이 남아 있지 않았다.

"하하… 진짜 죽겠네……."

힘 빠진 웃음을 흘리는 이민혁의 눈엔 보였다.

저 멀리서 포효하는 김진욱의 모습과.

눈앞에 떠오르고 있는… 역대급으로 많은 수의 메시지가.

＊   ＊   ＊

[퀘스트를 완료하셨습니다!]

[퀘스트 내용: 2014 FIFA 월드컵 8강에서 팀의 승리를 결정짓는
공격포인트를 기록하세요.]

[보상으로 경험치가 100% 증가합니다.]

[퀘스트를 완료하셨습니다!]

[퀘스트 내용: 2014 FIFA 월드컵 8강에서 4개의 공격포인트를 기
록하세요.]

[보상으로 경험치가 100% 증가합니다.]

[퀘스트를 완료하셨습니다!]

[퀘스트 내용: 2014 FIFA 월드컵 8강에서 한계를 뛰어넘는…….]

[…….]

…….

[레벨이 올랐습니다!]

[레벨이 올랐습니다!]
[레벨이 올랐습니다!]
[레벨이 올랐습니다!]

10개가 넘는, 역대급으로 많은 메시지가 눈앞의 시야를 가렸고.

마지막으로 4개의 레벨이 올랐다는 메시지가 떠오른 지금.

"우와……."

이민혁은 나직이 감탄했다.

"이 정도는 예상 못 했는데……."

메시지의 숫자도 예상 못 했고, 설마 4개의 레벨이 오를 거라는 생각도 하지 못했다.

아마도 월드컵 8강이라는 것과 상대가 프랑스라는 강팀이기에 나온 결과가 아닐까… 라는 생각이 들었다.

그렇게 생각하며, 이민혁은 허공에 상태 창을 띄웠다.

얻은 스탯 포인트의 양이 많은 만큼, 신중하게 사용할 생각이었다. 경기가 바로 재개된다면 모를까, 김진욱과 동료들의 세리머니가 끝나려면 아직 시간이 조금 있을 것 같았다.

[이민혁]

레벨: 106

나이: 20세(만 18세)

키: 182㎝

몸무게: 73㎏

주발: 양발

[체력 80], [슈팅 100], [태클 54], [민첩 86], [패스 80]

[탈압박 84], [드리블 100], [몸싸움 81], [헤딩 62], [속도 92]

스킬: [예리한 슈팅], [예리한 패스], [축구 재능], [바디 밸런스], [강인한 신체], [양발잡이], [프리킥 재능], [중거리 슈터], [태클 재능], [정교한 크로스]

스탯 포인트: 8

가장 먼저 눈에 띈 건 2㎏이나 빠진 몸무게였다. 어제까지만 해도 체중계에 올랐을 때 75㎏이었는데, 경기에 뛰며 2㎏이나 빠져 버렸다.

놀라운 일은 아니었다. 확실히 많이 뛰긴 했으니까.

'왠지 힘들더라. 어휴… 많이도 빠졌네.'

다음으로 눈에 띈 건 능력치였다.

고민이 필요했지만, 이민혁은 우선 3개의 스탯 포인트를 고민 없이 사용했다.

[스탯 포인트 3을 사용하셨습니다.]

[체력 능력치가 3 상승합니다.]

[현재 체력 능력치는 83입니다.]

체력을 올리는 건 고민할 필요도 없었다.

당장 급했으니까.

"이제야 좀 살겠네."

차오르던 숨이 조금은 안정됐고, 전부 풀려 버렸던 다리근육에 약간이지만 힘이 들어갔다.

물론 오래 뛸 수 있는 몸 상태는 아니었다.

기껏해야 몇 분 더 뛸 수 있게 된 정도? 겨우 3개의 스탯 포인트를 투자했다고 체력이 회복되기엔, 지금까지 소모한 체력이 너무 많았다.

기름이 다 떨어진 자동차에 3천 원어치 정도의 기름을 넣으면 이런 느낌이지 않을까? 하고 생각하며, 이민혁은 다시 상태 창으로 시선을 돌렸다.

'확실히… 정교한 크로스 스킬의 효과는 좋았어.'

조금 전에 올렸던 크로스의 궤적이 아직도 생생했다.

'그 정도의 크로스는 훈련 때도 나온 적이 없었어.'

이제까지 할 수 없었던 수준의 크로스였다.

스트라이커가 헤딩하기에 너무나도 좋은 궤적으로 날아간 크로스.

그 느낌을 다시 느끼고 싶었다.

아니, 더 높은 수준의 크로스를 올리고 싶어졌다.

그렇게만 된다면, 이민혁은 새로운 무기를 얻게 되는 것이다.

당연하게도 이민혁을 막는 수비수들은 더욱 어려움을 느낄 수밖에 없다.

그래서, 이민혁은 남은 5개의 스탯 포인트를 전부 패스에 투자했다.

[스탯 포인트 5를 사용하셨습니다.]

[패스 능력치가 5 상승합니다.]

[현재 패스 능력치는 85입니다.]

이민혁이 몸을 일으켰다.
승리가 매우 가까웠다. 아마 이변은 없을 것이다.
남은 시간이 없었으니까.

＊　　　　＊　　　　＊

삐이이익!

이변은 정말 없었다.
주심은 경기를 재개시키자마자 경기를 종료했다.
최종 스코어 4 대 3.
추가시간에 나온 극장 골로 인한 한국의 승리였다.

우와아아아아아!

관중석에 있던 한국 팬들이 눈물을 흘리며 기뻐했고.
줄곧 서 있던 홍명조 감독과 코치진들, 벤치에서 경기를 지켜
보던 선수들 모두 경기장 안으로 뛰어 들어왔다.
평소엔 대표팀의 분위기를 잡기 위해 감정을 컨트롤하던 이들
이었지만, 지금은 그러지 못했다.
모두가 감격하여 눈물을 흘렸다.
"으허어어엉! 4강이야! 우리가 4강에 올라갔다고!"

"이런 이쁜 자식들……! 됐어, 됐다고오오!"

"기적이 일어났어! 2002년의 기적이 다시… 크흐흑!"

기적과도 같은 한국의 4강 진출.

이 사실은 실시간으로 전 세계에 퍼져 나갔다.

당연하게도 가장 뜨거운 반응을 보인 국가는 한국이었다.

ㄴㅠㅠㅠㅠㅠㅠ국뽕 오지게 맞는 날이다ㅜ,ㅜ 설마 우리가 4강에 올라갈 줄이야… 우리 대표팀 선수들은 이제 까방권 제대로 얻었네. 이제 아무도 못 깐다.

ㄴ와… 홍명조 감독이랑 선수들 울 때, 나도 울었다… 너무 감동적임. 어떻게 이런 드라마 같은 상황이 나오지……?

ㄴ이거 어케 이겼냐ㅋㅋㅋㅋㅋㅋㅋㅋ

ㄴ우와;;;;;; 4강이라니… 이거 실화야? 꿈 아니지?

ㄴ이민혁이 대단하긴 해ㄷㄷ 사실상 한국대표팀 멱살 잡고 끌고 가는 거잖아ㅋㅋㅋㅋ

ㄴ미쳤다;;;;; 이번 월드컵은 한국 축구 역사에 남을 듯.

한국 포털사이트들의 실시간 검색어 1위는 '한국vs프랑스'였고, 2위는 '이민혁', 3위는 '한국 4강', 4위는 '월드컵 4강'이었다.

5위부터 10위까지도 전부 한국의 4강 진출과 이민혁에 관련된 검색어가 늘어섰다.

이 정도로 현재 한국대표팀에 대한 국민의 관심은 대단했다.

꼭 축구를 좋아하는 사람이 아니더라도, 월드컵은 많은 국민이 관심을 보내게 마련이었고, 4강 진출이 확정되자 그야말로 모두의 관심이 집중된 것이었다.

「한국! 2002년 이후, 또다시 기적을 일으켜! 8강에서 프랑스 잡고 4강 진출!」

그런데, 놀라운 건.
축구 종주국인 영국에서 한국의 승리에 많은 관심을 보내고 있다는 것이었다.
정확히는 영국 축구 팬들의 관심이었다.

ㄴ젠장! 프리미어리그에서 지금이라도 이민혁을 영입해야 해! 어느 팀이 됐든, 이민혁 같은 재능을 지닌 선수는 영국에서 뛰어야 한다고.
ㄴ이민혁을 당장 프리미어리그로 데려와!
ㄴ맞아. 이민혁을 프리미어리그에서 보고 싶어. 저 정도 선수가 분데스리가에서 뛰는 꼴을 언제까지 봐야 하는 거야? 어서 맨체스터 유나이티드로 오라고!
ㄴ갑자기 맨체스터 유나이티드가 왜 나와? 맨체스터 유나이티드의 팬들은 주제를 알 필요가 있어. 예전의 맨체스터 유나이티드가 아닌 걸 아직도 모르냐?
ㄴ맨유를 모욕하지 마라! 이민혁은 맨유에 어울린다고!
ㄴ망한 팀 좀 모욕하면 어때? 그리고 이민혁 정도 실력자면 맨체스터 유나이티드 말고, 맨체스터 시티로 와야지.

많은 수의 영국 축구 팬들은 원했다.

이민혁이 EPL에서 뛰는 것을.

그러나.

당사자는 프리미어리그에 대한 생각을 조금도 하지 않고 있었다.

오직 월드컵에만 집중하고 있었다.

"진짜 4강에 올라갈 줄은 몰랐는데… 힘들긴 했지만, 생각보다 너무 잘 풀렸어. 성장도 엄청 많이 했고. 그리고 이건……."

현재, 이민혁은 4강에 오른 것을 다른 누구보다도 많이 실감하고 있었다.

경기가 끝남과 동시에 눈앞에 떠오른 메시지들 때문이었다.

[퀘스트를 완료하셨습니다!]

[퀘스트 내용: 2014 FIFA 월드컵 4강에 진출하세요.]

[보상으로 경험치가 100% 증가합니다.]

[퀘스트를 완료하셨습니다!]

[퀘스트 내용: 2014 FIFA 월드컵 4강에 진출에 가장 큰 영향을 미치세요.]

[보상으로 경험치가 100% 증가합니다.]

[퀘스트를 완료하셨……]

…….

[레벨이 올랐습니다!]

[레벨이 올랐습니다!]
[레벨이 올랐습니다!]

"보너스를 받은 느낌이네."
기분이 좋아진 이민혁이 환하게 웃었다.
프랑스전에서 얻은 보상은 이미 많았다.
그런 상황에서 경기 종료와 동시에 또다시 보상을 받았다.
게다가 그 보상이 무려 3개의 레벨업이었다.
어찌 기분이 좋지 않을 수가 있겠는가.
"크로스가 더 날카로워지겠어."
이민혁은 웃음을 머금은 채로, 스탯 포인트를 사용했다.

[스탯 포인트 6을 사용하셨습니다.]
[패스 능력치가 6 상승합니다.]
[현재 패스 능력치는 91입니다.]

*   *   *

4강 진출이 확정된 이후.
잘 먹고, 적당히 훈련하고, 잘 쉬는 것.
이민혁은 이 세 가지에 집중했다.
월드컵 4강전까지 남은 시간은 4일. 짧은 시간이었다.
　최소한의 훈련을 하며 좋은 컨디션을 만드는 게 중요한 시점
이었다.

그리고 이민혁은 대표팀에 있는 전문가들의 도움을 받아 좋은 컨디션을 만드는 것에 성공했다.

소모된 체력을 전부 회복했고, 줄어든 몸무게도 원상태로 복구했다.

더구나.

[태클 능력치가 1 상승합니다.]
[현재 태클 능력치는 55입니다.]

꾸준히 태클 훈련을 거듭한 결과, 태클 능력치가 1 상승하기까지 했다.

이처럼 좋은 상황을 만들었지만.

"드디어 내일이네."

이민혁은 월드컵 4강에서의 승리를 확신하지 못했다.

한국이 강한 상대들을 꺾고 4강에 올랐지만.

상대 팀 역시 힘든 승부에서 전부 이기고 4강에 올라온 것이었으니까.

더구나.

"하필 브라질을 만날 줄이야."

월드컵 4강에서 한국이 만나게 된 상대는 브라질이었다.

브라질은 전 세계에서 가장 축구를 잘하는 나라를 뽑을 때, 항상 순위권에 들어갈 정도로 강한 팀이다.

세계적인 스타들이 즐비하고, 개인 기량으로만 따지면 어떤 팀들보다도 강력한 모습을 보여 주는 팀.

객관적으로 봤을 때, 한국대표팀에게 상성이 가장 좋지 못한 상대였다.

이 점을 의식한 듯, 한국 언론에서도 브라질과의 4강전에 대한 불안함을 드러냈다.

「한국의 월드컵 4강전 상대는 하필이면 브라질! 한국, 이번에도 기적을 만들 수 있을까?」

「한국, 역사상 처음으로 월드컵 결승전에 오를 기회 얻어! 하지만 상대가 너무 강하다. 브라질 상대로 승리할 수 있을까?」

이길 가능성보단 질 가능성이 훨씬 많은 상대.

그런 브라질과의 경기를 앞둔 지금.

이민혁의 표정은 덤덤했다.

"어차피 월드컵에서 만난 팀들은 죄다 어려운 상대들뿐이잖아? 독일이나 프랑스나 브라질이나, 다 거기서 거기지."

승리를 확신할 수 없던 건, 브라질뿐만이 아니었으니까.

지금까지 만난 팀들 모두 한국보다 강했다. 그럼에도 이기지 않았던가.

이민혁의 생각은 처음과 같았다.

"브라질이랑도 붙어 봐야 아는 거야."

경기가 끝나기 전까지는 그 누구도 승패를 알 수 없다. 브라질이 이길 수도 있고, 한국이 이길 수도 있다. 그렇게 생각하며, 이민혁은 강한 의지를 담아 혼잣말을 중얼거렸다.

"난 내가 할 수 있는 걸 하면 돼."

        *   *   *

4일이라는 시간은 빠르게 지나갔고, 월드컵 4강에 오른 선수들이 경기장에 모습을 드러냈다.

―한국대표팀과 브라질대표팀 선수들이 경기장에 입장합니다!

한국대표팀 선수들의 얼굴엔 숨길 수 없는 긴장감이 흘렀다.

한국의 역대 최고 월드컵 기록인 4강.

2002년에 이뤄 냈던 그 기적을 2014년에 다시 이뤄 냈다는 것은 한국대표팀 선수들에겐 커다란 의미를 지녔다.

게다가 이제는 결승을 바라보고 있다.

강한 욕심과 중압감이 생겼고, 이 감정들은 긴장감으로 돌아왔다.

"다들 긴장하지 마세요! 저희 독일이랑 프랑스 이기고 올라왔잖아요? 그때보다 상대하기 쉬울 수도 있어요."

이민혁이 크게 소리치며 한국대표팀 선수들의 긴장감을 줄여 주려 노력했지만, 결과는 만족스럽지 못했다.

여전히 한국대표팀 선수들의 얼굴엔 식은땀이 흘렀다.

반면에.

―양 팀 선수들이 악수를 나누고 있습니다. 긴장한 얼굴을 한 우리 선수들과는 다르게… 브라질 선수들은 웃음을 보여 주고 있습니다.

브라질대표팀 선수들의 얼굴엔 여유가 드러났다.

이유가 있는 여유였다.

한국이 독일과 프랑스라는 강팀들을 꺾고 올라온 건 맞지만, 그만큼 약점을 드러냈고.

브라질대표팀은 그런 한국의 약점을 파고들 준비를 끝냈다.

승리에 대한 확실한 자신감을 지닌 상태였다.

"열심히들 준비했나 보네."

이민혁은 옅게 웃으며 브라질 선수들과 악수를 주고받았다.

동료들이 많이 긴장해 보이는 건 좀 아쉬웠지만, 저런 건 뛰다 보면 나아질 거라고 믿었다. 그래서 크게 신경 쓰지 않았다.

브라질 선수들이 보이는 여유도 별로 신경이 쓰이지 않았다. 브라질 정도면 여유를 부릴 자격이 충분한 팀이었으니까.

그런데 이때.

꽈악!

덤덤하게 악수를 하던 도중, 손을 강하게 잡는 힘이 느껴졌다.

"……?"

이민혁의 얼굴이 굳었다.

경기 시작 전, 서로에게 페어플레이를 약속하기 위한 형식적인 인사 타임.

굳이 악력을 자랑할 필요가 없다.

그럼에도 손이 아플 정도로 강하게 악수를 한다?

자신에 대한 도발이라고 생각할 수밖에 없었다.

"너, 뭐 하냐?"

이민혁은 도발을 한 상대를 바라봤다.

상대는 세계적으로 유명한 선수였다.

마르셀루 비에이라, 그는 고개를 삐딱하게 꺾은 자세로 실실 웃으며 입을 열었다.

"흐흐! 이민혁, 오랜만이다?"

*　　　　*　　　　*

마르셀루 비에이라.

그는 웃음기 가득한 말투로 이민혁을 도발했다. 자세는 삐딱했고, 아직도 손아귀에 강하게 힘을 주고 있었다.

당해 보지 않았다면 당황하거나, 흥분할 수 있는 상황.

다만, 이민혁은 침착했다.

이런 일 따위 익숙했다.

어릴 때부터 끝없이 도발을 당해 왔다. 무시, 놀림, 머저리 취급을 당해 왔다.

마르셀루의 도발 정도는 웃으며 넘길 수 있다.

하지만.

웃으며 넘어가 줄 생각은 없다.

'오히려 좋아.'

오히려 이민혁에겐 먹잇감이 굴러들어 온 기분이었다.

"오랜만이라고? 내가 마르셀루 너랑 만난 적이 있었나?"

"에이, 서운하게 왜 모르는 척을 하고 그래? 우리 만난 지 얼마 안 됐잖아? 챔피언스리그 4강 기억 안 나?"

기억이 안 날 리가 없다. 이민혁은 챔피언스리그에서 우승했으니까. 좋은 활약을 펼치며 수많은 관중의 함성을 받았으니까.

그러나.

이민혁은 여전히 모르겠다는 표정으로 마르셀루를 바라봤다.

"챔피언스리그 4강? 레알 마드리드와 했던 경기였지. 근데 그게 뭐? 내 기억에 넌 없었던 것 같은데?"

"…뭐?"

마르셀루의 표정이 굳었다.

챔피언스리그 4강. 그곳에서 마르셀루는 뛰지 못했다. 바이에른 뮌헨과의 경기에서 레알 마드리드의 감독은 마르셀루를 선택하지 않았다.

마르셀루는 분명 월드클래스 레프트백이지만, 수비보다는 공격력이 대단한 선수다. 측면 공격이 강한 바이에른 뮌헨전에서 레알 마드리드의 선택은 마르셀루가 아닌, 보다 수비 능력이 좋은 파비우 코엔트랑이었다.

그리고.

챔피언스리그 4강전을 벤치에서 지켜봤다는 건 마르셀루 비에이라에겐 자존심이 상하는 일이었다. 아직도 잊지 못하고 꿈에 나올 정도로.

즉, 이민혁은 마르셀루의 역린을 건드린 것이다.

"마르셀루, 표정 좀 풀지? 방금까지 웃던 사람이 갑자기 정색하니까 무섭잖아."

이민혁이 실실 웃으며 놀리자.

마르셀루의 얼굴이 일그러졌다.

"이 자식이……! 그 경기는 팀 전술상 어쩔 수 없었어. 그리고 만약 내가 나갔으면 넌 그때처럼 날뛰지 못했을걸?"

"결과론적인 말은 그만하고. 어쨌든 챔피언스리그 4강에서 파비우 코엔트랑한테 밀린 건 사실이잖아?"

"밀린 게 아니라… 팀 전술 때문이었다고 말했잖아! 난 공격력이 좋지만, 코엔트랑은 수비가 좋으니까……."

"아, 아, 핑계는 그만 대고. 난 아직도 아쉬워. 챔피언스리그 4강에서 파비우 코엔트랑이 아니라 네가 나왔더라면 해트트릭으로 끝나지 않았을 것 같거든."

"그게 무슨 소리냐……?"

"파비우 코엔트랑 정도 되니까 내가 3골밖에 못 넣었다고. 근데 네가 날 막았으면 아마 5골은 넣지 않았을까? 너, 파비우 코엔트랑보다 수비 못하잖아."

"이 새끼가?!"

마르셀루 비에이라의 얼굴이 터질 듯 붉어졌다. 잔뜩 흥분한 그는 이민혁에게 달려들려고 했다. 주변에 있던 브라질 선수들이 말리지 않았다면, 정말 이민혁의 멱살이라도 잡을 기세였다.

"아, 그러니까 왜 먼저 건드리고 그래? 그냥 조용히 축구나 하지."

아무래도 브라질의 측면을 공략하는 게 훨씬 수월해질 것 같다는 생각을 하며.

이민혁은 눈을 부릅뜨고 노려보는 마르셀루를 향해 방긋 웃어 줬다.

*　　　　*　　　　*

"다행이야."

경기가 시작되길 기다리며, 이민혁은 그렇게 중얼거렸다.

'이 일로 마르셀루가 조금이나마 흔들린다면, 우리에겐 좋은 일이니까.'

마르셀루 비에이라가 누구던가.

레알 마드리드의 주전 선수이자, 월드클래스 레프트백이다.

준수한 수비력과 풀백이라고는 믿을 수 없을 정도로 뛰어난 파괴력과 화려한 기술들.

마르셀루는 풀백이면서도 많은 경기에서 상대 측면을 부수는 크랙과 같은 모습을 보여 주는 선수다.

이민혁은 냉정하게 판단했다. 마르셀루 비에이라를 막을 수 있는 풀백은 한국대표팀에 없다고.

그런 상황에서 마르셀루의 멘탈이 조금이나마 흔들린다면, 당연히 한국대표팀에겐 좋은 일이다.

더구나 마르셀루는 오늘 이민혁이 직접 상대해야 하는 선수.

심리적으로 우위에 설수록 돌파 성공률도 올라갈 것이라고 믿었다.

삐이이이익!

주심의 휘슬 소리가 들렸다. 경기가 시작된 것이다.

이민혁은 바로 가볍게 뛰며 측면과 중앙을 오가며 동료들과 패스를 주고받았다.

선공은 한국의 것이었고, 한국대표팀 선수들은 천천히 공을 돌렸다.

─한국이 앞선 경기들에서 보여 줬던 것처럼 라인을 내리고 수비적인 움직임을 보이네요. 안정적으로 공을 돌리고 있습니다.

반면, 브라질은 수비적으로 공을 돌리는 한국을 상대로 경기 초반부터 강하게 압박을 넣었다.

─프레드와 오스카르, 헐크, 베르나르드가 최전방에서부터 강한 압박을 하네요?! 우리 선수들이 브라질의 압박을 잘 이겨 내야 할 텐데요?

워낙 스쿼드가 탄탄한 브라질이었기에, 브라질 선수들은 초반부터 템포를 올리는 것에 두려움이 없었다.

상대가 강하게 압박을 펼치는 상황. 이럴 때일수록 한국대표팀은 침착한 패스로 압박을 풀어 나가는 것이 좋다. 한국대표팀도 그 사실을 알고 있었다.

문제는 알면서도 할 수 없는 상태라는 것.

'다들 너무 긴장하고 있어.'

이민혁의 표정이 굳었다.

월드컵 4강이라는 압박이 너무 강했던 것일까?

한국대표팀의 수비진은 경기 초반부터 뻣뻣한 움직임과 느린 반응속도를 보였다. 결국, 브라질에게 공을 빼앗기기까지 했다.

페널티박스 앞에서 공을 뺏긴 한국대표팀은 단숨에 위기를 맞았다.

—어어……?! 위험합니다! 우리 선수들! 집중해야 합니다!

브라질의 움직임은 부드러웠다. 이들은 가진 실력을 그대로 드러내며, 공을 주고받았다. 워낙 빠르고 기술이 좋은 브라질 공격진의 움직임에.

긴장한 한국대표팀 수비진은 정신을 차리지 못했다.

—헐크가 공을 몰고 들어갑니다!

헐크, 오늘 브라질의 오른쪽 측면공격수로 출전한 그는 강력한 피지컬과 빠른 스피드, 강력한 슈팅을 지닌 선수.

그는 앞을 막은 윤성영을 어깨싸움으로 튕겨 내 버리고 왼쪽으로 몸을 틀며 왼발을 휘둘렀다.

김형권이 접근하기도 전에 만들어 낸 빠른 슈팅.

퍼어엉!

헐크가 때린 왼발 슈팅은 엄청난 파괴력을 보였다. 월드컵 내내 준수한 선방을 보여 줬던 정석룡 골키퍼가 반응도 하지 못할 정도로.

철썩!

크게 흔들리는 한국의 골 망.

잠깐이지만 한국대표팀 선수들의 눈에 '두려움'이라는 감정이

스쳤다.

—아… 들… 어갔습니다. 헐크 선수가 개인 능력으로 선제골을 터뜨렸습니다. 이게 바로 브라질 선수들의 무서움이거든요? 우리 선수들이 조금 더 적극적으로 수비를 해야 할 필요가 있어 보입니다……!

전반전 4분 만에 허용한 골이었다.

가뜩이나 긴장감에 휩싸였던 한국대표팀 선수들의 얼굴이 하얗게 질렸다. 심장이 빠르게 뛰며, 호흡이 불편해졌다.

강렬한 압박감이 이들을 지배하기 시작했다.

"다들 정신 차려!"

기석용이 눈을 부릅뜨고 소리쳤지만, 정작 그의 얼굴도 하얗게 질려 있었다.

오직 이민혁만이 차분한 얼굴로 동료들을 살폈다.

'벌써… 분위기가 넘어갔어. 이럴 땐……'

놀랄 건 없었다. 브라질이 힘든 상대라는 건 설명할 필요도 없는, 당연한 일이었으니까.

이민혁은 알고 있었다.

이럴 땐 겁을 먹거나 당황하는 게 아니라 답을 찾아야 한다는 걸.

'빠르게 분위기를 바꿔 주는 게 중요해. 위협적인 슈팅 한 방 정도가 필요하겠는데? 이왕이면 브라질 애들 몇 명 제쳐 주면 더 좋겠고.'

냉정하게 상황을 파악하고, 할 수 있는 걸 하는 게 옳다는 걸.

─기석용이 이민혁에게 공을 연결합니다! 우리 선수들이 너무 기죽지 않았으면 좋겠네요! 우리에겐 이민혁이 있지 않습니까?

　이민혁이 공을 잡자, 마르셀루 비에이라가 다가왔다. 이제 겨우 중앙선을 넘었을 뿐인데도, 마르셀루는 뭐가 그리 급한지 벌써 접근해서 입을 털어 댔다.

　"크흐흐! 너네 벌써 한 골 먹혔네? 이야~! 전혀 상대가 안 되는구만! 난 정말 모르겠어. 너희 따위가 어떻게 4강에 올라온 거야?"

　"그래? 근데 난 한 가지는 알 것 같네."

　"…뭘?"

　"네가 왜 챔피언스리그 4강에 못 나왔는지."

　그 말과 동시에.

　투욱!

　이민혁이 뒤꿈치로 공을 차올렸다. 동시에 상체를 앞으로 숙이며 엄청난 속도로 뛰어들었다.

　레인보우 플릭.

　사포라고도 불리는 그 기술을 마르셀루 비에이라의 앞에서 시전했고.

　─우오오오오?! 이민혁이 마르셀로 비에이라를 순식간에 제쳐 냈습니다! 엄청난 드리블이네요! 방금 보여 준 건 사포 아닌가요?

　완벽하게 성공시켰다.

"이런 미친!"

마르셀루 비에이라의 얼굴이 터질 듯 붉어졌다. 그는 자신을 지나치는 이민혁의 다리를 향해 백태클을 시도했다. 짧은 순간, 최대한 공을 노린 태클이었지만. 감정이 앞섰기 때문인지, 발이 너무 높았다.

퍼억!

"......!"

마르셀루의 발에 차인 이민혁이 바닥을 뒹굴었다. 그런데, 바닥으로 넘어지는 이민혁의 입가엔 옅은 미소가 지어져 있었다.

'걸려들었어.'

이민혁은 먹잇감이 미끼를 문 것에 대한 만족감을 느끼며, 발목을 부여잡고 얼굴을 잔뜩 일그러뜨렸다. 실제로 느껴지는 고통은 그리 크지 않았지만, 마치 발목이 부러진 것처럼 자기암시를 걸었다.

그 상태를 유지하며, 커다랗게 소리를 질렀다.

"아아아악! 주심! 발목을 차였어요! 분명 공을 먼저 건드렸다고요!"

마르셀루 비에이라는 울상을 지으며 주심에게 항의했다.

주심은 그런 마르셀루의 앞에 옐로카드를 들어 올렸다.

"마르셀루, 내가 바보로 보이나요? 방금 당신의 태클은 아주 위험했어요. 경고를 받아들이고, 경기에 집중하세요."

"젠장!"

마르셀루가 짜증스러운 얼굴로 몸을 획 돌렸다.

그의 시야에 이민혁이 보였지만, 손을 내밀거나 하지는 않았다. 조금 전 자신을 말로 열받게 한 것으로도 모자라서 레인보우 플릭까지 사용한 이민혁을 용서할 수가 없었으니까.

'감히 나한테 그딴 기술을 써?'

레인보우 플릭은.

팬들에겐 재미를 주지만, 당하는 선수에겐 농락을 당했다는 굴욕감을 안겨 주는 기술이다.

보복을 당할 수도 있고 성공률도 높지 않아서, 선수들은 실전에서 잘 사용하지 않는다.

마르셀루 비에이라는, 자신이 레인보우 플릭에 당할 거라는 생각은 조금도 하지 못했다.

그래서일까? 마르셀루는 아직도 흥분을 가라앉히지 못했다.

"젠장! 젠자앙!"

이민혁은 그런 마르셀루에게 눈길도 주지 않았다. 덤덤한 표정으로 몸을 일으켰다.

물론, 속으로는 웃고 있었다.

'잘하면 퇴장을 만들 수도 있겠어.'

이민혁은 동료들과 대화를 나누며, 프리킥을 찰 준비를 했다.

상대 골대와의 거리는 멀다. 중앙선을 조금 넘은 이곳에서 프리킥 한 방으로 뭔가를 만들기는 어렵다. 상대의 페널티박스 안으로 길게 붙여 주기에도 무리가 있는 거리였다. 그래서 기석용과 짧게 공을 주고받았다.

—이민혁이 공을 잡습니다. 다행히 몸 상태는 괜찮은 것 같네요! 은근히 철강왕 같은 모습을 보여 주는 이민혁 선수입니다!

—생각해 보면 이민혁 선수는 데뷔 초부터 많은 견제를 당해 왔음에도 단 한 번도 부상당한 적이 없죠~! 정말 강인한 선수입니다!

다시 공을 잡은 이민혁이 오른쪽 측면으로 공을 몰았다.

한데, 깊게 전진하기도 전에 마르셀루 비에이라가 다시 덤벼들었다.

"넌 오늘 절대 못 지나갈 줄 알아!"

대단한 기세를 뿜어내며 몸을 부딪쳐 오는 마르셀루.

그를 상대로, 이민혁은 여유를 버렸다. 모든 집중력을 끌어올리며 마르셀루를 상대했다.

상체와 하체 모두 페인팅을 집어넣고, 방향을 세 번이나 전환하며 급격히 속도를 높였다.

타앗!

재빠르게 치고 나가는 이민혁을 마르셀루가 쫓았다.

그냥 쫓는 것도 아닌, 강하게 어깨싸움을 걸며 쫓았다.

어지간한 선수들은 중심을 잃을 만한 마르셀루의 훌륭한 수비.

하지만.

이민혁은 마르셀루보다 더 빨랐고.

몸싸움에서도 밀리지 않았다.

더구나 마르셀루와의 심리전에서도 앞섰다.

마르셀루 비에이라는 이민혁을 막지 못했다.

─이민혁이 브라질의 오른쪽 측면을 돌파합니다! 올리나요? 이민혁이 지난 프랑스전에선 엄청난 크로스를 보여 줬는데 말이죠!

이민혁은 이제 마르셀루를 보지 않고 있었다.
넓은 시야로 동료들의 움직임을 파악하고 있었다.
지금은 최전방에 있는 김진욱을 바라봤고.
터어엉!
강하게 공을 감아 차올렸다.
브라질의 풀백인 마르셀루를 제치고 올린 크로스였기에.

[상대의 풀백을 제치고 크로스를 올렸습니다!]
['정교한 크로스' 스킬 효과가 발동됩니다!]
[크로스의 정확도가 대폭 상승합니다.]

정교한 크로스 스킬이 발동됐다.
더구나.

[20% 확률로 '예리한 패스' 스킬 효과가 발동됩니다!]
[패스의 정확도가 대폭 상승합니다.]

운 좋게도 예리한 패스 스킬까지 발동됐다.
쒜에에에엑!
이민혁이 차 낸 공이 부메랑 같은 궤적을 그리며 브라질의 페널티박스 안으로 침투했다.

＊　　　　　＊　　　　　＊

─이민혁! 크로스!

─엄청난 크로스입니다!

해설들이 잔뜩 흥분해서 소리칠 때.

한국대표팀의 스트라이커 김진욱의 눈이 빛났다.

2m에 가까운 장신의 스트라이커, 김진욱.

겉으로 보이는 모습은 엄청난 헤더일 것 같지만, 실은 그에게 가장 자신 있는 분야는 헤딩이 아니었다.

김진욱은 머리보단 발로 골을 넣는 데에 더 자신이 있었다.

그렇다고 해도.

'이런 건 넣어 줘야지.'

이민혁의 크로스는 너무 완벽했다.

이토록 완벽한 크로스는 충분히 머리로 넣을 자신이 있었다.

터엉!

김진욱이 이마로 공의 방향을 돌려놨다. 공이 골대의 왼쪽 상단으로 빠르게 흘러갔다. 가뜩이나 헤딩슛은 골키퍼가 막기 힘든데, 코스까지 날카로웠다.

─고오오오오오올! 들어갔습니다! 동점입니다! 김진욱의 헤딩 골입니다!

─방금은 김진욱 선수의 헤딩도 좋았지만, 크로스가 너무 완벽했

죠~! 이민혁! 엄청난 궤적의 크로스로 김진욱의 골을 만들어 줬습니다!

골이 지닌 힘은 대단했다.
가라앉았던 한국대표팀의 분위기를 단번에 살릴 정도로.
브라질의 기세에 눌려 있던 한국대표팀이 이제는 자신감을 회복했다. 긴장감도 많이 사라진 듯, 움직임도 한층 부드러워졌다.

─한국! 강합니다! 우리 선수들의 움직임이 너무 좋네요!
─선수들의 몸이 풀린 것 같습니다!

오히려 한국이 브라질을 압박하기 시작했다.
라인을 내리고 수비에만 집중하던 선수들이 이제는 자신감을 얻고 공격적인 빌드업을 시도했다.

─이민혁이 공을 받습니다! 한 명을 쉽게 제쳐 내는 이민혁! 컷백 패스! 아~! 손흥민의 슈팅이 높게 뜹니다! 하지만 좋은 연계였죠?!

이민혁을 중심으로 한 한국대표팀의 공격은 효과적이었다. 골은 터지지 않고 있지만, 좋은 장면을 계속 만들었다.

─우리 선수들이 마무리에만 조금 더 신경 쓴다면 브라질도 충분히 이길 수 있을 것 같습니다! 분위기를 타고 있어요!

아쉬운 건 결정력.

이민혁은 결정력을 해결하기 위해, 직접 마무리를 하고자 했다. 다만, 그것만큼은 브라질이 허용하지 않았다.

이민혁에게 공이 가면 브라질 선수들이 주변을 둘러싸는 바람에 슈팅할 공간이 나오지 않았다.

'내가 직접 해결하는 건 어렵겠어.'

상황에 맞게 판단한 이민혁은 측면 돌파를 시도했다.

이민혁의 돌파 능력은 브라질도 크게 경계했다. 이민혁이 측면을 파고들 때면 풀백 하나만 서 있는 게 아니라 수비형 미드필더인 페르난지뉴까지 덤벼들었다.

페르난지뉴는 센터백으로도 뛸 정도로 수비 능력이 특출난 선수.

아무리 이민혁이라고 해도 마르셀루 비에이라와 페르난지뉴 모두를 상대해서 이기는 건 힘든 일이었다.

이런 상황에서.

'혼자 싸울 필요는 없지.'

이민혁은 동료를 이용했다.

―이민혁이 이형과의 2 대 1 패스로 압박을 벗어납니다! 이민혁과 이형의 호흡이 굉장히 좋네요!

어떻게든 측면을 뚫어 낸 이민혁이 브라질의 페널티박스 안으로 크로스를 뿌렸다.

터어엉!

'하나만 더……!'

이민혁의 표정은 간절했다.

부디 동료들이 크로스를 골로 연결해 주기를 바랐다.

현재 레벨은 109.

조금 전에 김진욱의 크로스를 어시스트하며 꽤 많은 경험치가 올랐다.

이번 크로스마저 골로 연결된다면, 레벨이 오를 것 같다는 느낌이 왔다.

'레벨이 110이 되면 스킬을 얻으니까, 승산은 더 높아질 거야.'

높게 날아간 공은 몸을 띄운 김진욱을 지나, 뒤에 쳐진 지동운의 머리로 향했다. 브라질의 수비진은 헤딩골을 터뜨렸던 김진욱에게 집중했고, 한순간 지동운을 완전히 놓쳐 버렸다.

─지동운! 헤딩! 들어갔습니다! 역전골입니다! 지동운이 해 주네요!

─이민혁이 어시스트를 추가합니다!

*   *   *

현재 스코어는 2 대 1.

어시스트를 기록한 이민혁은 예상대로 레벨업을 했다.

[스탯 포인트 2를 사용하셨습니다.]

[민첩 능력치가 2 상승합니다.]
[현재 민첩 능력치는 88입니다.]

브라질의 측면을 더욱 효율적으로 뚫어 내기 위해 민첩에 스 탯 포인트를 투자했고.

다음으로 레벨 110이 되며 얻게 된 새로운 스킬의 정보를 확 인했다.

[강철 체력]
유형: 패시브
효과: 체력 회복이 빠르고, 쉽게 지치지 않게 됩니다.

*　　　　*　　　　*

새로운 스킬을 얻은 이민혁은 솔직히 아쉬움을 느꼈다.
내심 드리블이나, 스피드, 탈압박에 관련된 스킬이 나오길 바 랐으니까.

그래도, '강철 체력'은 충분히 좋은 스킬이었다.
후반전에 들어서 확실히 알게 됐다.
'평소보다 체력에 여유가 생겼어.'
애매한 느낌이 아니었다. 분명히 체력이 좋아졌다.
정확히 말하면 회복이 빨라지고, 체력 소모가 더뎌진 것이겠 지만.

어쨌든 스킬의 효과는 좋았다.

―브라질의 공격이 더욱 날카로워졌습니다. 승부를 보겠다는 거죠!

　브라질은 후반전에 2명의 선수를 교체하며 공격력을 높였다. 어떻게든 골을 만들어 내겠다는 의지를 보였다.

　실제로 브라질의 공격은 강했다.

　빠른 스피드에 약점을 보이고, 체력적으로도 지쳐 버린 한국의 수비진은 브라질의 공격에 휘둘렸다.

　그리고 후반 22분, 윌리앙에게 동점골을 허용하며 한국대표팀의 수비진은 더욱 크게 흔들렸다.

　―후반에 교체 투입된 윌리앙의 컨디션이 좋아 보입니다. 들어온 지 얼마 되지 않아 골을 넣기도 했고요. 우리 수비진은 윌리앙을 더욱 경계해야 할 것 같습니다!

　―윌리앙이 측면을 파고듭니다! 우리 선수들! 막아야 합니다! 윌리앙! 바로 올립니다!

　―프레드! 헤딩! 아… 정말 다행입니다! 프레드의 헤딩이 정확하지 못했네요!

　한국도 당하고만 있지는 않았다.

　체력적으로 힘들었지만, 그래도 독일과 프랑스를 꺾고 올라온 4강이었다.

　지금, 한국대표팀은 월드컵 결승을 바라보고 있었다.

필사적으로 브라질의 공격을 막아 냈고, 남은 힘을 모두 짜내며 공격을 전개했다.

　―김진욱이 공을 따냅니다! 오늘 김진욱이 공중볼 경합에서 좋은 모습을 보이는데요? 지동운이 공을 잡습니다. 오늘 골을 기록한 지동운이 전진합니다! 아~! 돌아 들어가는 손흥민에게 패스합니다! 좋은 패스입니다!

　지동운의 패스는 훌륭했다. 상대 뒷공간으로 파고드는 손흥민은 정확하게 깔려 오는 공을 받아 냈고, 슈팅으로까지 연결했다. 슈팅 능력 하나만큼은 이미 세계적인 수준이라는 평가를 받는 만큼.
　브라질의 골키퍼 줄리우 세자르의 얼굴엔 긴장감이 흘렀다.
　터엉!
　줄리우 세자르는 왼발로 강하게 때린 손흥민의 슈팅을 쳐 내는 것에 성공했다. 아슬아슬한 선방이었다.
　다만, 쳐 낸 공이 반대편으로 굴렀다. 물 흐르듯이 굴러가는 공. 그 공을 향해 한 선수가 엄청난 속도로 달려들었다.

　―이민혁입니다! 이민혁이 세컨볼을 따냅니다! 오오오!

　이민혁은 바로 슈팅을 때리지 않았다. 공을 옆으로 툭 치며 슬라이딩태클을 하는 다비드 루이스를 피해 냈다. 그제야 왼발로 강하게 슈팅을 때렸다.

줄리우 세자르 골키퍼는 이제야 몸을 일으키고 있었고, 골대 상단으로 강하게 꽂히는 슈팅에 반응하지 못했다.

철렁!

─고오오오오오오올! 이민혁이 브라질을 상대로도 골을 터뜨립니다!

─엄청납니다! 정말 엄청난 선수네요! 오늘 브라질 선수들에게 많은 견제를 받던 이민혁 선수인데, 2개의 어시스트에 이어서 기어코 골을 만들어 냅니다!

*　　　　　*　　　　　*

[퀘스트를 완료하셨습니다!]

[퀘스트 내용: 2014 FIFA 월드컵 4강에서 3개의 공격포인트를 기록하세요.]

[보상으로 경험치가 100% 증가합니다.]

[퀘스트를 완료하셨…….]

…….

[레벨이 올랐습니다!]

눈앞의 메시지들을 확인한 이민혁은 바로 스탯 포인트를 사용했다.

[스탯 포인트 2를 사용하셨습니다.]

[탈압박 능력치가 2 상승합니다.]

[현재 탈압박 능력치는 86입니다.]

탈압박에 스탯 포인트를 투자한 이유는 간단했다.

공을 최대한 오래 소유하며 시간을 끌어야 했다.

'어떻게든 버텨 줘야 해.'

동료들이 전부 지쳐 있다. 홍명조 감독은 수비형 미드필더인 박종운과 수비수인 곽태후까지 투입하며, 선수들에게 잠그는 운영을 지시했다.

이대로 골을 허용하지 않고 경기를 마무리하겠다는 것이었다.

물론 쉬운 일은 아니다.

브라질이 강하게 압박을 하며 어떻게든 기회를 만들려고 하는 상황이니까.

이때, 가장 중요한 역할을 맡은 선수가 기석용과 이민혁이었다.

대표팀 내에서 볼 컨트롤과 탈압박이 가장 좋은 이 두 선수를 중심으로 시간을 끌었다.

치사하다고 느껴질 수 있지만, 한국으로선 강팀을 상대로 이기기 위해 달리 선택할 방법이 없었다.

휘익! 획!

화려한 드리블로 한 명을 제쳐 낸 이민혁이 무리하지 않고 뒤로 공을 돌렸다.

공을 받아 준 선수는 기석용. 그 역시 실수 없이 수비수들과 공을 주고받으며 시간을 보냈다.

삐이이이익!

그렇게, 한국은 월드컵 결승에 진출했다.

*   *   *

「대이변! 한국대표팀, 2014 FIFA 월드컵에서 삼바축구 브라질 꺾고 결승 진출!」

「가장 빛났던 이민혁, 국민을 열광케 하다!」

「홍명조 감독, '기적을 일으켜 준 선수들에게 감사하다. 축구는 이런 스포츠다. 누구도 결과를 확신할 수 없다. 우리의 끝이 어딘지는 나도 모른다. 갈 데까지 가 보겠다'라며 자신감 드러내!」

한국의 월드컵 결승 진출.

모두의 예상을 벗어난 이변이었다.

모두를 놀라게 한 기적이었다.

기적의 팀.

한국대표팀의 기세는 끝이 보이지 않을 정도로 높아졌다.

결승전에서 만나게 된 아르헨티나 선수들을 보고도 전혀 기죽지 않은 모습을 보였다.

오히려.

한국대표팀 선수들은 패배를 잊은 듯, 승리를 확신하고 있었다.

"쟤가 메시야? 생각보다 엄청 작네?"

"겉으로는 별거 없어 보이는데, 실력은 축구의 신이라고 불릴 정도라는 거지? 하지만 괜찮아. 우린 강팀들을 다 이기고 결승까지 올라왔잖아? 아무리 메시가 있는 아르헨티나라고 해도 우리가 충분히 이길 수 있어!"

"확실히 선수들의 네임 밸류가 강하긴 해. 그래도 우리는 독일이랑 프랑스도 꺾었으니 기죽을 필요 없지! 한번 자신감 있게 붙어 보자!"

한국을 응원하는 축구 팬들의 분위기도 비슷했다.

ㄴ다들 치킨 시켰냐? 오늘 한국이 역사를 쓰는 날이다. 한국 최초이자 마지막으로 월드컵 우승하게 되는 날이 될지도 모른다고ㅋㅋㅋ

ㄴ이미 기적은 일어나고 있음. 우리가 우승한다고 해도 전혀 이상하지 않을 것 같아. 하… 이런 역사적인 순간을 라이브로 볼 수 있다는 게 너무 행복하다ㅠㅠㅠ

ㄴㅋㅋㅋㅋㅋ치킨 두 마리 시켰다. 이민혁이 오늘도 골을 넣으려나?

ㄴ무조건 넣지. 이번 월드컵에서 증명됐잖아? 이민혁 막을 수 있는 선수는 없음. 몇 번은 막을 수 있어도, 결국엔 무조건 뚫림.

ㄴ예언한다. 한국이 우승한다.

ㄴㅋㅋㅋㅋㅋㅋ네가 예언 안 해도 지금 분위기만 보면 무조건 한국이 우승이야.

ㄴ진짜 어이없는 일이지만, 지금의 한국은 질 것 같지가 않아.

이들은 한국의 승리를 예상했다. 만약 지더라도 치열한 경기 끝에 질 것이고, 이길 가능성이 훨씬 크다고 믿었다.

지금까지 워낙 놀라운 기적을 보여 줬기에 생긴 믿음이었다.

그래서일까?

"……?!"

"말도… 안… 돼……."

"으… 이게 맞는 거야……? 도대체 무슨 일이야……?"

한국 축구 팬들은 눈앞에서 벌어지고 있는 일을 믿을 수 없다는 눈으로 바라봤다.

―이… 게… 무슨 일인가요……? 우리 대표팀이 아르헨티나에게 벌써 3골을 허용하고 맙니다…….

―…리오넬 메시를 도저히 막을 수가 없네요……!

결승전에서.

전반전 39분 만에 아르헨티나에게 3골을 허용한 것과.

축구의 신, 리오넬 메시에게 무기력하게 당해 버리는 모습은.

기적을 봐 온 한국 축구 팬들에겐 쉽게 믿을 수 있는 일이 아니었다.

너무나도 비현실적으로 느껴지는 일이었다.

Chapter. 5

2014 FIFA 월드컵 결승전.

상대가 아르헨티나라는 강팀이었음에도.

한국대표팀의 기세는 좋았다.

기가 죽을 이유가 없었다.

아르헨티나보다 더 강하다고 평가받았던 독일과 프랑스, 브라질을 모두 꺾고 결승에 올라왔으니까.

아르헨티나도 충분히 이길 수 있는 상대라고 느꼈으니까.

그러나.

한국대표팀 선수들은 몰랐다.

경기 초반부터 운이 너무나도 안 좋을 줄은.

─아……? 핸드볼인 것… 같죠?

—…예… 리오넬 메시의 슈팅이 김형권 선수의 팔에 맞았네요.

전반 4분에 나온 리오넬 메시의 슈팅.

몸으로 슈팅을 막는 김형권의 움직임은 좋았다. 충분히 훌륭한 수비였다.

다만, 공은 운 나쁘게도 김형권의 팔에 맞았다.

페널티박스 안에서 나온 핸드볼이었고.

그대로 페널티킥이 선언됐다.

한국대표팀의 핵심 수비수 김형권은 옐로카드를 받았다.

—들어갔습니다……! 리오넬 메시가 페널티킥을 성공시키며 이른 시간에 선제골을 터뜨립니다……!

페널티킥으로 인한 아르헨티나의 선제골.

한국으로서는 기분이 나쁜 시작이었다.

하지만, 한국대표팀의 기세는 한 골을 허용했음에도 강했다. 동점골을 만들겠다는 의지를 불태우며 아르헨티나를 상대로 강한 압박을 시도했다.

아르헨티나를 상대로 수비적인 운영이 아니라, 공격적인 운영을 하기 시작한 한국.

계획과는 달리 원치 않은 운영을 하게 된 한국대표팀은 삐걱대기 시작했고.

오히려 빈틈을 드러냈다.

—리오넬 메시가 돌파합니다! 리오넬 메시! 아! 옆으로 공을 흘립니다!

　한국의 수비진을 상대로 펼쳐진 리오넬 메시의 드리블은 화려하지 않았다. 간결했다.

　상대의 발이 나오는 것에 맞춰서 움직이는 드리블. 명불허전이었다.

　자신이 왜 축구의 신이라고 불리는지 보여 주듯, 메시의 움직임엔 자신감이 가득했다.

　한국의 수비진은 리오넬 메시를 막지 못했다.

　더구나, 리오넬 메시는 이타적이었다.

　슈팅 각도가 나왔음에도, 더 좋은 위치에 선 곤살로 이과인에게 망설임 없이 공을 넘겼다.

　리오넬 메시에게 신경이 쏠려 있던 한국의 수비진은 곤살로 이과인의 움직임을 완전히 놓쳐 버렸다.

　—아앗……! 위험합니다!

　곤살로 이과인은 정확하고 강력한 슛으로 한국의 골 망을 흔들었다.

　—…아르헨티나가 두 번째 골을 집어넣습니다.

　두 번째 골을 허용한 순간.

한국대표팀의 플레이가 급해졌다. 전반전이 끝나기 전에 최소한 한 골은 따라가야 역전을 바라볼 수 있다는 걸 알기 때문.

급해진 한국은 골을 만들지 못했다.

손훈민과 이민혁에게 적극적으로 공을 넘기려고 했지만, 아르헨티나는 강한 압박을 펼치며 한국의 패스를 방해했다.

아르헨티나는 이민혁에게 의존하는 한국의 약점을 효과적으로 공략했다.

오히려 골을 터뜨린 건 아르헨티나였다.

전반전 38분 58초.

화려한 드리블로 한국의 수비진을 휘저은 아르헨티나의 에세키엘 라베시.

그는 옆에서 달려 들어오는 리오넬 메시를 향해 공을 가볍게 툭 밀어 줬다.

리오넬 메시는.

굴러들어오는 공을 왼발로 때려 냈다.

퍼어엉!

정석룡 골키퍼가 손을 뻗어 봤지만.

부드럽게 감긴 공은 반대편 골대 상단으로 파고들었다.

전반전 39분.

아르헨티나의 세 번째 골이 터졌다.

한국은… 리오넬 메시와 아르헨티나의 공격을 막지 못했다.

*   *   *

"후우……."

깊은 한숨을 내쉬며, 이민혁은 흘러내린 앞머리를 쓸어 올렸다.

땀방울이 후두둑 떨어져 내렸다. 유니폼을 당겨 얼굴을 닦았다. 흐려졌던 시야가 선명해진다.

시작은 좋았다.

2014 월드컵 결승전이 시작됨과 동시에 여러 개의 메시지가 떠올랐고.

레벨이 2개나 올랐으니까.

4개의 스탯 포인트를 사용해서 탈압박 능력치를 90으로 만들었으니까.

그럼에도.

아직 전반전이 끝나지도 않았는데, 벌써 3골이나 허용했다.

심지어 첫 골은 전반전 7분 만에 허용했다.

"아쉽다."

누구를 탓할 생각도 없고, 탓할 수도 없다.

그건 사고였다.

'초반부터 페널티킥을 주게 될 줄이야.'

아르헨티나전을 대비한 훈련은 순조롭게 마무리됐었다.

준비도 그다지 어렵지 않았다. 리오넬 메시를 막는 건 당연히 어려운 일이었지만, 여럿이서 막으면 불가능한 일은 아닐 것이라고 믿었다.

이미 세계적인 선수들이 즐비한 독일과 프랑스, 브라질을 상대로 승리한 한국대표팀이지 않은가.

'핸드볼이라니.'

이민혁이 씁쓸하게 웃었다.

핸드볼로 인해 페널티킥 골을 내준 이후, 한국대표팀은 흔들릴 수밖에 없었다.

애초에 준비한 건 수비 후 역습 전술이었으니까.

선제골을 이토록 빠르게 허용하는 건 한국대표팀의 계획에 없었으니까.

'급해지면 질 수밖에 없는 상대야.'

급해진 한국은 벌써 세 번째 골까지 허용했다.

여기서 더 급해지면 상황을 악화시킬 뿐이다. 이민혁은 그런 상황을 만들고 싶지 않았다.

결과가 좋지 못하더라도… 좋은 경기를 펼치고 싶었다.

'우선… 하나, 하나라도 확실하게 만들어 보자.'

그렇게 다짐하며, 이민혁은 동료들을 바라보며 크게 외쳤다.

"다들 침착해요! 우리가 준비한 건 이런 게 아니었잖아요? 다들 멘탈 잡기 힘든 건 알지만, 그래도 0 대 0이라고 생각하고 우리가 준비한 걸 해 봐요."

자신의 말에 담긴 힘이 어느 정도일지는 모른다.

현재 한국대표팀 동료들의 눈빛엔 희망이 담겨 있지 않다. 세 번째 골을 허용한 순간부터, 조금이나마 남아 있던 희망의 불꽃이 완전히 꺼져 버린 모양새였다.

이민혁의 외침은 저들에게 효과가 있을 수도, 아무런 효과가 없을 수도 있다.

그래도.

"다들 정신 차려요! 결승까지 왔어요! 적어도 후회 없는 경기를 하고 싶지 않나요?"

이민혁은 다시 한번 외쳤다.

"다들⋯⋯."

이민혁은 말을 이어 가지 못했다.

주심이 휘슬을 불었기 때문이었다.

삐이이익!

경기가 재개됐다.

이제 다시 경기에 집중해야 할 시간이었다.

'지금까지 잘해 왔잖아요?'

마지막으로 하려고 했던 말을 삼키며.

이민혁은 땅을 박차고 뛰었다. 그런 이민혁을 향해 공이 굴러왔다. 기석용이 보낸 패스였다.

'기석용 선배.'

기석용을 흘끗 바라본 뒤, 이민혁은 공을 컨트롤하며 전진했다. 속도를 높일 순 없었다. 이미 그의 주변엔 아르헨티나 선수 2명이 압박을 하기 시작했으니까.

여기서 이민혁은.

'뚫는다.'

돌파를 선택했다.

어려운 일이지만, 해야만 하는 일이다. 팀이 3 대 0으로 밀리고 있는 지금은 더더욱 해내야 한다.

퍼억!

상대들은 거칠었다. 한 명이 강하게 몸싸움을 걸어왔고.

휘익! 획!

다른 한 명이 다리를 뻗어 공을 노려 왔다.

벗어날 곳이 없어 보이는 상황에서.

이민혁은 침착하게 공을 컨트롤했다.

'끌어들인다.'

공을 컨트롤하면서도 날렵하게 움직이며 뒤로 빠졌다.

두 명의 선수가 계속해서 압박을 넣었다. 어느새 이민혁은 하얀 선 앞까지 밀려났다.

이 선을 넘으면 아르헨티나에게 공을 넘겨줘야 한다. 아르헨티나한테 스로인을 주며 기회를 잃게 되는 것.

이민혁은 그럴 생각이 없었다. 일부러 2명의 상대를 끌어들였고, 이젠 상대들을 뚫어 낼 타이밍이었다.

흰 라인 바로 앞에서.

휘익!

이민혁이 한국대표팀의 진형으로 도망갈 것처럼 몸을 움직였다. 그 움직임에 두 명의 아르헨티나 선수는 기민하게 반응하며 발을 뻗어 왔다.

이때, 이민혁은 몸을 반대로 회전했다. 아주 좁은 공간이었음에도, 부드러운 턴을 해냈다. 그것도 공을 라인 밖으로 나가지 않게 지켜 내면서.

"엇? 어딜 가려고!"

놀란 아르헨티나 선수 하나가 다급하게 어깨로 차징을 했지만.

퍼억!

이민혁은 버텨 냈다. 넘어지지 않고, 중심을 잃지 않고 그대로 전진했다.

눈앞에 보이는 아르헨티나의 오른쪽 측면. 그곳엔 수비수 한 명이 보였다.

마르코스 로호.

이번 월드컵이 끝나면, 맨체스터 유나이티드로의 이적이 확정되었을 정도로 재능 있는 풀백이다.

분명히 훌륭한 실력을 지닌 수비수다.

하지만.

분데스리가와 챔피언스리그에서, 그리고 월드컵에서 세계적인 풀백을 상대로 이겨 왔던 이민혁에겐 어려운 상대가 아니었다.

—이민혁! 마르코스 로호의 수비마저 뚫어 냅니다! 이민혁이 엄청난 드리블을 보여 주고 있습니다!

마르코스 로호를 뚫어 낸 순간, 이민혁은 각을 잡았다. 각은 좁았지만, 공을 쑤셔 넣을 틈은 충분히 보였다.

왼발 슈팅 각이었다. 다리를 짧게 휘둘렀다. 그러자 아르헨티나의 중앙수비수 에세키엘 가라이가 지키던 자리를 포기하고 다급히 달려왔다. 이민혁은 휘둘러진 발을 회수했다. 발바닥으로 공을 컨트롤하며 반대로 몸을 회전했다.

마르세유 턴. 페널티박스 안에서 펼친 이 화려한 기술로 에세키엘 가라이를 제쳐 냈다. 왼발 슈팅은 미끼였다. 에세키엘 가라이는 제쳐지는 순간에도 팔로 이민혁의 등을 밀었다.

쫘악!

순간 몸이 휘청였지만, 이민혁은 발로 땅을 강하게 짚으며 버
텨 냈다. 이민혁은 다시 각을 만들었다. 왼발 슈팅을 때릴 각이
조금이지만 나왔다.

중앙수비수마저 하나 제쳐 내고 슈팅까지 때리려고 하자, 이번
엔 골키퍼가 달려들었다.

이번에도 미끼였다.

192㎝의 장신 골키퍼 세르히오 로메로가 몸을 날려 올 때.

이민혁은 기다렸다는 듯 공을 옆으로 툭 치며 몸을 틀었다.
세르히오 로메로의 팔이 공이 아닌, 이민혁의 다리를 쓸었다.

퍼억!

이민혁은 몸에 힘을 뺐다. 버티려면 버틸 수 있었지만, 그러지
않았다. 세르히오 로메로 골키퍼의 팔의 힘에 저항하지 않고 그
대로 잔디 위로 쓰러졌다.

삐이이이익!

주심이 빠르게 다가왔다.

―페널티킥입니다! 주심이 페널티킥을 선언합니다!

근엄한 얼굴로 달려온 그는 가장 먼저 페널티킥을 선언했고.
이어서.

―어엇?! 퇴, 퇴장입니다!

아르헨티나의 골키퍼 세르히오 로메로를 향해 레드카드를 내밀었다.

*　　　　*　　　　*

아르헨티나의 벤치 분위기가 급격히 가라앉았다. 다 이겼다고 생각한 경기였건만, 굉장히 찝찝한 일이 생겨 버렸다.

11명이 뛰던 팀이 한순간에 10명이 되어 버렸다.

곧바로 교체 카드를 사용했다.

골키퍼 없이는 경기를 소화할 수 없기에.

아르헨티나는 오른쪽 측면 공격수로 출전한 엔소 페레스를 빼고, 마리아노 안두하르 골키퍼를 투입했다.

페널티킥을 앞둔 상황.

"오오오! 민혁아! 너무 잘했어! 이제 충분히 할 만해진 것 같지 않아?"

"쟤네 이제 10명이야! 잘하면 역전할 수 있겠는데? 역시 이민혁 너는 미쳤어!"

"너무 다행이야! 민혁아! 너만 믿었다고!"

주변에서 동료들의 칭찬이 쏟아졌지만.

이민혁은 좋아하지 않았다. 오로지 공과 상대의 골대에만 집중했다.

잠시 후.

—고오오오오오올! 이민혁이 페널티킥을 성공시킵니다! 이야~!
골키퍼가 방향을 맞췄음에도 막질 못하네요! 이민혁! 너무나도 날
카로운 슈팅이었습니다!

—우리 대표팀에게 희망이 생긴 것 같은데요? 비록 스코어는 3 대
1이지만, 아르헨티나는 이제 10명이 우리 선수 11명을 상대해야 합
니다!

페널티킥을 성공시킨 이후에야, 이민혁은 옅은 미소를 띠었다.

"다행이야."

마르코스 로호를 제친 순간, 골키퍼가 반칙하게끔 설계했다.
하지만 성공할 거라는 보장은 없었다. 이민혁에게도 긴장되는
순간이었다.

도박에 가까운 일.

결과는 대성공이었고, 꺼져가던 희망의 불꽃을 살렸다.

"전반전이 끝나가는 건 아쉽지만, 그래도 경기가 할 만해졌
어."

이민혁은 옅은 웃음을 유지한 채, 허공을 흘끗 바라봤다.

남들에겐 허공에 불과할 뿐인 그곳엔, 이민혁의 골을 축하하
듯, 여러 개의 메시지가 떠오르고 있었다.

[퀘스트를 완료하셨습니다!]

[퀘스트 내용: 2014 FIFA 월드컵 결승전에서 골을 기록하세요.]

[보상으로 경험치가 100% 증가합니다.]

[퀘스트를 완료하셨습니다!]

[퀘스트 내용: 2014 FIFA 월드컵 결승전에서 페널티킥으로 골을 기록하세요]

[보상으로 경험치가 100% 증가합니다.]

[퀘스트를 완료하셨습니다!]

[퀘스트 내용: 2014 FIFA 월드컵 결승전에서 상대 선수의 퇴장을 유도하세요.]

[보상으로 경험치가 50% 증가합니다.]

[퀘스트를 완료하셨……]

…….

[레벨이 올랐습니다!]

[레벨이 올랐습니다!]

[레벨이 올랐습니다!]

많은 수의 메시지와.

3개의 레벨업 메시지가 떠오른 지금.

"이러면……."

이민혁의 입가에 떠 있던 미소가 짙어졌다.

"많이 할 만하겠는데?"

*   *   *

현재 스코어는 3 대 1.

이기고 있는 팀은 아르헨티나.

전반전이 끝나 가는 시간이었고, 후반전은 통으로 남아 있다.

3 대 0인 상황이라면 모를까, 3 대 1이 된 지금은 충분히 역전을 생각할 수 있게 됐다.

더구나 아르헨티나는 선수 하나가 퇴장당했다. 밸런스를 맞추기 위해 측면 공격수 하나를 뺐다.

당연한 말이지만, 후반전에서의 아르헨티나는 공격력이 약해질 수밖에 없다.

"역전하기엔 최적의 상황이지."

이민혁은 씨익 웃으며 허공을 바라봤다.

여러 개의 메시지.

그 메시지들이 끝난 이후에 떠오른 3개의 레벨업 메시지가 보였다.

'혼자 만들 수 있어야 해.'

현재 아르헨티나는 한 명이 적다. 아마도 후반전엔 지키는 운영을 할 가능성이 높다.

기량이 좋은 저들을 뚫어 내야 한다. 그러려면 일대일 돌파에서 이길 수 있어야 하고, 강한 압박을 이겨 낼 수 있어야 한다.

그렇게 생각하니, 올릴 능력치는 몇 가지로 좁혀졌다.

[스탯 포인트 2를 사용하셨습니다.]
[민첩 능력치가 2 상승합니다.]
[현재 민첩 능력치는 90입니다.]

[스탯 포인트 4을 사용하셨습니다.]
[몸싸움 능력치가 4 상승합니다.]
[현재 몸싸움 능력치는 85입니다.]

더 빠른 몸놀림을 보일 수 있는 민첩과 상대와의 몸싸움에서 큰 힘을 발휘하는 몸싸움 능력치.

이민혁은 이 두 개의 능력치에 스탯 포인트를 투자했다.

―후반전이 시작됩니다!

후반전의 아르헨티나는 확실히 다른 모습을 보였다.

이민혁의 예상대로 아르헨티나는 라인을 내리고 천천히 공을 돌리며 시간을 끌려고 했다. 자신감 있게 공격을 전개하던 전반전과는 달라진 모습이었다.

"끝까지 쫓아가! 쟤들이 공을 편하게 못 돌리게 해야 해."

"한 번에 압박해!"

후반전이 시작되기 전, 라커 룸에서 동기부여를 하고 나온 한국대표팀 선수들은 아르헨티나를 강하게 압박했다. 공을 돌리는 아르헨티나 선수들에게 적극적으로 달려들며 공을 뺏어 내려 했다.

　─마르틴 데미첼리스가 골키퍼에게 패스합니다. 마리아노 안두하르 골키퍼가 공을 멀리 걷어 냅니다! 방금 우리 선수들이 보여 준 압박은 굉장히 좋았습니다. 골키퍼가 강한 압박을 받으면 골킥을 정확하게 하기 어렵거든요~!

　해설들의 말 그대로였다.
　전반전에 교체 투입 되어 들어온 마리아노 안두하르 골키퍼의 골킥은 정확도를 잃었다. 중앙으로 뻗어 나간 공은 한국형이 받기 좋게 떨어져 내렸다.
　터엉!
　한국형이 머리로 공을 떨어뜨렸고.
　투욱!
　기석용이 공을 받았다.

　─기석용이 공을 잡습니다! 이민혁이 밑으로 내려와서 공을 받아 줄 준비를 하네요.

　기석용은 가까이에 있는 이민혁과 그 주변을 훑은 뒤, 크게 소리치며 공을 보냈다.
　"뒤에 압박 온다!"
　탓!
　공을 잡은 이민혁이 빠르게 몸을 돌렸다. 기석용이 말해 주지 않아도, 이미 패스를 받기 전에 주변을 둘러봤기 때문에 알고 있었다. 그의 주변엔 이미 아르헨티나 선수들이 달려들고 있었다.

투욱! 휙!

이민혁이 다시 몸을 돌리며 상체 페인팅을 넣었다. 그러자, 달려들던 선수들이 주춤했다. 이때, 이민혁은 측면에 있는 손흥민에게 패스했다. 그러자 손흥민이 원터치 패스로 다시 공을 보냈다.

빠르게 공을 주고받는 이 움직임으로 이민혁은 아르헨티나가 하려던 압박을 피해 냈다.

'고마워요, 훈민 형.'

손흥민과의 호흡에 만족하며, 이민혁은 공을 몰고 전진했다. 손흥민이 상대 수비 뒷공간으로 파고들면 패스를 주려고 했지만. 손흥민은 공간을 파고들기보단 측면으로 빠지는 걸 선택했다.

조금 아쉬웠지만, 어쩔 수 없었다. 선수마다 좋아하고, 잘하는 플레이가 있는 법이니까.

'내가 한다.'

이민혁은 선택했다. 직접 슈팅을 때리기로. 조금이지만 공간도 나왔다. 아르헨티나 선수 하나가 달려들고 있지만, 슈팅을 때릴 정도의 시간은 있었다.

휘익!

오른발을 휘둘렀다.

발등으로 강하게 때리는 슈팅. 골대와의 거리가 가깝지 않은 상황에서 이보다 좋은 슈팅 방법은 없다. 더군다나 이 슈팅은.

이민혁이 아주 오랜 시간 연습해 왔고, 실전에서도 수도 없이 성공시켰던 슈팅이었다.

퍼어엉!

발등에 맞은 공이 강하게 쏘아졌다.

허공엔 메시지가 하나 떠올랐다.

[상대의 페널티박스 바깥에서 슈팅했습니다!]

['중거리 슈터' 스킬 효과가 발동됩니다!]

[슈팅의 정확도가 대폭 상승합니다.]

워낙 많이 슈팅 훈련을 해서일까?

이민혁은 발등에 공이 맞은 그 순간, 느낌이 왔다. 골이 될 것 같다고.

이후 쏘아진 공의 궤적을 봤을 땐, 확신했다.

이건 골이라고.

*   *   *

―고오오오오오오올! 들어갔습니다! 이민혁이 엄청난 중거리 슈팅으로 두 번째 골을 터뜨립니다! 한국이 아르헨티나를 추격합니다!

이민혁이 환하게 웃으며 달려드는 동료들과 포옹을 나눴다.

'시원하게 들어갔네. 역시 할 만할 것 같다니까?'

아르헨티나는 선수 하나가 퇴장당한 이후로 약해졌고.

한국대표팀은 약해진 아르헨티나를 상대로 충분히 이길 수 있다는 생각이 들었다.

동료들의 얼굴을 보면, 확실히 자신감이 올라온 게 보였다. 전반전에 멘탈이 나가 버렸을 때와는 전혀 다른 사람들처럼 보일 정도로.

'분위기도 올라왔고.'

이민혁의 얼굴에 떠오른 미소가 쉽게 사라지지 않았다. 골을 넣었다는 사실과. 어려운 승부를 뒤집을 가능성이 보인다는 사실이 온몸을 짜릿하게 만들었다.

더구나.

'레벨도 올랐고.'

눈앞에 떠오른 메시지들 역시 승리에 대한 가능성을 높여 주는 느낌이었다.

[퀘스트를 완료하셨……]

…….

…….

[레벨이 올랐습니다!]

레벨은 정말 잘 올랐다. 바로 조금 전에 3개의 레벨이 올랐던 걸 생각하면, 또다시 레벨이 하나 오른 건 놀라운 일이었다.

"확실히 월드컵 결승전이 다르긴 해."

월드컵 결승전은.

체감상 챔피언스리그 결승전 때보다도 더 많은 경험치를 주는 느낌이었다.

물론 이민혁이 넣고 있는 골들의 영양가가 매우 높긴 했지만, 그렇다고 해도 굉장히 빠른 성장을 하고 있다.

'몸싸움이 좋아지니까, 경기가 더 편해지고 있어.'

몸싸움 능력치가 높아진 효과에 만족하고 있기에.

이민혁은 지금 얻은 2개의 스탯 포인트를 또다시 몸싸움에 투자했다.

그다음.

이민혁은 자신의 바로 앞에 선 남자를 바라봤다.

리오넬 메시.

현재 최고의 축구선수이고, 축구의 신이라고 불리는 남자.

축구선수라면 우상이나 롤모델로 꼽는 것이 전혀 이상하지 않고, 자연스러운.

그 정도로 위대한 선수가 지금 눈앞에 서 있다.

'확실히 잘하긴 해.'

리오넬 메시의 플레이를 실제로 본 느낌은 간단했다.

축구를 잘해도 너무 잘한다.

아직은 실력으로 이길 수 없다는 생각이 들 정도로 높은 수준의 선수다. 헤딩을 제외한다면 모든 부분에서 뛰어나다. 특별한 단점을 찾을 수가 없다.

저 선수 하나를 막기 위해선 한국대표팀 선수들 2명이 필요했다. 더구나 반칙으로 끊거나, 도박성 짙은 태클로 막아야 한다.

분명 무서울 정도로 축구를 잘하는 선수였다.

하지만.

'오늘 경기에서 질 것 같지는 않아.'

오늘만큼은 이길 것 같았다.

분명 리오넬 메시 개인의 실력은 뛰어났지만.

'메시가… 이상하게 팀에 녹아들지 못하는 느낌이야. 아니, 어
쩌면 팀의 수준이 메시의 플레이를 쫓아가지 못하는 것 같기
도……'

아르헨티나라는 팀 자체를 보면, 그렇게 강하다는 느낌은 들
지 않았으니까.

'오히려 벨기에나 독일, 프랑스가 더 잘하는 것 같은데.'

이런 생각들은.

이민혁의 자신감을 더욱 높여 줬다.

＊　　　　＊　　　　＊

후반전 20분.

경기의 양상이 완전히 변했다.

한국대표팀이 아르헨티나를 상대로 반코트 게임을 펼쳤다. 리
오넬 메시를 필두로 펼쳐지는 역습은 분명 위험했지만.

10명이 뛰는 아르헨티나는 사실상 한국의 공격을 막아 내는
것에 급급했다. 역습을 제대로 시도하지 못했다.

잔뜩 웅크린 아르헨티나를 상대로.

한국대표팀은 과감한 중거리 슈팅과 측면에서의 크로스를 뿌려 댔다.

주로 슈팅을 때리고, 크로스를 올리는 선수는 이민혁이었다.

다만, 골이 터지진 않았다.

이민혁이 올린 크로스를 김진욱이 아쉽게 넣지 못하거나, 이민혁이 때린 슈팅을 아르헨티나의 골키퍼가 슈퍼세이브를 하며 위기를 벗어났다.

한국의 골은 터질 듯 말 듯, 터지지 않았다.

지금도 그랬다.

휘익!

기석용이 흘려 준 공을 향해 이민혁이 다이렉트 슈팅을 때렸다. 제대로 맞았고, 스킬도 두 개나 발동됐다.

[상대의 페널티박스 바깥에서 슈팅했습니다!]
['중거리 슈터' 스킬 효과가 발동됩니다!]
[슈팅의 정확도가 대폭 상승합니다.]

[20% 확률로 '예리한 슈팅' 스킬 효과가 발동됩니다!]
[슈팅의 정확도가 대폭 상승합니다.]

이민혁의 경험상 어지간하면 골로 연결되는 슈팅이었다.

그럼에도, 골은 터지지 않았다.

퍼억!

―아! 이게 수비의 몸에 맞네요! 이민혁 선수! 굉장히 아쉬워하고 있습니다!

―이민혁은 슈팅의 정확도가 굉장한 선수거든요? 오늘도 좋은 타이밍에 훌륭한 슈팅을 때리고 있고요. 그런데, 계속해서 아르헨티나 선수들의 몸에 맞고 있습니다!

―수비의 숫자가 너무 많네요. 아르헨티나가 완전히 웅크리고 있습니다! 이대로 시간을 보내려는 것 같죠?

―그렇습니다. 숫자가 적은 아르헨티나로서는 이대로 경기가 마무리되길 바라고 있을 겁니다.

해설들이 아쉬움을 드러냈다. 아슬아슬하게 골이 터지지 않는 현 상황을 안타까워했다.

실시간으로 경기를 지켜보는 한국 축구 팬들도 마찬가지였다.

ㄴ아오! 이게 안 들어가?ㅠㅠㅠㅠ ㅅㅂ이제 진짜 시간 없는데……

ㄴ망했다ㅜㅜㅠㅠㅠ 아… 아르헨티나 저 새끼들 시간 더럽게 끄네!!! 하! 제발 한 골만 넣자ㅠㅠ 한 골만 더 넣으면 월드컵 우승 가능성 있다구ㅠㅠㅠㅠ

ㄴ겁나 쫄린다… 후… 심장 개떨림ㅋㅋㅋㅋㅋ

ㄴ빡세다… 아르헨티나 애들 완전히 잠갔어. 메시 빼곤 다 수비하네……

ㄴ아르헨티나 재미없게 한다. ―,― 저렇게 시간만 끌고 우승하면 좋을 거라고 생각하나?

ㄴ우승하면 좋긴 하겠지…… ㅠ,ㅜ

ㄴ민혁아!!!!! 믿는다!!!!!!!!!!!!!!!

한국 축구 팬들은 간절했다.

또, 굉장히 불안해했다.

이제 시간은 후반 30분을 지나고 있었고, 서서히 체력적으로 지쳐 가는 타이밍이었으니까.

더구나 아르헨티나가 공격수인 곤살로 이과인을 빼고, 수비수인 바산타를 투입하며 수비를 더욱 단단하게 만들었으니까.

시간은 계속 흘렀다.

─우리 선수들! 집중해야 합니다! 조금만 더 힘을 내 줬으면 좋겠습니다! 월드컵 우승이 눈앞에 있습니다! 한 골만… 딱 한 골만 넣으면 동점입니다……!

─그래도 아직 희망이 있습니다! 시간도 골을 넣기엔 충분하고요! 더군다나 우리 이민혁 선수의 움직임이 아직도 좋지 않습니까? 체력적으로 여유가 있는 것 같습니다!

후반 37분.

한국에게 좋은 기회가 생겼다.

손훈민으로부터 시작된 기회였다.

─아~! 손훈민 선수가 강하게 때려 낸 슈팅이 골대를 맞고 튕겨 나옵니다! 다행히 기석용 선수가 세컨볼을 잡아 냈습니다! 다시 우

리의 공격입니다! 기석용 선수가 오른쪽 측면으로 패스합니다! 이민혁이 잡죠! 이민혁!

기석용이 넘겨준 공을 받은 이민혁은.

베네딕트 회베데스와 바산타를 전부 제쳐 냈다. 상체 페인팅에 이은 팬텀 드리블을 이용한 돌파였다. 두 명의 선수를 단번에 뚫은 이민혁은 지금껏 해 왔던 것과는 다른 패턴의 플레이를 펼쳤다.

이제까지 해 왔던 건 더욱 깊숙이 침투해서 컷백을 하거나, 김진욱과 지동운의 머리를 노리는 높은 크로스를 뿌려 내는 것.

지금의 이민혁은 달랐다.

페널티박스 안으로 파고들며 김진욱에게 짧게 패스했다. 김진욱은 원터치로 다시 공을 넘겨줬다. 이민혁은 굴러오는 공을 향해 왼발 다이렉트 슈팅을 때려 냈다.

페널티박스 안에서, 전혀 다른 패턴으로 만들어 낸 슈팅.

그 슈팅이 때려진 순간.

아무런 메시지도 떠오르지 않았다.

그럼에도 이민혁은 확신했다. 이 슈팅이 골이 될 거라는 것을.

퍼어어엉!

골키퍼의 바로 근처에서 때린 기습적인 슈팅.

아르헨티나의 골키퍼 마리아노 안두하르는 움직이지도 못했다. 몸을 날릴 타이밍조차 잡지 못한 채, 고개만 돌려 공을 바라봤다.

공은 이미 아르헨티나의 골대 안으로 파고들었다.

―고오오오오오오오오올! 골입니다! 이민혁이 해냈습니다! 엄청난 골로 동점을 만들어 냅니다!

　―됐습니다! 월드컵 결승이 아주 가까이 다가왔습니다!

　드디어 터진 동점골.

　눈앞에 진하게 보이기 시작한 월드컵 우승.

　꿈같은 일들을 상상하며.

　이민혁은 허공을 바라봤다.

　[퀘스트를 완료하셨습니다!]

　[퀘스트 내용: 2014 FIFA 월드컵 결승전에서 해트트릭을 기록하세요.]

　[보상으로 경험치가 200% 증가합니다.]

　[퀘스트를 완료하셨습니다!]

　[퀘스트 내용: 2014 FIFA 월드컵 결승전에서 귀중한 동점골을 기록하세요.]

　[보상으로 경험치가 50% 증가합니다.]

　[퀘스트를 완료하셨습……]

　…….

　[레벨이 올랐습니다!]

[레벨이 올랐습니다!]
[레벨이 올랐습니다!]

3개의 레벨이 올랐다는 메시지에 이어서.

[레벨 120을 달성하셨습니다!]
[스킬이 지급됩니다.]
[…를 습득하셨습니다.]

                    *   *   *

해트트릭.
그리고 아주 중요한 순간에 나온 동점골.
이 모든 것들에 해당하는 골을 넣은 결과.
3개의 레벨이 올랐다.
현재 레벨 120.
새로운 스킬도 얻었다.

[레벨 120을 달성하셨습니다!]
[스킬이 지급됩니다.]
['드리블 마스터'를 습득하셨습니다.]

스킬의 이름을 본 순간 이민혁의 눈이 커졌다.
드리블 마스터라니!

'정보!'

곧바로 정보를 확인하지 않을 수가 없는 이름이었다.

[드리블 마스터]

유형: 패시브

효과: 드리블의 완성도가 매우 높아집니다.

짧은 정보였지만, 새로 얻은 스킬이 얼마나 대단할지는 충분
히 예상할 수 있었다.

"하하하!"

이민혁은 웃음을 크게 터뜨렸고.

"너희, 이젠 막기 더 힘들 거야."

아르헨티나 선수들을 향해 크게 외쳤다.

동시에.

6개의 스탯 포인트를 사용했다.

[스탯 포인트 3을 사용하셨습니다.]

[탈압박 능력치가 3 상승합니다.]

[현재 탈압박 능력치는 93입니다.]

[스탯 포인트 3을 사용하셨습니다.]

[몸싸움 능력치가 3 상승합니다.]

[현재 몸싸움 능력치는 90입니다.]

삐이이이익!

경기가 재개됐다.

현재 후반전 40분이 넘어가는 상황.

이제 급해진 건 아르헨티나였다.

한국보다 1명이 부족한 10명이 뛴다는 것.

체력 소모가 엄청날 수밖에 없다. 더 많이 뛰고, 더 많이 집중
해야 했다.

육체적으로나 정신적으로 피로감이 심할 수밖에 없다.

지금까진 뛰어난 개개인의 능력과 수비에 집중하는 전술로 버
텨 냈지만.

연장전으로 넘어가면 아무리 아르헨티나라고 해도 쉽지 않았
다.

"후반전이 끝나기 전까지 골을 넣어야 해!"

"절대 연장전은 안 돼! 어떻게든 만들어 보자!"

"다들 집중해!"

반면, 한국대표팀으로선 급할 게 없었다.

체력적으로 힘든 건 마찬가지였지만, 더 힘든 건 아르헨티나였
으니까.

―아르헨티나가 한 명의 선수가 적음에도 불구하고 적극적으로
공격에 나서기 시작했습니다! 마음이 급해질 수밖에 없죠!

―그렇습니다! 우리 선수들은 아무래도 연장전을 바라보고 있
는 것 같죠?

아르헨티나 공격의 중심은 리오넬 메시였다.

프리롤로 뛰는 그는 중원과 측면을 오가며 팀의 연계를 도왔다.

더불어 한국대표팀 선수 한두 명을 손쉽게 제쳐 내며 기회를 만들었다.

―리오넬 메시가 돌파합니다! 우리 선수들! 막아야 합니다!

후반전이 끝나가는 시간이었음에도, 리오넬 메시의 움직임은 한국대표팀에게 위협적으로 다가왔다.

그때였다.

타다닷!

이민혁이 엄청난 속도로 리오넬 메시와의 거리를 좁혔다.

바로 옆까지 쫓아 온 뒤, 땅을 박차고 뛰었다.

휘익!

열심히 연습해 온 슬라이딩태클로 리오넬 메시에게 도전했다.

촤아아악!

결과는 좋지 못했다. 애초에 별 기대 없이 한 태클이었다. 흐름을 끊기 위한 태클.

하지만 확실히 흐름을 끊는 건 성공했다.

"악!"

삐이이익!

주심이 휘슬을 불며 달려왔다.

이민혁을 향해 옐로카드를 내밀었다.

"태클이 너무 거칠었어. 주의해."

"예."

이민혁은 순순히 고개를 끄덕였다. 공을 노리고 들어간 태클이긴 했지만, 리오넬 메시는 짧은 순간에 태클을 피해서 공을 빼냈다.

결국, 이민혁은 공이 아닌 리오넬 메시의 발을 걸어찼다.

"리오넬 메시, 미안해요. 괜찮아요?"

이민혁은 넘어진 리오넬 메시에게 손을 내밀었다. 승부는 승부고, 반칙했을 땐 사과하는 게 옳다고 생각했으니까.

"…괜찮아."

리오넬 메시는 눈도 마주치지 않고, 아주 작은 목소리로 대답했다.

하마터면 관중들의 함성에 묻혀서 들리지 않을 뻔했을 정도로 작은 목소리였다.

'수줍어하는 건가?'

축구의 신이 수줍어한다고?

쉽게 이해하기 힘든 일이었지만, 이민혁은 그러려니 하며 리오넬 메시를 일으켜 줬다.

자리에서 일어났음에도 리오넬 메시의 키는 작았다. 이민혁과 머리 하나 정도가 차이 날 정도로.

그럼에도 마치 거인과 같은 위엄이 느껴졌다.

'저런 체구로 유럽의 거인들과도 싸우는 거 아니야? 대단하네.'

이민혁은 순수하게 감탄하며, 수비진으로 달려갔다. 메시가 대단한 건 대단한 거고, 지금은 프리킥을 막아야 했다.

─비록 옐로카드를 받긴 했지만, 이민혁의 플레이는 굉장히 좋았죠?

─예, 맞습니다. 리오넬 메시를 그대로 놔뒀다면 위험한 순간이 나왔을 겁니다. 이민혁이 적절하게 잘 끊어 냈다고 볼 수 있죠. 이제 이번 한 번만 잘 막아 내면, 연장전에 돌입하게 될 것 같습니다!

아르헨티나의 프리킥. 직접 슈팅을 때릴 수는 없는 위치였다. 아르헨티나는 골키퍼를 제외한 모든 선수가 한국의 페널티박스 안으로 들어왔다.

어떻게든 골을 넣겠다는 의지가 강하게 드러나는 장면이었다.

한국의 페널티박스 안엔 21명의 선수가 자리를 잡았다. 아르헨티나와 한국 선수들이 치열하게 자리싸움을 펼쳤다.

현재 시각은 후반전 45분. 아르헨티나가 프리킥을 준비하고 있는 도중에 추가시간 3분이 주어졌다.

아르헨티나의 마음은 더욱 급해졌다. 긴장감이 흘렀다.

한국대표팀 선수들의 얼굴에도 긴장감이 흘렀다.

'이번에만 막으면 돼……!'

'이번 한 번만 넘기자……!'

'제발… 막을 수 있어!'

윤성영도, 기석용도, 지동운도, 홍정후도, 손훈민도. 한국대표팀 선수 모두 긴장한 얼굴로 프리킥을 찰 준비를 마친 리오넬 메시를 바라봤다.

　이번만 막으면 된다.

　그럼 연장전으로 갈 수 있다!

　그러면 10명이 뛰는 아르헨티나보다 더 유리한 경기를 할 수 있다!

　한국대표팀 선수들은 그렇게 생각하며, 집중력을 끌어올렸다.

　삐이이익!

　리오넬 메시가 공을 강하게 찼다. 적당한 높이로 강하게 감아 차는 프리킥. 공은 위협적인 궤적을 그리며 한국대표팀의 페널티박스 안으로 날아갔다.

　페널티박스 안에 있는 모든 선수가 뛰어올랐다.

　이민혁도 그 안에 있었다. 이민혁이 맡은 상대는 에세키엘 라베시. 비교적 공중볼 싸움에서 약한 모습을 보이는 선수다. 이 선수만큼은 어떻게든 막아 내겠다는 마음으로. 이민혁도 라베시와 치열한 몸싸움을 펼치며 최대한 높게 몸을 띄웠다.

＊　　　　＊　　　　＊

　투웅!

　경쾌한 소리가 들린 지금.

한국의 페널티박스 안에 있던 아르헨티나 선수들이 우르르 빠져나갔다.

─김진욱이 공을 걷어 냅니다! 역시 공중볼에 강하네요! 이민혁이 공을 잡습니다!

김진욱이 헤딩으로 공을 걷어 냈고, 이민혁이 공을 잡았다.

아르헨티나 선수들은 다급하게 자신들의 진형으로 복귀했다. 이민혁은 공을 몰고 빠르게 달렸다. 그보다 앞에서 달리는 선수는 손흥민.

하지만 견제를 받으면서 달리고 있다. 손흥민의 트래핑은 좋은 편이 아니기에, 지금 패스해 주는 건 좋은 선택이 아니다.

이민혁 역시 견제를 받았다.

하비에르 마스체라노.

수비형 미드필더와 수비수 포지션 모두를 월드클래스 수준으로 해내는 대단한 선수.

국내 팬들에게 마지우개라고 불릴 정도로 대인 마크에 강점이 있는 그가, 이민혁을 물기 위해 달려들었다.

'이민혁! 저 녀석은 반칙으로라도 끊어야 해.'

하비에르 마스체라노는 날카로운 타이밍에 슬라이딩태클을 했다. 정확히 공만을 노리고 들어간 태클.

태클이 실패할 거라는 생각은 마스체라노의 머릿속에 존재하지 않았다. 이민혁의 기술이 좋다는 건 수없이 분석했기에 인지하고 있었다. 그럼에도 마스체라노는 이민혁을 막아 낼 수 있을 거라고 확신했다.

하지만 하비에르 마스체라노는 알지 못했다.

지금의 이민혁은 '드리블 마스터'라는 새로운 스킬을 얻었다는 사실을.

이민혁은 공과 함께 몸을 띄웠다.

타앗!

게임에서나 나올 법한 움직임이지만, 이민혁은 실전에서 종종 사용하는 기술. 다만, 평소랑은 달랐다.

평소의 이민혁이었다면 하비에르 마스체라노의 태클 타이밍에 잡아먹혔을 것이다. 그 정도로 하비에르 마스체라노의 태클은 빠르고 위협적이었다.

그러나.

드리블 마스터 스킬을 보유한 이민혁의 움직임은 더 빠르고, 더 정교한 타이밍을 보였다. 확실히 달라진 움직임으로.

하비에르 마스체라노의 태클을 완벽하게 피해 냈다.

촤아아악!

하비에르 마스체라노가 이민혁의 밑을 지나갔다.

타앗!

땅으로 내려온 이민혁이 다시 공을 컨트롤하며 전진했다.

─우오오오옷! 이민혁이 하비에르 마스체라노의 태클을 피해 냅니다! 정말 놀라운 움직임이네요! 어떻게 저런 반응 속도를 보여 줄 수가 있을까요? 이민혁은 뒤통수에도 눈이 달린 게 아닐까요? 이민혁이 계속 전진합니다!

아르헨티나 선수들은 이민혁을 경계했다.

이민혁이 마스체라노를 제쳐 내자, 이번엔 루카스 비글리아가 달려들었다. 이민혁에게 태클이 잘 통하지 않는 걸 본 루카스 비글리아는 이민혁의 팔을 잡아챘다.

흐름을 끊으려는 반칙이었다.

휘청!

이민혁의 중심이 흔들렸다.

하지만 현재 이민혁의 몸싸움 능력치는 90. 게다가 탈압박 능력치는 93이었다. 바디 밸런스 스킬까지 보유한 지금, 어지간한 몸싸움에는 중심을 잃지 않는다. 이민혁은 기어코 다시 중심을 잡아 냈다.

파앗!

루카스 비글리아의 손길을 뿌리쳐 냈다. 이민혁은 루카스 비글리아와의 거리를 순식간에 벌렸다. 두 선수의 스피드 차이는 컸다.

─이민혁! 빠릅니다! 빠르게 치고 들어갑니다! 드리블이 정말 안정적이네요!

─키가 큰 편임에도 중심이 낮고, 밸런스가 굉장히 좋기에 가능한 움직임이죠. 이민혁 선수, 대단합니다!

아르헨티나 선수들의 시선은 이민혁에게 쏠렸다. 다른 곳엔 신경을 쏟을 수가 없었다.

현재 아르헨티나 선수들은 전부 수비진으로 복귀하고 있는 상황. 모두가 우왕좌왕하고 있는 상황에서 이민혁의 드리블은 너무 위협적이었다.

'좋아. 공간이 꽤 널널하잖아?'

두 명을 제쳐 내자, 아르헨티나 선수들은 함부로 달려들지 않고 있다. 수비진으로 복귀하는 것에 집중하고 있다. 자연스레 공간이 생겼다.

슈팅을 할 수 있는 공간이.

'때릴 만하겠어.'

슈팅을 때릴 수 있는 타이밍이었다.

하지만 대부분의 선수는 이런 상황에서 슈팅을 망설일 수밖에 없다.

추가시간이었으니까.

자신의 슈팅 한 방으로 좋은 기회를 날려 버릴 수도 있는 상황이니까.

다만, 이민혁은 망설이지 않았다.

'안 들어가면 어쩔 수 없는 거지 뭐.'

항상 연습해 왔고, 높은 확률로 중거리 슈팅을 성공시켜 왔다.

어차피 누군가는 마무리를 지어야 한다. 타이밍을 놓치면 죽도 밥도 안 된다.

최대한 침착하게, 집중해서 슈팅을 때릴 생각이었다. 그럼에도 실패한다면 어쩔 수 없다는 마인드였다.

후웅!

이민혁이 오른발을 휘둘렀다.

양발잡이가 된 이후로 왼발 슈팅도 자신 있지만, 자신이 가장 오래 써 온 발은 오른발이다.

월드컵 결승전.

그것도 3 대 3 동점 상황에서 나온 슈팅 기회.

사실상 후반전이 끝나기 전 마지막 기회인 지금, 이민혁은 오른발로 강하게 공을 때려 냈다.

퍼어엉!

경쾌한 타격음.

동시에 떠오르는 메시지 두 개.

[상대의 페널티박스 바깥에서 슈팅했습니다!]
['중거리 슈터' 스킬 효과가 발동됩니다!]
[슈팅의 정확도가 대폭 상승합니다.]

[20% 확률로 '예리한 슈팅' 스킬 효과가 발동됩니다!]
[슈팅의 정확도가 대폭 상승합니다.]

골대와의 거리는 30m 정도.

공이 골대 근처로 접근하는 시간은 매우 짧았다. 눈을 감았다가 뜨면 도착해 있을 정도로 짧은 시간.

아르헨티나 선수들은 다급하게 상체를 뒤로 돌렸다. 슈팅의 궤적을 예상하며 몸으로라도 막아 내려는 시도였다.

그러나 이민혁이 때려 낸 공은 그들이 움직이기도 전에 이미 골대 근처까지 접근했다.

역회전까지 걸렸다. 오른발로 때려 낸 공이 오른쪽 골대 상단으로 휘어 들어갔다.

　아르헨티나의 골키퍼 마리아노 안두하르는.

　"…젠장."

　움직이지도 못했다.

*　　　*　　　*

　추가시간 1분도 남지 않은 상황에서 나온 골이었다.

　그것도 3 대 3 동점에서 4 대 3 역전 스코어를 만드는 귀중한 골이었다.

　또한, 이민혁 혼자 만들어 낸 4개째의 골이었다.

　그럼에도.

　눈앞에 떠오른 메시지들의 내용은 쉽게 받아들여지지 않았다.

　그만큼 엄청났다.

　[퀘스트를 완료하셨습니다!]

　[퀘스트 내용: 2014 FIFA 월드컵 결승전에서 4개의 골을 기록하세요.]

　[보상으로 경험치가 200% 증가합니다.]

　[퀘스트를 완료하셨습니다!]

　[퀘스트 내용: 2014 FIFA 월드컵 결승전에서 4개의 공격포인트를

기록하세요.]

[보상으로 경험치가 200% 증가합니다.]

[퀘스트를 완료하셨습⋯⋯.]

⋯⋯.

[레벨이 올랐습니다!]

[레벨이 올랐습니다!]

[레벨이 올랐습니다!]

[레벨이 올랐습니다!]

[레벨이 올랐습니다!]

5개의 레벨업!

더구나 메시지는 이게 끝이 아니었다.

경기는 재개된 이후, 몇 초 지나지 않아서 종료됐다.

결승전에서 연장전은 진행되지 않았다.

삐이이익!

한국의 승리!

한국대표팀은 기적으로도 불가능할 거라고 생각되던 월드컵 우승을 확정 지었다.

그리고 지금.

"⋯⋯!"

이민혁은 멍하니 눈앞에 떠오른 메시지들을 바라봤다.

＊　　　　　＊　　　　　＊

한국은 난리가 났다.
뉴스, 예능, 언론 모두 축구에 집중했다.
그럴 수밖에 없었다.
2002년에 월드컵 4강이라는 기적을 만들었던 한국이.
2014년인 지금, 월드컵 우승이라는 말도 안 되는 기적을 만들었으니까.

「한국대표팀, 2014 FIFA 월드컵 우승! 리오넬 메시의 아르헨티나마저 이겼다!」
「이민혁, 월드컵 결승에서 4골 넣고 축구의 신에게 승리하다!」

기적에 대한 반응은 뜨거웠다.

ㄴ말도 안 돼… 이거 실화임?;;;;;;;;;　우리가 진짜 우승한 거야? 월드컵에서??????
ㄴ미쳤다… 이건 진짜 미쳤다ㅋㅋㅋㅋ 어떻게 우리가 우승을 하지?
ㄴ이민혁 결승전에서 4골ㄷㄷㄷ 앤 정말… 우와… 말이 안 나오네.
ㄴㅠㅠㅠㅠㅠㅠ대한민국 만세다ㅅㅂㅠㅠㅜㅜㅜㅜ이걸 우승

하네ㅠㅠㅠ

ㄴ미친… 감동 오졌다… 나만 눈물남?

ㄴ오늘은 울어도 무죄임…….

ㄴ국뽕 한 사발 들이켭니다!!!!!!!!!!!!!!!!!!!!

ㄴㅋㅋㅋㅋ한국에서 이제 이민혁 팬 아닌 사람 없을 듯? 증맬 너무 사랑스럽다!!!!!

ㄴ우리 대표팀 선수들 다들 고생했습니다^~~^ 푹 쉬고, 다음 시즌도 힘내 주세요! 그리고 우리 민혁이는 최고다!!!

ㄴ우리 민혁이 너무 열심히 뛰더라… 부상 조심하길!!!

이민혁은 이제 '우리 민혁이'가 되었고.

축구에 관심이 없는 사람조차 이민혁을 좋아하게 됐다.

그리고.

치열한 결승전을 끝낸 선수들은 전부 잔디 위에 드러누웠다.

모든 걸 쏟아 낸 경기였기에, 이들에게는 서 있을 힘조차 존재하지 않았다.

그런데, 이민혁만큼은 자리에 우뚝 섰다.

눕지도, 앉지도 않았다.

그저 멍하니 눈앞, 허공을 바라봤다.

"……!"

지금, 이민혁은 눈앞에 떠오르고 있는 메시지들에 집중했다.

[퀘스트를 완료하셨습니다!]

[퀘스트 내용: 2014 FIFA 월드컵에서 우승하세요.]

[보상으로 경험치가 300% 증가합니다.]

[퀘스트를 완료하셨습니다!]
[퀘스트 내용: 만 20세의 나이에 2014 FIFA 월드컵에서 우승하세요.]
[보상으로 경험치가 100% 증가합니다.]

[퀘스트를 완료하셨습…….]
……

주르륵 떠오르는 메시지들.
이어서 떠오른 레벨업 메시지들과.

[레벨이 올랐습니다!]
[레벨이 올랐습니다!]
[레벨이 올랐습니다!]
[레벨이 올랐습니다!]
[레벨이 올랐습니다!]

스킬을 얻었다는 메시지까지!

[레벨 130을 달성하셨습니다!]
[스킬이 지급됩니다.]
['헤딩 재능'을 습득하셨습니다.]

이 메시지들 모두 이민혁을 제자리에 서 있게 만들었다. 모든 신경이 허공에 쏠려 있어서 힘든 것도 느껴지지 않았다.

'헤딩 재능, 정보 확인.'

가장 먼저 새로 얻은 스킬의 정보를 확인했다.

[헤딩 재능]

유형: 패시브

효과: 헤딩 실력이 빠르게 좋아집니다.

"오!"

이민혁의 표정이 한층 더 밝아졌다.

특별히 대단한 스킬은 아닌 것처럼 보였지만, 지금의 이민혁에 겐 꼭 필요한 스킬이었다.

헤딩 능력이 약한 이민혁에겐 큰 도움이 될 게 분명했다.

"또 5개의 레벨이 올랐어… 역시 월드컵 우승 보상은 어마어마하네."

이 메시지들이 떠오르기 전.

이민혁은 4개의 골을 넣었을 때, 이미 5개의 레벨업을 했다.

그렇게 얻은 10개의 스탯 포인트를 전부 태클에 투자했다.

'태클 재능' 스킬을 활용하고 싶다는 생각을 꾸준히 해 왔고, 그걸 실현하고자 한 선택이었다.

또한, 경기가 끝나기 직전이었기에 할 수 있었던 선택이었다.

그리고.

이민혁은 지금 얻은 10개의 스탯 포인트도 전부 태클에 투자했다.

[스탯 포인트 10을 사용하셨습니다.]
[태클 능력치가 10 상승합니다.]
[현재 태클 능력치는 75입니다.]

태클에 모든 스탯 포인트를 투자한 건 아깝게 느껴지지 않았다. 이민혁은 믿었다. 지금 올려놓은 태클 능력치가 곧 엄청난 결과로 돌아오게 될 것이라고.

'분명 태클은 내 경기력에 큰 도움이 될 거야.'

더구나 아쉬워할 필요도 없는 일이 곧 벌어졌다.

홍명조 감독, 코치진들, 대표팀 동료들과 우승컵을 들어 올리며 기쁨을 나눈 뒤.

그렇게 오랜 시간이 지나지 않았을 때였다.

"어……?"

한국대표팀 사람들과 기쁨을 나누던 이민혁은 허공을 바라봤다.

메시지가 떠오를 것 같은 징조가 보였기 때문이었다.

착각이 아니었다.

실제로 이민혁의 눈앞엔 메시지가 주르륵 떠올랐다.

[퀘스트를 완료하셨습니다!]
[퀘스트 내용: 2014 FIFA 월드컵에서 골든볼을 수상하세요.]

[보상으로 경험치가 300% 증가합니다.]

[퀘스트를 완료하셨습니다!]
[퀘스트 내용: 2014 FIFA 월드컵에서 골든부트를 수상하세요.]
[보상으로 경험치가 300% 증가합니다.]

[퀘스트를 완료하셨습니다!]
[퀘스트 내용: 2014 FIFA 월드컵에서 최우수 신인선수상을 받으세요.]
[보상으로 경험치가 200% 증가합니다.]

[퀘스트를 완료하셨습니다!]
[퀘스트 내용: 2014 FIFA 월드컵에서 도움 1위를 기록하세요.]
[보상으로 경험치가 200% 증가합니다.]

"미친 거 아니야……?"
이민혁의 입이 떡 벌어졌다.
너무 경기에 집중했기 때문일까?
이런 보상들이 찾아올 거라는 생각은 하지 못했다. 그래서 더 놀라웠다.

골든볼.
월드컵 최우수 선수에게 주어지는 상.
이민혁은 월드컵에서 한국이라는 약팀의 에이스로 활약하며,

월드컵 우승이라는 기적을 만들어 낸 것을 이유로 골든볼의 수상자가 됐다.

골든부트.

월드컵 최다 득점자에게 주어지는 상.

이민혁이 월드컵에서 넣은 골의 개수는 무려 17개.

득점 2위인 선수의 골 개수가 10개도 되지 않은 상황에서, 이민혁은 압도적인 기록으로 골든부트의 수상자가 됐다.

최우수 신인선수상.

월드컵에 처음 출전한 만 21세 이하 선수 중, 최고의 활약을 펼친 선수에게 주어지는 상.

현재 이민혁의 나이는 만 18세.

최우수 신인선수상을 받을 수 있는 나이였고, 신인 중 압도적인 활약을 펼쳤기에 수상자가 됐다.

마지막으로 도움 1위 기록.

이민혁은 압도적이진 않지만, 월드컵이 진행되는 동안 총 4개의 도움을 기록하며, 몇몇 선수와 함께 도움 기록 공동 1위에 올랐다.

그리고.

이 모든 걸 해낸 것에 대한 보상은 엄청났다.

[레벨이 올랐습니다!]

[레벨이 올랐습니다!]

[레벨이 올랐습니다!]

[레벨이 올랐습니다!]

[레벨이 올랐습니다!]

[레벨이 올랐습니다!]

[레벨이 올랐습니다!]

[레벨이 올랐습니다!]

[레벨이 올랐습니다!]

[레벨이 올랐습니다!]

[레벨 140을 달성하셨습니다!]

[스킬이 지급됩니다.]

['슈팅 재능'을 습득하셨습니다.]

＊　　　　＊　　　　＊

[슈팅 재능]

유형: 패시브

효과: 슈팅 실력이 빠르게 좋아집니다.

"지금보다 슈팅이 더 좋아진다고? 벌써 기대되네."

슈팅 재능 스킬의 정보를 본 이민혁이 허공에 다리를 휘둘렀다.

휙!

이미 이민혁에게 슈팅은 가장 큰 무기인데, 여기서 더 슈팅 실력이 좋아진다니!

　흥분될 수밖에 없는 일이지 않은가.

　게다가.

　"…레벨이 10개나 오를 줄이야."

　각종 수상으로 인해 10개의 레벨업을 해 버렸다.

　얻은 스탯 포인트는 무려 20개였다.

　"이건 미쳤어."

　너무나도 비현실적인 일.

　그 일을 마주한 이민혁은 크게 웃음을 터뜨렸다.

　"하하! 월드컵이 진짜 개꿀이었네."

　잠시 후.

　이민혁은 여전히 웃음을 머금으며 상태 창을 띄웠다.

[이민혁]

레벨: 140

나이: 20세(만 18세)

키: 182㎝

몸무게: 75㎏

주발: 양발

[체력 83], [슈팅 100], [태클 75], [민첩 90], [패스 91]

[탈압박 93], [드리블 100], [몸싸움 90], [헤딩 62], [속도 92]

　스킬: [예리한 슈팅], [예리한 패스], [축구 재능], [바디 밸런스], [강인한 신체], [양발잡이], [프리킥 재능], [중거리 슈터], [태클 재능], [정

교한 크로스], [강철 체력], [드리블 마스터], [헤딩 재능], [슈팅 재능]
  스탯 포인트: 20

능력치는 이미 훌륭했다.
스킬도 빵빵했다.
"속도를 100으로 맞추고, 나머지는……."
짧은 시간, 판단을 내린 이민혁이 스탯 포인트를 사용했다.

[스탯 포인트 8을 사용하셨습니다.]
[속도 능력치가 8 상승합니다.]
[현재 속도 능력치는 100입니다.]

[스탯 포인트 5를 사용하셨습니다.]
[태클 능력치가 5 상승합니다.]
[현재 태클 능력치는 80입니다.]

[스탯 포인트 7을 사용하셨습니다.]
[탈압박 능력치가 7 상승합니다.]
[현재 탈압박 능력치는 100입니다.]

          *   *   *

월드컵이 끝난 이후.
이민혁의 행선지는 독일이 아니었다.

"오오?! 피터, 그게 정말이에요?"

"예. 구단 측에서 이민혁 선수의 우승을 축하한다고, 일주일간 푹 쉬고 돌아오라고 했습니다."

"너무 좋다! 휴식이 필요하긴 했거든요."

"어차피 오늘까진 브라질 호텔에서 주무시고 내일 출발할 거니까, 어디로 가실지 천천히 생각해 보세요."

"생각할 게 있나요? 당연히 한국이죠. 마침 부모님도 휴가 내고 한국에 계시는데, 잘됐네요."

이민혁의 다음 행선지는 한국이었다.

조용히, 매우 비밀스럽게 한국의 공항에 도착했지만.

어째서인지 공항엔 이미 엄청난 숫자의 기자들이 몰려 있었다.

"지나가겠습니다!"

혹시 몰라서 고용한 경호원들과 피터의 도움을 받아서 공항을 빠져나온 뒤.

이민혁은 곧바로 부모님이 머무는 호텔로 향했다.

"어머! 아들! 살 빠진 것 좀 봐! 브라질에서 많이 힘들었지?"

"힘들긴 했는데, 살은 안 빠졌어요. 아주 건강해요."

"그래? 기분 탓인가? 건강하다니까 다행이다. 일주일 휴가라고 했지? 푹 쉬다가 독일로 넘어가자."

"예."

가장 먼저 어머니가 반갑게 맞아 주셨고.

"민혁아, 거의 연예인이 됐던데? 아빠 주변에서 아주 난리다. 난리야. 사인을 받아 달라는 둥, 사진을 찍고 싶다는 둥… 허허!

되게 피곤했다니까?"

오랜만에 본 아버지 역시 높은 텐션으로 이야기를 시작하셨다.

확실한 건, 두 분 모두 굉장히 기뻐하셨다는 것이다.

"민혁아, 밥은 먹었어?"

"먹고 싶은 거 있니?"

부모님은 아직 식사를 안 하셨다고 했고, 이 상황은 이민혁이 바라던 바였다.

"저 지금 되게 배고파요. 갈비가 땡기네요."

*　　　*　　　*

일주일간.

이민혁은 말 그대로 푹 쉬었다.

피터의 도움을 받아서 매번 부모님과 프라이빗한 식당에서 밥을 먹었고.

그동안 하지 못했던 친구들과의 연락, 쇼핑 등을 하며 시간을 보냈다.

매일 축구만 생각하며 달려왔던 걸 잠시 멈추고, 일상을 즐겼다.

그렇게 일주일이라는 시간을 보낸 이후.

"푹 쉬셨나요?"

"그럼요. 피터 덕분에 편하게 돌아다닐 수 있었어요. 너무 감사해요."

"제가 할 일인걸요. 그럼, 출발할까요?"

"예."

이민혁은 피터, 부모님과 함께 독일행 비행기에 올랐다.

팀 복귀를 앞둔 지금, 이민혁의 얼굴엔 기대감이 드러났다.

'지금쯤이면 다들 다음 시즌 대비해서 열심히 훈련하고 있겠지? 아니지. 대부분 월드컵에 나갔을 테니까 컨디션 관리하며 적당히 훈련하고 있으려나?'

오랜만에 만날 동료들과의 재회가 기대됐고.

'월드컵에서 이뤄 낸 성장이 어떤 변화를 만들려나? 흐흐, 다들 놀라겠지?'

자신의 성장을 본 동료들의 반응이 기대됐다.

모두를 놀라게 하고 싶었고.

그렇게 할 수 있다는 자신감이 있었다.

"돌아왔네."

뮌헨에 도착한 이민혁은 짐을 풀고 샤워를 했다.

한국에 더 오래 계셨던 부모님은 짐을 푸는 데 더 많은 시간을 쏟고 계셨다. 잠시 부모님을 도와 짐 정리를 한 뒤.

"으우우우!"

이민혁은 장시간 비행을 하느라 뭉친 근육들을 풀었다. 더구나 일주일간 운동을 쉬었다고, 몸이 뻣뻣해져 있었다.

30분 정도 스트레칭을 한 뒤, 이민혁은 침대에 누웠다.

"내일부터 다시 시작이니까 일찍 자자."

분데스리가에서의 새로운 시작.

한 달 뒤쯤에 시작될 2014/15시즌을 준비해야 한다.

지난 시즌보다 좋은 모습을 보여 주고 싶다는 욕심이 생겼고, 그러기 위해선 빠르게 좋은 컨디션을 만들어야 했다.

그렇게 하려면, 우선 잠을 푹 자야 할 필요가 있다.

"다들 빨리 보고 싶다."

바이에른 뮌헨의 동료들을 떠올리며, 이민혁은 천천히 잠에 빠져들었다.

다음 날.

이민혁은 피터가 운전하는 차에 올라타서 팀 훈련장으로 향했다.

"이민혁 선수, 오랜만에 바이에른 뮌헨 훈련에 참여하는 기분이 어떠세요?"

"음… 설레네요. 제가 얼마나 발전했는지, 발전한 실력이 팀 동료들한테 얼마나 통할지 너무 궁금하기도 하고요."

"하하하! 아마 아주 잘 통할 겁니다. 이민혁 선수가 월드컵에서 보여 줬던 실력을 그대로 꺼내기만 한다면요."

"그거야 뭐……."

피터와 수다를 떨다 보니 어느새 훈련장에 도착했다.

이민혁은 반가운 마음에 동료들이 옷을 갈아입고 있을 라커 룸으로 뛰어갔다.

라커 룸엔 모든 사람이 모여 있었다.

아직 훈련이 시작되려면 조금 이른 시간이었음에도, 다들 일찍 나온 모양이었다.

그런데.

"…응?"

분위기가 이상했다.

너무 차가웠다.

펩 과르디올라 감독, 코치진들, 동료들의 시선.

모든 게 싸늘했다.

* * *

월드컵을 결승전까지 치르고.

일주일의 휴가까지 보낸 결과, 팀에 가장 늦게 복귀한 선수가 되었지만.

그래도 이민혁은 팀에 적응하는 게 어려울 거라는 생각을 하진 않았다. 빠르게 동료들과 만나고 싶다는 마음으로 가득했지, 동료들과의 어색함 같은 건 조금도 생각하지 않았었다.

워낙 친했으니까.

그런데 이게 무슨 일이란 말인가.

감독, 코치들, 선수들이 보내오는 시선은 너무나도 싸늘했다.

"분위기가 왜 이래요?"

이민혁은 모두에게 질문했지만.

"……."

"……."

"……."

"……."

돌아오는 대답은 없었다.

'뭐야? 다들 나한테 왜 이러는 거야?'

당황스러웠다.

이럴 이유가 없었으니까.

'아니, 잠깐. 설마……?'

그나마 이유가 될 수 있는 일을 하나 꺼내 들었다.

'내가 월드컵에서 우승해서 그런 건가?'

월드컵 우승컵을 들었다는 것.

그것 말고는 이유가 될 만한 게 없었다.

'아니야. 그렇게 속 좁은 사람들이 아니야.'

이민혁이 고개를 저었다.

아니라고 믿고 싶었다. 한국이 월드컵에서 우승했다는 이유로 가까웠던 팀원들이 이렇게 변한다고?

그럴 리가 없다고 믿고 싶었다.

'그러면 대체 왜 저러는 거야?'

가슴속에 불쾌감이 치밀려고 할 때쯤.

씨익!

펩 과르디올라 감독의 입꼬리가 높이 치솟았다.

미소를 지은 그는, 두 손으로 박수를 보내면서 크게 외쳤다.

"민혁! 월드컵 우승 축하해요!"

"…예?"

이민혁이 황당한 얼굴로 펩 과르디올라 감독을 쳐다봤다. 그때, 코치진들, 선수들이 함께 웃으며 박수를 보내기 시작했다.

"으하하하! 이봐, 민혁! 표정 보니까 화난 것 같은데? 화났으면 좀 풀어 주지 않을래? 월드컵 우승을 하고 가장 늦게 돌아오는 널 위해, 우리가 준비한 이벤트였다고. 월드컵 너무 축하한다! 이 어린 괴물아!"

"이민혁! 월드컵 우승 축하해! 너, 설마 한국이 우리 독일을 이겼다고 우리가 삐지거나 화났다고 생각한 건 아니지? 우리 그렇게 속 좁은 사람들 아니다. 그리고 여기 월드컵 16강도 못 진출한 녀석들도 있다고~! 크하하!"

"민혁! 너무 축하해! 네가 한국대표팀에서 기적을 만들어 낸 거 잘 봤어. 경기력이 정말 미쳤더라."

"크흐! 넌 참 대단한 녀석이야! 어떻게 네 나이에 월드컵에서 그런 플레이를 펼칠 수가 있지? 난 너무 긴장되던데."

"젠장! 이민혁 이 자식아~! 네가 월드컵에서 날 털어 버리는 바람에 독일 국민한테 욕 좀 먹었다구~? 하여튼, 우승 축하한다! 그래서 고작 18세의 나이에 분데스리가, 챔피언스리그, 월드컵 모두 우승한 기분은 어떠신가?"

"월드컵에서 상대해 보니 확실히 알겠더라. 흐흐! 이민혁 넌 역시 괴물이었어! 우승 축하해, 이 축구 괴물아!"

'이벤트였다고?'

이민혁이 멍한 얼굴로 모두를 바라봤다.

언제 차가웠냐는 듯, 지금은 감독과 코치, 선수들 모두가 따뜻한 눈빛을 보내고 있었다.

이게 바로 자신이 알던 바이에른 뮌헨의 모습이었다.

"…아오! 놀랐잖아요."

그 순간, 모두가 이민혁에게 몰려들었다. 월드컵에서 우승하고 돌아온 이민혁을 향해 많은 수의 질문들이 쏟아졌다.

이민혁은 이제야 웃을 수 있었다.

질문을 해 오는 감독, 코치, 짓궂은 동료들과 웃고 떠들기 시작했다.

한바탕 소동이 끝난 이후.

"훈련 시작! 다들 집중해!"

이민혁은 바이에른 뮌헨 훈련에 참여했다.

처음엔 어색한 느낌이 들었다.

월드컵 내내 한국대표팀에서 훈련을 해 왔고, 바이에른 뮌헨에서 하는 훈련이 오랜만이어서 그런 것도 있었지만.

진짜 이유는 따로 있었다.

'동료들이 떠나는 것도 못 봤네.'

월드컵을 끝내고 돌아오자, 팀의 구성원이 변해 있었다는 사실 때문이었다.

친했던 동료들이 나가고, 새로운 동료들이 들어왔다.

나간 선수들은 마리오 만주키치와 토니 크로스, 다니엘 판바위턴이었다.

마리오 만주키치는 스페인 1부 리그의 강팀인 아틀레티코 마드리드로 이적했고, 토니 크로스는 세계 최강의 팀 중 하나인 레알 마드리드로 이적했다.

월드컵에서 만났던 다니엘 판바위턴은 은퇴했다.

새로 들어온 동료들은 꽤 많았다.

그중 대표적인 선수로는 레알 마드리드에서 이적해온 사비 알론소와 보루시아 도르트문트에서 이적해온 로베르트 레반도프스키였다.

실력이 뛰어난 선수들이 새로 들어왔기에 어색함이 꽤 강하게 느껴졌다.

하지만 이민혁이 훈련 프로그램에 적응하는 데에는 오랜 시간이 걸리진 않았다.

원래 해 왔던 것들이었으니까.

다만, 적응이 안 되는 일도 있었다.

"민혁, 뭐야? 볼 컨트롤이 더 좋아진 것 같은데? 도대체 월드컵에서 무슨 훈련을 하고 온 거야?"

"뭐야?! 왜 속도가 더 빨라졌어? 이젠 아르옌 로번이랑 거의 비슷한 스피드를 내는 것 같은데? 어떻게 된 거야?"

"이민혁, 이 괴물 같은 녀석! 더 성장해서 돌아왔잖아? 말도 안 돼!"

시끌시끌한 주변의 반응들은 도통 적응이 되질 않았다.

월드컵 이전의 실력을 알고 있는 동료들이었기에, 많은 능력치가 올라서 돌아온 이민혁의 달라진 모습에 놀라는 모습을 보였다.

저들에게 이민혁이 할 수 있는 말은 별로 없었다.

"하하… 그냥 열심히 훈련하다 보니……."

열심히 했다는 말이 전부였다.

잠시 후, 각종 훈련이 끝이 났다.

이제 남은 건 연습경기였다.

이민혁이 기다려 왔던 시간이기도 했다.

'내가 얼마나 성장했는지 제대로 확인할 수 있는 시간이니까.'

이민혁이 설레는 얼굴로 제자리에서 점프를 했다. 몸이 근질거렸다. 얼른 성장을 테스트해 보고 싶었다.

"다들 각자 포지션으로 흩어지고!"

이민혁이 속하게 된 팀은 A팀.

주전 팀 선수들 위주로 구성된 팀이었다.

포지션은 왼쪽 윙어로 결정됐다. 오른쪽 측면은 아르연 로번이 맡게 됐다.

'프랑크 리베리는 몸이 안 좋으시다지?'

훈련 전, 프랑크 리베리가 부상 때문에 당분간 연습경기엔 참여하지 못한다는 말을 들었다.

안타까운 소식이었다.

반대로 반가운 소식도 있었다.

'설마 한 팀에서 뛰게 될 줄이야……'

측면에 선 이민혁이 최전방에 선 남자를 바라봤다.

이번 시즌부터 팀에 새롭게 영입된 선수.

바이에른 뮌헨의 동료들이 세계 최고의 스트라이커를 뽑을 때, 늘 두 손가락 안에 들었던 선수.

그 선수가 바이에른 뮌헨에 왔고, 지금은 A팀으로 함께 손발을 맞추게 됐다.

'…로베르트 레반도프스키.'

세계 최고의 스트라이커 중 하나라고 불리는 로베르트 레반도프스키였다.

'신기하네.'

동료들이 그토록 대단하다고 말하던 로베르트 레반도프스키였고, 이민혁도 그의 실력을 알고 있었다. 도르트문트와 경기했을 때, 로베르트 레반도프스키는 그 어떤 선수보다도 바이에른 뮌헨을 강하게 위협했었다.

그래서 궁금했다.

저 선수가 바이에른 뮌헨에서 어떤 실력을 보여 줄지.

로베르트 레반도프스키와 자신이 어떤 호흡을 보여 줄 수 있을지.

그렇게, 몇 가지 궁금증을 가진 채.

오랜만의 연습경기가 시작됐다.

삐이이익!

이민혁은 양 팀 선수들의 움직임을 지켜보며 천천히 시동을 걸었다. 일주일간 축구를 안 하고 푹 쉬어서인지, 몸은 가벼웠다.

A팀 동료들과 가볍게 패스를 주고받으며 압박을 벗어났고, 어지간하면 돌파를 시도하지 않고 감각을 찾으려고 했다.

바이에른 뮌헨에서 호흡해 왔던 감각.

그 감각을 찾는 데엔 그리 오랜 시간이 걸리지 않았다.

10분.

10분 정도 패스를 주고받자, 감각이 살아났다.

툭!

바스티안 슈바인슈타이거에게 공을 넘기는 것과 동시에. 이민혁은 측면으로 뛰어들었다. 바스티안 슈바인슈타이거는 망설임 없이 공을 툭 띄워 보냈다.

퍼억!

B팀의 풀백과 몸싸움을 펼치며, 이민혁은 공을 향해 발을 뻗었다. 몸싸움 능력치가 90이 된 지금, 이민혁은 조금의 흔들림도 없이 공을 받아 냈다.

풀백에게 받는 압박은 충분히 이겨 낼 수 있는 수준으로 느껴졌다.

휘익!

이민혁이 몸을 돌렸다. 현재 이민혁의 탈압박 능력치는 100. 드리블 능력치도 100이다. 또, 드리블 마스터 스킬도 있다.

어지간하면 공을 빼앗기지 않는다는 자신감이 있었다.

휘익! 휙!

빠르게 몇 가지 페인팅을 섞으며 회전하는 이민혁을 B팀의 풀백은 막지 못했다. 이민혁은 빠른 순발력으로 풀백을 벗어났다. B팀의 측면이 뻥 뚫렸다.

과거였다면, 여기서 침투를 시도했을 것이다. 크로스에 자신이 없었으니까.

하지만 지금은 다르다.

'로베르트 레반도프스키, 보여 주시죠.'

이민혁은 곧바로 크로스를 뿌렸다.

퍼엉!

그 즉시 메시지가 떠올랐다.

[상대의 풀백을 제치고 크로스를 올렸습니다!]

['정교한 크로스' 스킬 효과가 발동됩니다!]

[크로스의 정확도가 대폭 상승합니다.]

이민혁은 크로스를 뿌린 직후, 중앙으로 파고들면서 공을 끝까지 바라봤다.

공은 아름다운 궤적을 그리며 날아갔다. 적당한 높이로 부드 럽게 휘어졌다.

로베르트 레반도프스키는, 그 공을 향해 머리를 가져다 댔다. 그는 수비수와의 공중볼 경합에서 어렵지 않게 이겨 내며, 강한 헤딩슛을 만들어 냈다.

철렁!

B팀의 골 망이 흔들렸다.

크로스에 이은 헤딩. 정석적인 패턴으로 만들어 낸 골이었다. 다만, 놀라운 건 B팀의 수비진 역시 바이에른 뮌헨의 주전급 선수들로 이뤄져 있다는 사실이었다.

"워우!"

펩 과르디올라 감독의 눈이 커졌다.

"엄청나잖아?"

그는 놀라고 말았다.

이민혁이 보여 준 돌파와 과감한 크로스. 그리고 그 크로스의 퀄리티가 너무 높았으니까.

"로베르트 레반도프스키의 헤더도 훌륭했고!"

놀라운 장면이었고, 아주 기분 좋은 장면이었다.

펩 과르디올라 감독이 새로운 시즌을 준비하며 원했던 플레이였고, 돌아온 이민혁이 바로 만들어 냈다.

"역시 민혁은 대단하다니까?"

펩 과르디올라 감독은 환하게 웃으며 경기장을 바라봤다. 모든 장면을 눈에 담고 싶었다.

이민혁의 몸놀림을 보아하니, 재밌는 장면은 계속 이어질 것 같았다.

*　　　*　　　*

　"민혁, 나이스 패스!"

　"훌륭한 마무리였어요. 로베르트. 역시 대단한데요?"

　이민혁은 로베르트 레반도프스키와 짧은 이야기를 주고받은 뒤, 다시 측면으로 복귀했다.

　별로 기뻐하지도 않았다. 연습경기는 아직 초반이었고, 보여 줄 것은 많이 남아 있었다. 아직 좋아할 때가 아니었다.

　이민혁의 활약은 계속 이어졌다.

　바이에른 뮌헨 B팀의 측면을 완전히 부숴 버렸고, 양질의 크로스를 뿌려 댔다. 또한, 중앙으로 파고들며 직접 슈팅을 때리는 플레이도 계속해서 섞어 줬다.

　B팀 수비수들은 이민혁을 막지 못했다. 이민혁을 막으려고 신경 쓰면 로베르트 레반도프스키나 아르연 로번에게 골을 허용했다.

　B팀은 A팀에게 완전히 압도당했다.

　그렇다고 B팀이 무기력하게 당하기만 한 건 아니었다.

　사비 알론소.

　레알 마드리드에서 이적해 온 이 미드필더는 나이가 제법 찼지만, 그래도 월드클래스 미드필더였다.

　그의 가장 큰 장점은 패스 마스터라고 불릴 정도로 정확한 패스 능력.

사비 알론소의 패스 능력은 역시나 명불허전이었다. B팀에서
도 그의 패스는 빛났다. A팀의 수비를 뚫고 2개의 어시스트를
만들어 냈을 정도로.

"대단하네."

이민혁은 감탄했다.

사비 알론소의 패스는 확실히 놀라웠다. 보아하니 팀 전술에
적응만 하면, 팀을 떠난 토니 크로스의 역할을 확실하게 맡아
줄 것 같았다.

이후, 경기는 계속 이어졌고.

후반전까지 모두 치른 뒤에야 경기가 종료됐다.

삐이이이익!

평소였다면, 휘슬 소리를 들은 선수들은 가볍게 담소를 나누
며 음료수를 마신다. 그리고 휴식을 취한 뒤, 추가 훈련을 진행
하거나 아예 푹 쉬는 것을 선택한다.

그런데, 지금은 선수들의 행동이 평소와 달랐다.

모든 선수가 휴식을 취할 생각도 하지 못했고, 음료수를 마실
생각도 하지 못했다.

A팀과 B팀을 가릴 것 없이, 모든 선수가 몰려들었다.

이민혁에게로.

"너, 너 뭐야?! 도대체 어떻게 된 거야?"

"이런 미친! 월드컵에서 뭔 일이 있었길래 이 괴물이 축구 마
스터가 돼서 돌아온 거야?"

"민혁어어어억! 너 솔직히 말해! 인간 아니지? 너, 외계인이지?"

"더는 알려 줄 게 없잖아? 민혁이 천재라는 건 알았지만… 이건… 어우……!"

"이 자식, 진짜 미쳤잖아?!"

『레벨업 축구황제』 5권에 계속…